William
Shakespeare

新译 莎士比亚全集

ANTONY
AND CLEOPATRA

【英】威廉·莎士比亚——著

傅光明——译

安东尼与克莉奥佩特拉

天津出版传媒集团

天津人民出版社

图书在版编目（CIP）数据

安东尼与克莉奥佩特拉 / (英) 威廉·莎士比亚著；
傅光明译. -- 天津：天津人民出版社，2024.4
（新译莎士比亚全集）
ISBN 978-7-201-20377-5

Ⅰ.①安… Ⅱ.①威… ②傅… Ⅲ.①悲剧—剧本—
英国—中世纪 Ⅳ.①I561.33

中国国家版本馆CIP数据核字(2024)第066697号

安东尼与克莉奥佩特拉
ANDONGNI YU KELI'AOPEITELA

出　　版　天津人民出版社
出 版 人　刘锦泉
地　　址　天津市和平区西康路35号康岳大厦
邮政编码　300051
邮购电话　（022）23332469
电子信箱　reader@tjrmcbs.com

责任编辑　伍绍东
装帧设计　李佳惠　汤　磊

印　　刷　河北鹏润印刷有限公司
经　　销　新华书店
开　　本　880毫米×1230毫米　1/32
印　　张　10.25
插　　页　5
字　　数　220千字
版次印次　2024年4月第1版　2024年4月第1次印刷
定　　价　76.00元

目录

剧情提要

　　罗马共和国三执政之一马克·安东尼堕入情网,不拿恺撒的命令当回事,不听克莉奥佩特拉要他召见信使的劝告,宁愿让罗马在台伯河里融化。安东尼的妻子和弟弟先行开战,合兵一处迎战恺撒,后兵败,逃出意大利。与此同时,帕提亚军队强占了亚细亚。安东尼要率军远征,更紧迫的动机是,庞培乌斯向恺撒挑战,赢得海上霸权,并从善变的民众那里,赢得父亲庞培大帝的一切头衔,自此,人们称呼庞培乌斯为"庞培"。

　　眼下情势紧迫,庞培率大军逼近罗马港口。在恺撒和勒比多斯这均等的两巨头之外,滋生出多个派系。安东尼来向克莉奥佩特拉辞行,并宽慰她要有耐心,去见证两人间那份经得起任何荣誉考验的爱。女王祝安东尼凯旋。

　　随着庞培的海上力量不断壮大,屡次侵袭意大利沿海,恺撒满心期待羞耻心能将安东尼迅速赶回罗马。

　　克莉奥佩特拉每天给安东尼写信问候。安东尼派人给她送来一颗珍珠,并捎话说,整个东方将称她为女主人。

　　庞培自以为深得民众敬爱，已控制海面，又因安东尼在埃及安享欢宴，不愿出兵交战，且恺撒敛财之地即丢失民心之所，于是对未来充满信心。但此时传来消息：安东尼随时抵达罗马。

　　三执政聚在勒比多斯家一起商议。勒比多斯认为，三人联合最为重要。恺撒指责安东尼怂恿妻、弟先后同他开战。安东尼否认。接着，恺撒指责安东尼嘲讽信使。安东尼辩解。二人争执之际，阿格里帕提议，将恺撒同父异母的姐姐奥克塔薇娅嫁给安东尼。这桩婚事使二人结成兄弟。

　　结婚后，安东尼请来一位预言者。预言者断言，只要安东尼靠近恺撒，守卫安东尼的神灵就变得害怕；只要恺撒一走开，那神灵又辉煌起来。安东尼认定自己的快乐在东方，他要去埃及。

　　在米塞纳附近，庞培军队与恺撒、安东尼和勒比多斯的军队相遇。庞培提出先谈判，再交战。恺撒表示不惧一战。庞培怒斥三执政，发誓要用舰队报复罗马对他高贵父亲的忘恩负义。但随后，庞培表示接受和平协议，并邀请各位上他的战船，欢宴庆贺。

　　勒比多斯醉酒，安东尼命人把他抬到岸上。席间，副将梅纳斯向庞培挑明，若将三巨头杀死，他们的一切将归庞培。庞培责怪梅纳斯，这种事宜干不宜说。

　　克莉奥佩特拉再次召见信使并仔细盘问，获知奥克塔薇娅嗓音低沉，个子矮小；步态里毫无威严，看着像一具躯体，而非一个生命；原是个三十来岁的寡妇，有一张多数蠢人才有的圆脸，于是心中大喜，边赏信使金子，边对自己刚才的凶蛮致歉。

安东尼听说恺撒违背协议,攻打庞培;还听说恺撒向公众演讲提到自己时,只有几句苍白、冷淡的体面话,大怒。奥克塔薇娅深知若丈夫与弟弟发生分裂,自己将非常不幸。而对于安东尼,失去荣誉等于失去自我。安东尼一面同意妻子前往罗马,居中调解;一面表示要招募军队,让恺撒蒙羞。接着传来消息:恺撒利用勒比多斯向庞培开战,获胜后,又将其逮捕。

恺撒得知安东尼回到埃及,与克莉奥佩特拉公开登上王位,将自己几个儿子分封为王。见奥克塔薇娅像个赶集姑娘似的回到罗马,恺撒断定她遭到安东尼遗弃。他让姐姐相信,她受了欺骗、凌辱,因为克莉奥佩特拉把安东尼召去埃及,两人正聚集各路兵马准备开战。

恺撒进军神速,渡过爱奥尼亚海,征服托莱尼,抵近希腊北海岸阿克提姆附近。

坎尼蒂乌斯和埃诺巴布斯力主陆战。安东尼以恺撒向自己挑起海战为由,执意进行海战。埃诺巴布斯提醒不可冒失败风险,扔掉陆战韬略。安东尼下令烧掉多余的船,剩下舰船满载将士,从阿克提姆岬角出航,迎击恺撒。

海战正酣之际,埃诺巴布斯眼见克莉奥佩特拉的埃及旗舰"安东尼号"连同舰队所有六十艘战船转舵、溃逃。安东尼扬起帆,像一只痴情的公野鸭,随她飞去。坎尼蒂乌斯打算率步兵团和骑兵投降恺撒。

安东尼自责溃逃给懦夫们做了示范。克莉奥佩特拉恳请安东尼宽恕自己扬帆溃逃,安东尼坦承他把整个身心系在女王的舵上,女王连声说宽恕,安东尼要她用一吻做补偿。

安东尼委派他和克莉奥佩特拉所生孩子的老师欧弗洛尼奥斯充当使者，前往恺撒军营求和。恺撒拒绝。安东尼决定向他挑战，剑对剑单打独斗。

克莉奥佩特拉热情接待塞瑞乌斯，似有意讨好恺撒，她请塞瑞乌斯捎话，愿亲吻恺撒那征服者的手，准备把王冠放在他脚下。

安东尼把塞瑞乌斯视为恶棍，命人将他拖出鞭打。同时，他讥讽克莉奥佩特拉像放在死去的尤里乌斯·恺撒木盘里的一口冷食，是格奈乌斯·庞培的一口剩饭。克莉奥佩特拉不解安东尼何出此言，随后，她再次向安东尼袒露真心。安东尼鼓起勇气，发誓要与恺撒交战。

然而此时，埃诺巴布斯从安东尼身上看到一个要以缩减理智来恢复勇气，要以目光压倒闪电的狂暴之人。他决计离开安东尼。

恺撒嘲笑安东尼竟要单独决斗。安东尼得知恺撒不肯决斗，誓言要海、陆同时作战。

决战日清晨，安东尼吻别克莉奥佩特拉，表示要像个钢铁般男人似的参战。

战斗打响，恺撒要阿格里帕通令全军，活捉安东尼。

埃诺巴布斯投奔恺撒后，恺撒一士兵告诉他，安东尼派使者把他所有财宝送上，外加慷慨馈赠。埃诺巴布斯为背叛安东尼深深自责，痛骂自己是这世上独一的恶棍，愿世人把他排在背弃者和逃兵之首。不久，他就抑郁而亡。

两军交战，恺撒一度身处困境，安东尼取得胜利。但次日一战，安东尼一切尽失。他痛斥克莉奥佩特拉为邪恶的埃及灵魂，怒吼自己被她出卖。疯狂的安东尼吓坏了女王。她躲进皇家陵墓，派阉人侍从马尔迪安去给安东尼捎口信，谎称她已自杀。

安东尼抱怨自己为埃及女王发动战争，她却伙同恺撒欺骗他。当马尔迪安告诉他，克莉奥佩特拉在一声撕裂般的呻吟中迸出"安东尼"，自杀身亡，他感到两肋欲裂。他岂肯在耻辱中存活，要厄洛斯动手刺死自己，厄洛斯不肯从命。当他转过身，厄洛斯拔剑自刺身亡。他随后俯身剑上，重伤倒地。

狄奥梅德斯找到安东尼，说主人克莉奥佩特拉还活着。安东尼要他把自己抬到陵墓。克莉奥佩特拉一边对他说欢迎，一边亲吻他。安东尼要她记住，自己曾活成世上最伟大、最高贵的君王，此时死得也不卑贱，而是一个罗马人被一个罗马人勇敢征服。克莉奥佩特拉哀叹这沉闷的世界没有安东尼，还不如一个猪圈。

恺撒悲叹安东尼之死并非一个人的厄运，这名字里安放着半个世界。恺撒派普罗裘里乌斯去通知克莉奥佩特拉，说自己本无羞辱之意。

普罗裘里乌斯来到陵墓外，一面代恺撒向埃及女王致意，让她随意提出任何合理要求，一面与两名罗马士兵进入陵墓。盖卢斯命士兵看住克莉奥佩特拉，她拔出短剑，刚要自杀，被普罗裘里乌斯抓住手，夺下短剑。多拉贝拉接替普罗裘里乌斯看管女王，他向她透露，恺撒要把她带回罗马，在凯旋行进中用锁链牵着她示众。

恺撒来到陵墓，向克莉奥佩特拉表达善意，同时警告，如若自杀，她的亲生子女将同遭毁灭。克莉奥佩特拉将一份所有钱币、金银器皿和珠宝的清单交给恺撒,说明零碎之物未列入,并让塞利乌库斯证明。不料塞利乌库斯竟说,私存之物足够买下清单上所列。克莉奥佩特拉痛斥塞利乌库斯忘恩负义。恺撒不以为意。

恺撒走后,多拉贝拉道出实情:恺撒打算途经叙利亚;三日内,先遣送克莉奥佩特拉及其子女回罗马。克莉奥佩特拉吩咐查米恩,她要穿上皇袍、头戴王冠、佩戴珠宝,以女王的仪态再去希德纳斯河与安东尼见面。

一个乡下人手持一篮无花果应召前来,篮子里藏着角蝰毒蛇。克莉奥佩特拉先取出一条角蝰放在胸乳上,呼唤着"安东尼",又取出一条放在手臂上,舒适地死去。两位贴身女侍艾拉丝和查米恩,先后自杀。恺撒下令要把克莉奥佩特拉与安东尼合葬,军队将以庄严的阵容参加葬礼。

剧中人物

马克·安东尼		Mark Antony	
屋大维·恺撒	古罗马三执政	Octavius Caesar	a triumvir of Rome
马库斯·埃米利乌斯·勒比多斯		Marcus Aemilius Lepidus	

塞克斯图斯·庞培乌斯		Sextus Pompeius	
多米提乌斯·埃诺巴布斯		Domitius Enobarbus	
文提蒂乌斯		Ventidius	
厄洛斯	安东尼的朋友	Eros	friends to Antony
斯卡勒斯		Scarus	
德西塔斯		Dercetas	
德米特里乌斯		Demetrius	
菲洛		Philo	

梅希纳斯		Mecaenas	
阿格里帕		Agrippa	
多拉贝拉	恺撒的朋友	Dolabellla	friends to Caesar
普罗裘里乌斯		Proculeius	
塞瑞乌斯		Thyreus	
盖卢斯		Gallus	

梅纳斯		Menas	
梅纳克拉泰斯	庞培的朋友	Menecrates	friends to Pompey
瓦里乌斯		Varrius	

陶罗斯 恺撒副将　　　　　　　　Taurus lieutenant-general to Caesar

坎尼蒂乌斯 安东尼副将　　　　　Canidius　lieutenant-general　to Antony

西利乌斯 文提蒂乌斯属下军官　　Silius an officer in Ventidius' army

欧弗洛尼奥斯 安东尼派往恺撒处　Euphonius an ambassador from
　　　　　的使臣　　　　　　　Antony to Caesar

亚历克萨斯		Alexas	
马尔迪安	克莉奥佩特的拉侍从	Mardian	attendants on
塞利乌库斯		Seleucus	Cleopatra
狄奥梅德斯		Diomedes	

预言者　　　　　　　　　　　A soothsayer

小丑　　　　　　　　　　　　A clown

克莉奥佩特拉 埃及女王	Cleopatra queen of Egypt
奥克塔薇娅 *恺撒之姐，安东尼之妻*	Octavia sister to Caesar and wife to Antony

查米恩 艾拉丝 } 克莉奥佩特拉侍女	Charmian Iras } attendants to Cleopatra

官员，士兵，信使，及其他侍从	Officers, Soldiers, Messengers,and other Attendants

地点

罗马帝国多个地方

安东尼与克莉奥佩特拉

ANTONY AND CLEOPATRA.

第一幕

　　他那双好看的眼睛,审视行进的队列和集合的战阵,发出像身披铠甲的马尔斯一样的目光,如今转向,如今把视野的功能和虔敬转向一个棕色的前额

第一场

亚历山大^①,克莉奥佩特拉宫中一室

(德米特里乌斯与菲洛上。)

菲洛　　　　　　　不,我们的将军^②这样痴情,溢出极限。
他那双好看的眼睛,审视行进的队列和
集合的战阵,发出像身披铠甲的马尔
斯^③一样的目光,如今转向,如今把视野
的功能和虔敬转向一个棕色的前额^④。
他那颗将军之心,能在惨烈的混战中,
迸开胸前带扣,如今放弃一切节制,变

① 亚历山大(Alexandria):今埃及第二大城市和最大港口,于公元前332年,由古希腊马其顿王国阿吉德王朝(公元前700—公元前302)国王亚历山大一世(Alexander Ⅰ,公元前498—公元前454年在位)统治时所建,并以其名字命名,定为首都。后成为埃及托勒密王朝(公元前305—公元前30)首都。克莉奥佩特拉女王为托勒密王朝末代国王。

② 将军:即马克•安东尼。

③ 马尔斯(Mars):古罗马神话中的战神。

④ 原文为"now turn / The office and devotion of their view / Upon a tawny front."。朱生豪译为:"现在却如醉如痴地尽是盯在一张黄褐色的脸上。"梁实秋译为:"如今把目光注射在一个晒成棕色的脸庞上。"前额(front):暗含前线部队之意。

成风箱和扇子,要把一个吉卜赛人①的
性欲变凉。(内喇叭奏花腔。)——瞧!他们
来了。

(安东尼,克莉奥佩特拉,侍女查米恩、艾拉丝等上;阉人们打扇随行。)

您留心看一眼,就能看到世界三大支柱②
之一,变身为一个娼妓的玩物。瞧,看。

克莉奥佩特拉　　倘若那真是爱情,告诉我爱有多少。

安东尼　　　　　爱情上的叫花子才算得清。③

克莉奥佩特拉　　能爱到多么遥远,我要划个边界。

安东尼　　　　　那你必能发现新天新地。④

(一信使上。)

信使　　　　　　消息,高贵的大人,罗马来的。

安东尼　　　　　真烦人!——说要点。

克莉奥佩特拉　　不,听听消息,安东尼。要么是福尔薇

---

① 吉卜赛人(gipsy):埃及人之意。暗指诡诈的女人或妓女。在此指克莉奥佩
特拉。安东尼与屋大维·恺撒和勒比多斯

② 世界三大支柱:指统治被罗马征服的亚、非、欧疆土的三执政安东尼、屋大
维·恺撒和勒比多斯。

③ 原文为"There's beggary in the love that can be reckoned."。朱生豪译为:"可以
量深浅的爱是贫乏的。"梁实秋译为:"爱情而能量,那就太贫乏了。"意即:你我的爱
是无限的,不能量化。

④ 参见《旧约·以赛亚书》65:17:"上主说:'我要创造新天新地。'"《新约·彼得
后书》3:13:"但是我们在等上帝所应许的新天新地。"《启示录》21:1:"我又看见一个
新天新地。"意即我对你的无限之爱不属于已知的世界。

娅①生了气，要么是那没长几根胡子的恺撒②，给您发来强大命令："做这个，要不做那个。征服这个王国，要不解放那个。执行，否则，我们判你死刑。"

安东尼	说什么，我亲爱的！
克莉奥佩特拉	也许！不，几乎肯定。——您不能再待在这儿。——恺撒命您撤回，所以听下命令，安东尼。——福尔薇娅的传唤③呢？我该说恺撒的？——两人的？——请信使进来。——你脸红了，安东尼，像我是埃及女王一样，你的血是恺撒的封臣。④不然，便是有尖锐舌头的福尔薇娅责骂时，你的脸报以羞愧。——信使！
安东尼	让罗马在台伯河里融化，有序的⑤帝国的宽大拱门⑥倒塌！这儿是我的空间。

———————————

① 福尔薇娅：安东尼之妻。

② 剧情开始时间为公元前40年，此时屋大维·恺撒23岁，安东尼43岁。

③ 传唤（process）：法律用语。克莉奥佩特拉在此故意用此术语。

④ 原文为"As I am Egypt's queen, / Thou blushest, Antony, and that blood of thine / Is Caesar's homager."。朱生豪译为："我用埃及女王的身份起誓，你在脸红了，安东尼，你那满脸的热血是你对恺撒所表的敬礼。"梁实秋译为："你脸红了，安东尼，犹之我是埃及女王一般的千真万确，你那红脸便是臣服于西撒的表示。"

⑤ 有序的（ranged）：暗指罗马建筑或军队沿台伯河岸有序排列。

⑥ 宽大拱门（arch）：指宽大的凯旋门。

	王国皆泥土。这粪污的泥土养活人①， 同样养活野兽。当这样亲密的一对儿， 这样的一对儿，竟能这样②（拥抱。）之时， 生命的高贵正在于此，对此，我要迫使 世人知晓，违者受罚③，我们二人并立， 盖世无双。
克莉奥佩特拉	极好的谎言！如果不爱福尔薇娅，为何 娶她？——我要装傻，我才不傻。④安 东尼终会显出本我。⑤
安东尼	只有克莉奥佩特拉能激励⑥安东尼。此 刻，为了爱神⑦之爱和她的温柔时光，别 让我们拿刺耳的交谈毁坏时间。眼下， 我们的生命不该有一分钟不在欢愉中 抻长。——今晚有什么消遣？
克莉奥佩特拉	听一下信使的消息。

---

① 参见《旧约·诗篇》83:10:"他们在隐多珥灭亡，/ 成了地上的粪土。"《耶利米书》8:2:"这些骸骨不再收敛，不再葬埋，必在地面上成为粪土。"16:4:"他们必死得甚苦，无人哀哭，必不得埋葬，必在地上像粪土。"

② 这样(thus):安东尼暗示自己要与克莉奥佩特拉以拥抱显出生命的高贵。

③ 原文为"on pain of punishment"，为官方法规用语，意即:我要向世人宣布我们两人的爱情，若不如此，将受惩罚。朱生豪、梁实秋未译。

④ 意即我假装容易受骗，相信他，其实我心里清楚。

⑤ 意即他终归是罗马人安东尼。

⑥ 激励(stirred):既可指激励人做高尚之事，亦可指使人蠢蠢欲动。在此含性意味，暗指只有克莉奥佩特拉能使自己性唤起。

⑦ 爱神(Love):古罗马神话中的维纳斯。

安东尼	呸，好拌嘴的女王！一切都适合你，使你增色——去责骂，去欢笑，去哭泣。每种情感都充分努力，要在你体内，让它自身变得美丽、受赞赏①。我不要听信使，只要和你，单独在一起，今晚咱们去逛街，看看各行各业的人。来，我的女王，昨晚您就要出去逛。——(向信使。)别跟我们说话。(安东尼与克莉奥佩特拉及随从等下。)
德米特里乌斯	安东尼如此低估恺撒？
菲洛	先生，有时候，在他不是安东尼的时候②，他太缺乏总该属于安东尼的那种伟大特质。
德米特里乌斯	我深表遗憾，他证实在罗马，那些下三滥说他的谎言说对了。但我希望他明天能有更好作为。祝您好运！(同下。)

---

① 原文为"whose every passions fully strives / To make itself in thee fair and admired."。朱生豪译为："每一种情绪在你的身上都充分表现出它的动人的美妙。"梁实秋译为："在你身上每一种情绪都能充分的表现出其为美丽而可爱。"

② 意即在他有负其伟大声誉之时。

第二场

同上,宫中另一室

(查米恩、艾拉丝、亚历克萨斯及预言者上。)

查米恩　　　　　亚历克萨斯大人,亲爱的亚历克萨斯,什么都顶好的亚历克萨斯,几乎什么都十足顶棒的亚历克萨斯,您向女王那样夸赞的预言者,在哪儿? 啊! 但愿我认识这位丈夫,您说,一定要在他犄角上挂花环①!

亚历克萨斯　　　预言者! ——

预言者　　　　　您有何吩咐?

查米恩　　　　　是这个人? ——(向预言者。)是您,先生,能预知未来?

预言者　　　　　谈大自然无限神秘的书,读过一点。

亚历克萨斯　　　(向查米恩。)把您的手给他看。

---

①犄角(horns):相传被戴绿帽子的丈夫前额长犄角。"挂花环"意即绿帽子戴得光彩。此句意即:查米恩给自己丈夫戴过绿帽子。

（埃诺巴布斯上。）

埃诺巴布斯　　　（向仆人。）快把酒食送来。祝克莉奥佩特拉健康，酒要喝够。（仆人端出水果和酒。）

查米恩　　　　　（伸出手。）仁慈的先生，给我好运。

预言者　　　　　我不造好运，只管预知。

查米恩　　　　　那，请您，给我预个知。

预言者　　　　　您将来远比现在走运。

查米恩　　　　　他意思是，我会长肉。

艾拉丝　　　　　不，等您老了，要化妆涂粉。

查米恩　　　　　不准生皱纹！

亚历克萨斯　　　别给他的预知添烦，留心听。

查米恩　　　　　嘘！

预言者　　　　　爱别人，多过被别人爱。

查米恩　　　　　我情愿用酒温热我的肝①。

亚历克萨斯　　　不，听他说。

查米恩　　　　　那好，来点顶好的命运！让我一上午嫁三个国王，每回都做寡妇。让我五十岁生个孩子，连犹太的希律②都来向他致敬。从手上看出，我要嫁给屋大维·恺撒，跟我女

---

①我的肝(my liver)：旧时认为肝为情欲之源。

②犹太的希律(Herod of Jewry)：即希律犹太王(公元前74—公元前4年)，公元前37年起，担任罗马帝国犹太行省统治者，为杀死耶稣基督，曾下令屠杀伯利恒两岁以下男婴。为旧道德剧中常见角色。事详见《新约·马太福音》2：1—22。

查米恩　　（伸出手。）仁慈的先生，给我好运。

预言者　　我不造好运，只管预知。

主人同样好运。

预言者	您比您服侍的女主人命长。
查米恩	啊,棒极啦!我爱长命,胜过爱无花果①。
预言者	您眼见、亲历过的前命,比临近的后命更好。②
查米恩	那,多半,我的子女没名姓。③请问,我有几个小子、几个闺女?
预言者	要是您每个愿望有个胎宫,每个愿望都受了胎,能有一百万个。
查米恩	该咒的,傻瓜!饶恕你这巫师。④
亚历克萨斯	您以为,除了您的床单,您的愿望无人知晓?
查米恩	好吧,来说艾拉丝的命运。
艾拉丝	我们都想知道什么命运。
埃诺巴布斯	今晚,我的,咱们多数人的命运,将是——醉酒上床。
艾拉丝	(伸出手。)这只手掌预示了贞洁,就算看不出别的。

---

① 无花果(figs):委婉指女阴。查米恩这句话暗指:我喜欢长命,胜过喜欢男人那儿的那个烂玩意儿。

② 原文为"You have seen and proved a fairer former fortune / Than that which is to approach."。朱生豪译为:"你的前半生的命运胜过后半生的命运。"梁实秋译为:"你已经经验过比将来的更好的运气。"

③ 意即都是没有父亲的私生子女。

④ 意即你胡乱预言,跟巫师一样,我不计较。

查米恩	如同泛滥的尼罗河预示了饥荒。①
艾拉丝	去,您这放荡的床伴,您哪会预言。
查米恩	不,倘若潮润的掌心②不预示生儿育女,那我就不会挠耳朵③。——请你,给她说个平凡的命运。
预言者	你们的命运差不离。
艾拉丝	差不离?怎么差不离?说详细。
预言者	我说过了。
艾拉丝	我的命运不比她好一寸④吗?
查米恩	哦,您的命运若能比我好一寸,您愿好在哪儿?
艾拉丝	不能在我丈夫鼻子⑤上。
查米恩	愿诸天修补我们的坏念头!——亚历克萨斯,——来,他的命运,他的命运。——啊!让他娶个瘸腿⑥女人,亲爱的伊西斯⑦,求求你!让他头一个老婆死掉,娶个

---

① 查米恩故意在说反话,她想说:丰饶的尼罗河洪水保证着好收成。

② 旧时认为掌心潮润代表贪欲好色。

③ 旧时认为耳朵发痒因听觉享受引起。查米恩意即我耳朵正听得过瘾。

④ 一寸(inch):此处为英寸。一英寸约等于0.7寸。

⑤ 旧时认为男人鼻子与阴茎成正比。艾拉丝意即希望丈夫的阴茎比查米恩的丈夫长一寸。

⑥ 瘸腿(cannot go):代指无法享受性爱、不能生育。

⑦ 伊西斯(Isis):古埃及神话中主司生命、魔法、婚育的月亮女神,亦称丰饶女神。

	更糟的！让他接着娶的，一个比一个糟，直到最糟那个，笑着送这五十倍的绿帽子丈夫进坟墓，仁慈的伊西斯，哪怕拒绝我更要紧的事，要听我这个祷告。仁慈的伊西斯，求你啦！
艾拉丝	阿门。亲爱的女神，要听民众祷告！因为，就像眼见英俊男人娶放荡老婆叫人心碎，眼见一个丑家伙娶上不偷汉的老婆，同样令人极度痛心。所以，亲爱的伊西斯，行为适度，要给他恰当的命运！
查米恩	阿门。
亚历克萨斯	瞧，眼下，若有法子给我戴绿帽子，她们会把自己变妓女，她们乐意这样！

（克莉奥佩特拉上。）

埃诺巴布斯	嘘！安东尼来了。
查米恩	不是他，是女王。
克莉奥佩特拉	（向埃诺巴布斯。）见过我主人了？
埃诺巴布斯	没见，夫人。
克莉奥佩特拉	刚才没在这儿？
查米恩	没在，夫人。
克莉奥佩特拉	他本想去欢愉，但突然，一个罗马人的

	念头①击中他。——埃诺巴布斯——
埃诺巴布斯	夫人？
克莉奥佩特拉	去找他，带这儿来。(埃诺巴布斯下。)——
	亚历克萨斯在哪儿？
亚历克萨斯	在这儿，乐意效劳。——我主人来了。
克莉奥佩特拉	我②不愿见他。跟我走。(众下。)

(安东尼与一信使及数侍从上。)

信使	您妻子福尔薇娅，先进入战场。
安东尼	迎战我弟弟路西乌斯？
信使	是的，但那一战很快结束，当时的情势让他们和好，合兵一处迎战恺撒。头一仗，恺撒大胜，将他们逐出意大利。
安东尼	好，可有更坏的消息？
信使	坏消息把坏本性传染给了送信人。③
安东尼	涉及傻瓜或懦夫的坏消息才传染。——说！——过去了的事，我不理会。——这样：谁说出实情，哪怕讲述里藏着死亡，我听着也像恭维话。

---

① 一个罗马人的念头(a Roman thought)：指充满罗马人美德和荣誉观念的严肃思想。

② 我(we)：身为女王，以复数"我们"自称，即"我"(I)。

③ 意即：送坏消息的人不受欢迎。

信使	拉比埃努斯①——这是严厉的消息——
	亲率帕提亚军队强占了亚细亚。沿幼
	发拉底河,他征服的旌旗,从叙利亚到
	吕底亚②、到爱奥尼亚③,一路飘扬。可
	是——
安东尼	你要说,可是安东尼——
信使	啊,我的主人!
安东尼	照直说,不必减缓公众传闻。对她,像
	她在罗马时那样,称呼克莉奥佩特拉。
	用福尔薇娅用的词语骂我。用真理与
	恶意所能倾吐的力量,恣意嘲弄我的过
	错。④啊! 我们鲜活的心灵一旦静卧不
	动,便滋生杂草。说出弊病,犹如铁犁

---

①拉比埃努斯:即昆图斯·拉比埃努斯(Quintus Labienus),提图斯·拉比埃努斯之子。布鲁图斯和卡西乌斯派其出使帕提亚(Parthia),请求国王奥罗德斯二世(Orodes Ⅱ,公元前57—公元前37年在位)发兵对付安东尼和屋大维·恺撒。此时,拉比埃努斯正率帕提亚大军推翻中东的罗马行省。帕提亚,即中国史载之安息古国,疆土包括今伊拉克、伊朗和阿富汗一部分,历时500年(公元前248—公元227),约与汉朝同期。

②吕底亚(Lydia):小亚细亚西部古国,公元前7世纪成为强大王国,公元546年末代国王时期,疆土并入波斯帝国。

③爱奥尼亚(Ionia):古小亚细亚西海岸中部地区,今土耳其安塔托利亚地区。古希腊人即爱奥尼亚人。

④原文为"taunt my faults / With such full licence as both truth and malice / Have power to utter."。朱生豪译为:"尽管放胆指斥我的过失,无论它是情真罪当的,或者不过是恶意的讥弹。"梁实秋译为:"用真理与恶意所能有的一切力量来尽情地指责我的过错。"

	在地里耕作。你先去吧。
信使	敬听遵命。(下。)
安东尼	瞧,西锡安①来了消息! 速报!
侍从甲	从西锡安来的,——有这么个人吗?
侍从乙	在等您传令。
安东尼	让他来。(侍从乙下。)——这埃及人的坚固脚镣,我定要打破,不然,在痴恋里迷失自我——

(又一信使上。)

安东尼	您是做什么的?
信使丙	你妻子福尔薇娅死了。
安东尼	在哪儿死的?
信使丙	在西锡安。她患病详情,及其他你该知道的更要紧的事,都在信里。(递信。)
安东尼	退下。(信使丙下。)——一个伟大的灵魂逝去! 我这样渴望过:我们常丢掷所鄙视之物,丢完希望再次拥有。②眼前的快乐,随时间流逝和命运之轮,会转向

---

① 西锡安(Sicyon):古希腊城邦,位于希腊南部,伯罗奔尼撒半岛北部。

② 原文为"What our contempts doth often hurl from us / We wish it ours again."。朱生豪译为:"我们一时间的憎嫌,往往引起过后的追悔。"梁实秋译为:"我们在厌恶的时候想丢开的东西,丢开之后却又想收回来。"

反面。①她消失了，我觉出她的好。把她推开的那只手，情愿把她拽回来。我必须与这迷人的女王断绝：我的懒散孵化出一万个危害，比我所知更多的病患——喂，埃诺巴布斯！

（埃诺巴布斯上。）

埃诺巴布斯　　先生，您有何吩咐？

安东尼　　　　我得赶紧离开这儿。

埃诺巴布斯　　哎呀，那，可要了所有女人的命。看得出来，这种无情对她们有多致命：若答应放我们走，那便死字当头。

安东尼　　　　我非走不可。

埃诺巴布斯　　情不得已，让女人去死②。尽管和一项伟业比，她们什么算不上，但白白丢弃，可惜了。克莉奥佩特拉，这传闻哪怕染上一星半点，马上丢命。我见过她在远不算重要的片刻③，死过二十回。想必死亡之中有活力，能搞些爱的行动，叫

---

① 原文为"The present pleasure, / By revolution lowering, does become / The opposite of itself."。朱生豪译为："眼前的欢娱冷淡了下来，便会变成悲哀。"梁实秋译为："现今的快乐，等到事过境迁，会变成为正相反的东西。"

② 死(die)：含性高潮之意味。

③ 片刻(moment)：与性高潮具双关意。

| | 她死^①得这么快。 |

她死^①得这么快。

安东尼　　　　她狡猾^②,超出男人想象。

埃诺巴布斯　　啊呀,先生,不。她那激情由纯粹之爱里最精妙的部分^③制成:她吹的风和落的雨^④,我们不能叫"叹息"和"泪水"。它们是比历书所载更大的疾风暴雨。她这不算狡猾;如果算,她便能像周甫^⑤那样造出一阵雨。^⑥

安东尼　　　　但愿从未见过她。

埃诺巴布斯　　啊,先生! 那您留下一件未见过的精妙之作^⑦。始终无福消受,要败坏您旅行^⑧

---

　①　死(dying):暗指性高潮。

　②　狡猾(cunning):与女阴(cunt / con)发音相近,易生联想。

　③　部分(part):暗指激起性欲的女阴部分。

　④　吹的风和落的雨(winds and waters):即呼出的气息和伤心的落泪。

　⑤　周甫(Jove):古罗马神话中的众神之王朱庇特(Jupiter)。奥维德《变形记》载:阿尔戈斯国王阿克里休斯(Acrisius)惧怕自己将被未来外孙杀死的预言,将独生女达娜厄(Danae)禁于塔楼。朱庇特听闻其美貌,落下一场黄金雨使其受孕,生下杀死美杜莎(Medusa)的英雄珀尔修斯(Perseus),最后珀尔修斯失手用铁饼将外祖父阿克里休斯杀死。

　⑥　原文为"if it be, she makes a shower of rain as well as Jove."。朱生豪译为:"否则她就跟乔武一样有驱风召雨的神力了。"梁实秋译为:"如果是,她便和周甫一般的会呼风唤雨了。"

　⑦　之作(piece of work):暗指妓女。

　⑧　旅行(travel):与"分娩阵痛""辛劳"(travail)双关。

的好名声。①

安东尼	福尔薇娅死了。
埃诺巴布斯	先生？
安东尼	福尔薇娅死了。
埃诺巴布斯	福尔薇娅！
安东尼	死了。
埃诺巴布斯	哎呀，先生，将感恩的献祭供奉众神。当神灵要夺走一个人的妻子，会向他表明，尘间多裁缝。②他从中得安慰，旧袍穿破，有胳膊腿儿③给做新的。若除了福尔薇娅，世上再无女人，那您的确挨了一击，这状况令人哀叹。可这悲伤戴上安慰的冠冕：您一件旧的女内衣引出一条新衬裙——何况，的确，可以用洋

---

① 原文为"which not to have been blest withal would have discredited your travel."。朱生豪译为："失去这样的眼福，您的壮游也会大大减色的。"梁实秋译为："看都不看一眼，简直是枉自周游世界一遭。"

② 意即众神会像裁缝做新衣替旧衣似的，夺去一个妻子，再送个新的来。另，旧时认为裁缝多好色。原文为"When it pleaseth their deities to take the wife of a man from him, it shows to man the tailors of the earth."。朱生豪译为："一个妻子死了，天神也早给他另外注定一段姻缘。"梁实秋译为："天神要把一个男人的妻子取去的时候，那意思即是指示你尘世间有的裁缝匠。"

③ 胳膊腿儿（members）：指人体一部分器官，或四肢之一，手或足。在此含性意味，暗指阴茎。

葱熏出的眼泪来浇灌这悲伤。①

安东尼　　　她在国内开启的那些事，不容我缺席。

埃诺巴布斯　您在这儿刺破的那些事②，也缺不了您，尤其克莉奥佩特拉的事，全赖您在此逗留。

安东尼　　　别再拿轻浮的话逗趣。把我的意图告知军官们。我要向女王透露远征的原因，请她同意离开。并非仅因福尔薇娅的死，连同更紧迫的动机，强烈说服我。我在罗马许多共谋的朋友们，也写信催我速回。塞克斯图斯·庞培乌斯③已向恺撒挑战，赢得海上帝国。我们善变的民众——他们从不把敬爱与应得者相联，直等他那功绩成为过去——开始把庞培大帝的一切头衔赠给他儿子。他，名声与权力之高，均高过他的血统和魄

① 此处两句话多含性暗语："一击"（a cut）、"状况"（case）、"戴……冠冕"（cowened）、"安慰"（consolation）均暗指女阴；"女内衣"（smock）和"衬裙"（petticoat）皆暗指性欲强的女人。

② 刺破的那些事（the business…broached）：埃诺巴布斯把安东尼上句话转成性暗语，意即：您和克莉奥佩特拉性爱那些事。上句"事"（business）明指政事，此处暗指"交配"（copulation）；上句"开启"（broached）明指开始提出，此处暗指"刺破"（broached），即性爱。

③ 塞克斯图斯·庞培乌斯：兵败于尤里乌斯·恺撒的庞培大帝（Pompey the Great）之幼子，利用安东尼和屋大维·恺撒的分裂，赢得西西里及海上控制权。

力,自称最伟大的军人。他的本领,持续下去,可能危害世界的边界。①大量东西在滋生,像骏马的毛一样,有了生命,还没生蛇毒②。劳你告诉我的部下,说我要迅速离开这里。

埃诺巴布斯　　这就去。(同下。)

---

① 原文为"whose quality, going on, / The sides o'the world may danger."。意即任其发展,罗马帝国的边界将受到威胁。朱生豪译为:"要是让他的势力继续发展下去,全世界都会受到他的威胁。"梁实秋译为:"若不稍加抑制,可能危害国家。"

② 此处化用民间说法:将一根马毛投入死水,会变成蛇。意即庞培乌斯像投入死水中的马毛,刚刚具有实力,尚没产生巨大威胁。

第三场

同上,宫中另一室

(克莉奥佩特拉、查米恩、艾拉丝及亚历克萨斯上。)

克莉奥佩特拉　　　他人在哪儿?

查米恩　　　　　　后来没见着。

克莉奥佩特拉　　　(向亚历克萨斯。)去看他在哪儿,跟谁在一
　　　　　　　　　起,在做什么。——别说我派的。——
　　　　　　　　　若见他烦闷,您就说我在跳舞;他若高
　　　　　　　　　兴,便告知我突然患病。快去,快回。

　　　　　　　　　(亚历克萨斯下。)

查米恩　　　　　　夫人,我觉得,您若深爱着他,用这法子
　　　　　　　　　得不到他喜爱。

克莉奥佩特拉　　　该做的,我还什么没做?

查米恩　　　　　　凡事随他去,遇事别呛他。

克莉奥佩特拉　　　你像个傻瓜——教的法子,倒要失去他。

查米恩　　　　　　别太刺激他,我希望,您不要这样:我们
　　　　　　　　　常对敬畏之人,终会生出憎恨。安东尼

来了。

（安东尼上。）

克莉奥佩特拉	我病了，心里烦闷。
安东尼	我很抱歉，要说出我的打算——
克莉奥佩特拉	亲爱的查米恩，扶我进去！我要倒了。 这样下去活不多久。骨架子撑不住了。
安东尼	嗯，我最亲爱的女王——
克莉奥佩特拉	请您让我透口气。
安东尼	怎么啦？
克莉奥佩特拉	从您那眼神能瞧出来，有什么好消息。 您原配夫人①怎么说？——能动身啦： 真愿她从未准许过您来！别让她说，是 我，留您在这儿，——我没那个能力。 您归属她。
安东尼	众神最知晓——
克莉奥佩特拉	啊！从没一位女王遭这般猛烈的欺骗！ 不过最初，我见您栽下背叛的树②。
安东尼	克莉奥佩特拉——
克莉奥佩特拉	我凭什么认为您能属于我，忠于我，——

① 原配夫人（the married woman）：即福尔薇娅。

② 原文为"I saw the treasons planted."。朱生豪译为："我早就看出您是不怀好意的。"梁实秋译为："我就看出你对我不怀好意。"

尽管您立下誓言,宝座上的众神闻之震惊——但谁向来对福尔薇娅不忠?放荡的疯狂,被那嘴巴造的誓言缠住,这些誓言,立下之日,毁弃之时! ①

安东尼　　　　　最亲爱的女王——

克莉奥佩特拉　　不,请您不要为离去找托词,说声再见,走吧。您当初央求留下时,说的是那样的话:那就不去了——永恒在我的双唇和眼里,极乐在我的眉弯上。我的五官那么卑微,却无一不是上天的品类②。它们仍是原样,而你,世上最伟大的军人,变成最伟大的说谎者。

安东尼　　　　　怎么啦,夫人!

克莉奥佩特拉　　真愿我能有你的身量③。你便知晓埃及女王有一颗勇武之心。

安东尼　　　　　听我说,女王:强大时局之紧迫,命我一时暂离军务,但我整颗心留下供您享

---

① 原文为"Riotous madness, / To be entangled with those mouth-made vows / Which break themselves in searing!"。朱生豪译为:"被这些随口毁弃的空口的盟誓所迷惑,/ 简直是无可理喻的疯狂!"梁实秋译为:"简直是疯狂,/ 竟被你那口头的誓约所蒙骗,/ 你在发誓的时候即已存心背誓!"

② 原文为"none our parts so poor / But was a race of heaven."。朱生豪未译;梁实秋译为:"我浑身上下没有一处不是天生丽质。"克莉奥佩特拉委婉表达:我的美貌是上天所赐。

③ 身量(inches):亦指男人的力量,另含性意味,暗指阴茎。意即假如我是男人。

用。我们意大利四处闪耀内战的刀光。塞克斯图斯·庞培乌斯率大军逼近罗马港口。国内均等的两大力量，滋生出有所顾忌的派系①。遭怨恨的，变得壮大，重新受人敬爱。挨过诅咒的庞培乌斯，继承他父亲丰厚的荣耀，迅速爬进如今政体下尚未成功之人的心窝，他们人数多得吓人。和平，日久生厌，要随手拿绝望之变净化自己。②我本人有件私事，那最能使您安心让我走的事，福尔薇娅死了。

克莉奥佩特拉　虽说年龄不能免除我犯蠢，却能使我摆脱幼稚。③——福尔薇娅会死吗？

安东尼　她死了，我的女王。(递信。)看这个，在你④无上的闲暇之中，读一下她引起的骚乱。最后，最重要的，看她死于何时、何地。

---

① 指屋大维·恺撒和勒比多斯两大巨头之间产生派系之争，但都还有所顾忌。

② 原文为 "And quietness, grown sick of rest, would purge / By and desperate change."。绝望之变，指发动战争。意即和平会厌倦自身的长久安宁，渴望通过战争暴行自我净化。与医学上通过呕吐、排便、放血净化人体意思相近。朱生豪译为："人们因为无所事事，不计后果唯恐天下不乱。"梁实秋译为："承平日久，人心思变。"

③ 原文为"Though age from folly could not give me freedom, / It does from childishness."。朱生豪未译；梁实秋译为："虽然年纪不能使我免于荒唐，/ 却使我不再有孩子气了。"

④ 你：安东尼在此由尊称"您"(you)改为"你(的)"(thy)。

克莉奥佩特拉	啊,最虚伪的爱情! 你盛满伤心泪的神圣的小瓶子①在哪儿? 从福尔薇娅之死,我一下看出来,看出来,我死后将被怎样对待。
安东尼	别再拌嘴,准备听取我的打算,进行,还是停止,由你给出判断。凭使尼罗斯的黏土②富于生机的太阳起誓,我从这里出发,是你的士兵、仆人,讲和,还是开战,皆随你所愿。
克莉奥佩特拉	剪开我胸衣带③,查米恩,快来! ——甭管它了——我病得快,好得快,只要安东尼爱我。
安东尼	我的宝贝女王,要有耐心,去真实见证他的爱,那份爱经得起任何荣誉考验。
克莉奥佩特拉	福尔薇娅也会跟我这样说。④请你,转过身,为她哭泣。哭完向我告别,说那泪水属于埃及。⑤好了,逢场演一幕出

———————————

① 神圣的小瓶子(sacred vials):旧时罗马人有将盛满泪水的瓶子放入死者坟墓的习俗。

② 尼罗斯(Nilus):古希腊神话中的埃及河神。此处以尼罗斯的黏土,指尼罗河的泥滩。

③ 胸衣带(lace):紧缚束胸的胸衣带子,克莉奥佩特拉穿这种胸衣,以便呼吸不畅,假装晕倒。

④ 克莉奥佩特拉以讽刺口吻说出这句话。

⑤ 原文为"say the tears / Belong to Egypt."。意即说那泪水为埃及女王倾洒。

	彩的戏,让它看似完美的荣誉①。
安东尼	您②要激起我的血性。别说啦!
克莉奥佩特拉	您能演得更好,也相当好了。
安东尼	此刻,凭我的剑起誓——
克莉奥佩特拉	还有盾牌。③——表演有改进,但不是顶好。——(向查米恩。)请你,瞧,查米恩,这位赫拉克勒斯式④的罗马人,那愤怒的扮相多么逼真⑤。
安东尼	我要离开您,夫人。
克莉奥佩特拉	多礼的大人,一句话:先生,您我定要分离。——但话不该这样说,先生,您我相爱过。——也不是这话。您十分明白。我要说的是——哦,我的健忘像极了安东尼,忘了要说什么⑥。
安东尼	要不是陛下拿轻浮当臣民,那我要把您

① 原文为"let it look / Like perfect honour."。意即让它演得像真的一样。

② 您(you):安东尼生气,此处又恢复尊称。

③ 克莉奥佩特拉反讽安东尼仅凭一把剑起誓,力量不够,需加上盾牌。

④ 赫拉克勒斯式(Herculean):指英雄般的。赫拉克勒斯(Hercules)是古希腊神话中半人半神的大力士英雄,平生有十二神绩。

⑤ 原文为"How this Herculean Roman does become / The carriage of his chafe."。意即安东尼自称赫拉克勒斯的后裔,他把他的先人演得更好。朱生豪译为:"这位罗马巨人的怒相有多么庄严。"梁实秋译为:"这位罗马大力神的怒相有多么逼真,多么气派。"

⑥ 原文为"I am all forgotten."。按另一释义,可译为:(安东尼一走),我要被(他)彻底遗忘。

　　　　　　　　　　看成轻浮自身。①

克莉奥佩特拉　　　承受像克莉奥佩特拉这样如此贴近内心的轻浮,这是叫人流汗的辛劳。②不过,先生,宽恕我。既然适于我的品性您看不入眼,它们会害死我。您的荣誉召唤您离开。因此,对我无人可怜的愚蠢,装聋好了,愿众神与您同行! 凯旋的月桂花环挑于剑端! 顺利的成功撒于脚下! ③

安东尼　　　　　　让我走。来。我们的分离,既是离去,亦是停留。

　　　　　　　　　你,居于此地,心随我而去。

　　　　　　　　　我,离开此处,心与你同在。

　　　　　走吧!(同下。)

---

　　① 原文为"But that your royalty / Holds idleness your subject, I should take you / For idleness itself."。朱生豪译为:"倘不是为了你的高贵的地位,我就要说你是个无事嚼舌的女人。"梁实秋译为:"若非陛下是把悠闲当作臣民来使唤,我要误会您就是悠闲的化身了。"

　　② 原文为"'Tis sweating labour / To bear such idleness so near the heart / As Cleopatra this."。句中"承受"(bear)"流汗"(sweating)"辛劳"(labour)均为分娩用语,指承受分娩之阵痛。意即我不是轻浮之人,这样说我难以承受。朱生豪译为:"克莉奥佩特拉要是有那么好的闲情逸致,她也不会这样满腹悲哀了。"梁实秋译为:"像克莉奥佩特拉对此事如此认真,这样的悠闲也可说是汗流浃背的苦力了。"

　　③ 在古罗马,得胜将军凯旋之时,头戴月桂花环,一路撒满鲜花和灯芯草。

第四场

罗马，恺撒家中一室

（屋大维·恺撒、勒比多斯及侍从等上。）

恺撒　　　您该看得出，勒比多斯，以后自会知晓，恺撒并无天性之恶去恨我们伟大的同伴①。这消息传自亚历山大——他钓鱼，饮酒，在狂欢中耗去夜晚的火把。他不比克莉奥佩特拉更具男子气，托勒密的王后②不比他更有女人味③。他不愿接待信使，也不愿屈尊去想，自己还有同伴。您能在他身上找见一个男人，他是所有男人所犯一切错误的缩影。

---

①同伴（competitor）：暗含"对手"（rival）之意。

②托勒密的王后（Queen of Ptolemy）：即克莉奥佩特拉。克莉奥佩特拉为埃及国王托勒密十二世（Ptolemy ⅩⅡ Auletes, 公元前80—公元前51）之女；十二世死后，按埃及王室传统，先嫁给大弟托勒密十三世（Ptolemy ⅩⅢ, 公元前62—公元前47），二人共治埃及；十三世溺毙后，再嫁幼弟托勒密十四世（Ptolemy ⅩⅣ, 公元前60—公元前44）。后人认为十四世系被克莉奥佩特拉毒死。

③原文为"nor the Queen of Ptolemy / More womanly than he."。朱生豪未译；梁实秋译为："陶乐美的王后也不比他更有女人气。"

勒比多斯　　我并不觉得,这些恶习足以遮暗他一切善
　　　　　　行。他的过错好似天上星辰,在夜空下更显
　　　　　　火热。这是遗传,并非由继承所得①。他无
　　　　　　从改变,并非刻意选择。

恺撒　　　　您过于宽厚。在托勒密的床上翻滚②,用一
　　　　　　个王国换取一场欢愉,和奴隶一起轮流敬
　　　　　　酒,午间在街头跟跄,与满身汗臭的无赖互
　　　　　　殴,我们权当这都不算毛病。姑且说这与他
　　　　　　身份相符——哪怕他的脾性实属罕见,这些
　　　　　　劣迹玷污不了他——当承受不起由其轻浮③
　　　　　　带来的过重负担,我们便无法原谅安东尼的
　　　　　　污点。他若以淫乐来填满空虚,酒食涨满不
　　　　　　化和骨头干痛④会去找他清算。但他在浪费
　　　　　　时间,出于他本人和我们自身地位⑤,才用军
　　　　　　鼓将他从欢愉里召唤、并大声疾呼——这理
　　　　　　应受谴责,如同我们申斥孩子,那些孩子,自
　　　　　　以为成熟懂事,拿经验为眼前的享乐作赌

---

① 非由继承所得(purchased):此为法律用语。
② 翻滚(tumble):指性爱。
③ 轻浮(lightness):暗含滥交之意。
④ 骨头干痛(dryness of bones):指滥交导致的性病症状。
⑤ 指三巨头共同执政的地位。

注,从而反抗更好的判断。①

（一信使上。）

勒比多斯　　又来消息了。

信使　　　　（向恺撒。）你的命令已执行,最高贵的恺撒,每
　　　　　　一小时,能获报外面情形如何。庞培②海上
　　　　　　力量强大,仅因畏惧才服从恺撒的那些人,
　　　　　　貌似都敬爱他。不满现状的人结伴赶往港
　　　　　　口,人们都说他受了太多委屈。

恺撒　　　　这情形我早该知晓。我们从最原始国家早
　　　　　　已学到,当权者在掌权之前才被拥戴,落潮
　　　　　　者③,从不受敬爱,直到他不值得受敬爱,此
　　　　　　时却又因缺了他,反而受敬爱。民众像溪流
　　　　　　里漂浮不定的菖蒲④,来回漂移,奴仆似的随
　　　　　　流而动,直到自身因流动烂掉。⑤

————————

　　① 原文为"'tis to be chid / As we rate boys, who, being mature in knowledge, / Pawn
their experience to their present pleasure, / And so rebel to judgement."。朱生豪译为:
"因为贪图眼前的欢乐而忘记父兄的教诲一样,我们就不能不对他进行严词谴责。"梁实
秋译为:"就像我们责备那些年事已高而只知目前享受不服理性指导的孩子们一般。"

　　② 此处将"庞培乌斯"改称"庞培"(Pompey)。

　　③ 落潮者(the ebbed man):指政治命运的落败者。

　　④ 菖蒲(flag):另有鸢尾叶(花)之意。

　　⑤ 原文为"This common body / Like to a vagabond flag upon the steam / Goes to
and back, lackeying the varying tide, / To rot itself with motion."。朱生豪译为:"群众就
像一束漂浮水上的鸢尾花,随着潮流的方向而进退,在盲目的行动之中湮灭腐烂。"
梁实秋译为:"群众就像是河里的飘荡的菖蒲,像奴仆一般随着变动的潮流荡来荡
去,飘荡到腐烂为止。"

（另一信使上。）

信使乙　　　恺撒，我给你带来消息。著名海盗，梅纳克拉泰斯和梅纳斯，凭借各种龙骨，在海上穿绕。他们多次猛烈侵袭意大利；沿海居民听闻失去血色、面色红润①的年轻人趁势造反；没有船只能露脸，一被发现立遭劫持；因为庞培的名字，比作战抗击他，造成的损失更大。（下。）

恺撒　　　安东尼，离开你淫荡的酒宴。当时你在摩德纳②杀了希尔提乌斯③和潘萨④，两位执政官，从那儿兵败，饥饿随后紧跟，——虽说美食把你养育，——但凭借超过野蛮人所能承受的耐力，——你与饥饿作战。你喝下马尿和野兽都拒饮的泛着金闪闪浮渣的坑水；随后，你的口味向最荒野的树篱上最粗粝的浆

---

　　① 此处"失去血色"（lack blood）与"面色红润"（flush）形成对照：前者指闻之丧胆，面色苍白；后者指胆大壮实的年轻人，趁势造反。

　　② 摩德纳（Modena）：意大利北部城市，位于博洛尼亚西北。

　　③ 希尔提乌斯（Hirtius）：即奥卢斯·希尔提乌斯（Aulus Hirtius），古罗马作家，尤里乌斯·恺撒的副将，著有《高卢战记》第8卷。屋大维·恺撒进军罗马后，与其一同担任罗马执政官。

　　④ 潘萨（Pansa）：即盖乌斯·维比乌斯·潘萨·凯洛尼亚努斯（Gaius Vibius Pansa Caetronianus），公元前43年尤里乌斯·恺撒遇刺后，与屋大维·恺撒一起担任罗马执政官（补缺）。

果屈尊；①甚至，当白雪覆盖牧场，你像牡鹿
似的，啃起树皮；在阿尔卑斯山麓，听说你吃
过奇怪的肉，有人看一眼得吓死。这一
切——眼下提及有伤你的荣耀——你像一
名士兵那样忍受，脸颊竟不见一丝消瘦。

勒比多斯　　我为他惋惜。

恺撒　　　　让他的羞耻心迅速将他赶回罗马。眼下，该
咱们两人现身战场。为此，要立即召集会
议。庞培在我们的轻浮里壮大。

勒比多斯　　明天，恺撒，我向您确认军情，海上、陆地我
能聚集多少兵力，应对这时局。

恺撒　　　　会面之前，这也是我军务所在。再见。

勒比多斯　　再见，阁下。这期间若知道外面有骚乱，先
生，请您，让我做个分享者。

恺撒　　　　没说的，先生，知道了，这是我的责任。(同下。)

———————————

　　① 原文为"Thy palate then did deign / The roughest berry on the rudest hedge."。
朱生豪译为："吃的是荒野中粗恶生涩的浆果。"梁实秋译为："顶荒野的树丛上结的
顶粗糙的浆果。"

第五场

亚历山大港,克莉奥佩特拉宫中一室

(克莉奥佩特拉、查米恩、艾拉丝及马尔迪安上。)

克莉奥佩特拉	查米恩——
查米恩	夫人?
克莉奥佩特拉	(打哈欠。)哈,哈!——我要喝曼陀罗汁①。
查米恩	为什么,夫人?
克莉奥佩特拉	我的安东尼走了,这大段空白时间,我要昏睡度过。
查米恩	您太想他了。
克莉奥佩特拉	啊,这是背叛!
查米恩	夫人,我不信。
克莉奥佩特拉	你,阉人马尔迪安!
马尔迪安	陛下有何传命?

---

① 曼陀罗汁(mandragora):由曼陀罗草提取的植物汁液,有催眠、麻醉、镇静作用。

克莉奥佩特拉	我这会儿不想听你唱歌①。阉人没任何东西②让我欢愉。阉割去势对你有好处，邪思淫念再飞不出埃及。你有欲望吗？
马尔迪安	有，仁慈的夫人。
克莉奥佩特拉	真的？
马尔迪安	那事儿真不成③，夫人。因为除了能干真正老实的事，干不了别的。④不过，我欲望很猛，会想维纳斯和马尔斯干的事⑤。
克莉奥佩特拉	啊，查米恩！你说现在，他在哪儿？站着，还是坐着？在走路？还是在骑马？啊，幸运的马，承载着安东尼的体重！要干⑥得漂亮，马，可知道谁在驱使你？他是撑起这世界的半个阿特拉斯⑦，人

---

① 阉人歌手是文艺复兴时期的特殊产物，16—18世纪欧洲盛行一时。此处显然是莎士比亚所犯时间上的错误。

② 任何东西（aught）：含性意味，暗指阉人无法给她带来性快乐。

③ 此处在玩耍含性意味的文字游戏，上句女王问"真的"（indeed），马尔迪安在此回答"性事上真不成"（Not in deed）。"真的"（indeed）与"性事上"（in deed）双关。

④ 此句为阉人调侃，意即我没有性能力，干不了花花事儿。

⑤ 古罗马神话中，爱神维纳斯（Venus）与战神马尔斯（Mars）私通，生下女儿康考迪娅（Concordia），为主司和谐、和睦及协调国家安定的女神。

⑥ 干（do）：含性暗示。

⑦ 阿特拉斯（Atlas）：古希腊神话中的擎天巨神，提坦神之一。克莉奥佩特拉无视勒比多斯，在她眼里，安东尼与屋大维·恺撒各为半个阿特拉斯，二人合力撑起世界。

类的武器和蒙面头盔①。——此时,他在说话,或在低语"我那条古老尼罗河的蛇在哪儿?"因为他这样叫我。——此刻,我要用最可口的毒药喂养自己。——在想我,我被贪色的福玻斯②掐得黝黑③,时间在皮肤上刻满皱纹? 宽阔额头的恺撒④,当你身在此地,我还是君王的一小口美味⑤,伟大的庞培⑥情愿站着那儿,让双眸长在我眉宇间:他愿在那儿锚定方向,凝视我,到死⑦方休。

(亚历克萨斯上。)

亚历克萨斯　　　　埃及的君主,致敬!

克莉奥佩特拉　　　你和马克·安东尼多么不同! 不过,从他那儿

---

① 人类的武器和蒙面头盔(arm and burgonet of men):人类的守卫者。

② 福玻斯(Phoebus):即古希腊、罗马神话中的太阳神阿波罗。

③ 克莉奥佩特拉以此回味自己与安东尼过往的欢愉时光。

④ 克莉奥佩特拉曾与尤里乌斯·恺撒相爱,生下一子,取名"恺撒里昂"(Caesarion)意即"小恺撒"。母子随恺撒回到罗马,住在郊外别墅。恺撒遇刺后,母子回到埃及。不久,托勒密十四世身亡,母亲指定儿子与自己共同执政,开启"托勒密—恺撒"时代。

⑤ 原文为"I was / A morsel for a monarch."。意即:当年我还是性感的美少妇。朱生豪译为:"我成了这位帝位的禁脔"。梁实秋译为:"我还是秀色可餐,值得帝王一顾。"

⑥ 此处指庞培大帝之长子格纳乌斯·庞培(Gnaeus Pompey),普鲁塔克《希腊罗马名人传》称其亦拜倒在克莉奥佩特拉裙下。

⑦ 死(die):含性意味,暗指高潮欲仙欲死。

来，点金石①给你镀上一层金色。——
我勇敢的马克安·东尼近况如何？

亚历克萨斯　　亲爱的女王，他做的最后一件事，是吻
了——这是无数之吻的最后一吻——
这颗光润的珍珠。——他说的话粘在
我心里。

克莉奥佩特拉　　我的耳朵非要把它扯下来。

亚历克萨斯　　"好朋友，"他说，"就说，坚定的罗马人
把这颗牡蛎里的珍宝献给伟大的埃及
女王，在她脚下，为弥补眼前这份薄礼，
我要用许多王国充实她富丽的王座。
整个东方，你去说，将称她女主人。"他
这样点下头，肃然跨上一匹备好护身甲
的战马，那尖利的嘶鸣，粗野地把我要
说的话变哑。

克莉奥佩特拉　　那，他是伤感，还是快乐？

亚历克萨斯　　像整年里极热、极冷之间那一段，不伤
感，也不快乐。

克莉奥佩特拉　　啊，多平稳的性情！你看，你看，好心的
查米恩，那就是他。但你看他，他不伤
感，——因为他希望自己的神采之光，

① 点金石：旧时认为炼金术士可凭此将贱金属变成黄金。

能照在以他为榜样的那些人脸上;他不快乐,——这似乎在告诉他们,他的记忆与快乐一同存留在埃及。恰在两者之间,啊,天赐的交融! ——伤感,还是快乐,无论哪种极端,都最适合你,这没人做得到。——遇见我派的信使吗?

亚历克萨斯　　是,夫人,先后二十位信使。您为何派这么多信使?

克莉奥佩特拉　　我若哪天忘了给安东尼送信,甭管谁生在那一天,都要在讨饭中死去。——墨水,纸,查米恩。——欢迎,我好心的亚历克萨斯。——查米恩,我可曾如此爱过恺撒?

查米恩　　啊,那勇敢的恺撒!

克莉奥佩特拉　　再说一遍,让这句话噎死你。说"勇敢的安东尼"。

查米恩　　神勇的恺撒。

克莉奥佩特拉　　以伊西斯起誓,你若再拿恺撒和我那男人中的男人作比,我要让你牙齿流血。

查米恩　　不过跟您学唱而已,请以顶仁慈之心恕罪。

克莉奥佩特拉　　青涩时光,判断力不老到,——激情尚冷,才会说那样的话! ——但是,来,走

亚历克萨斯　　是,夫人,先后二十位信使。您为何派这么多信使?

吧。给我墨水和纸。我要让他每天收到一封问候信,否则,就是埃及无人可派!(同下。)

第二幕

庞培　　　　什么事，瓦里乌斯！

瓦里乌斯　　报告这最确切的消息——马克·安东尼随时抵达罗马。从离开埃及算
　　　　　　起，足够他行军劳顿。

第一场

墨西拿,庞培家中一室

（庞培、梅纳克拉泰斯及梅纳斯上。）

庞培　　　　　倘若伟大的众神是公正的,一定会援助
　　　　　　　最公正之人的行为。

梅纳克拉泰斯　要知道,可敬的庞培,众神有所拖延,并
　　　　　　　不等于拒绝。

庞培　　　　　向他们的宝座祈求时,我们所求之事正
　　　　　　　在毁灭。

梅纳克拉泰斯　我们,对自我无知,常乞求自损之事,明
　　　　　　　智的神力加以拒绝,对我们有益。所
　　　　　　　以,我们丢失所求,反倒能获利。

庞培　　　　　我一定要干好。民众敬爱我,海面归我
　　　　　　　所控。我的兵马势如新月,先知的期望
　　　　　　　表明,它将达成满月。①马克·安东尼在

① 原文为"My powers are crescent, and my auguring hope / Says it will come to the'full."。朱生豪译为:"我的势力正像上弦月一样逐渐扩展,总有一日会变成一轮高悬中天的满月。"梁实秋译为:"我的兵力正在增长,我有预感即将达于全盛。"

	埃及安享欢宴①,不愿出兵交战。恺撒敛财之地,即丢失民心之所。勒比多斯讨好那二位,那二位也讨好他,但他一个不爱,也没哪个在乎他。
梅纳斯	恺撒和勒比多斯上了战场,他们各率一支大军。
庞培	您从哪儿得来消息?假的。
梅纳斯	从西利乌斯那儿,先生。
庞培	他在做梦。我知道他们俩同在罗马,正期盼安东尼。但是,淫荡的克莉奥佩特拉,让一切爱的魔咒浸润你褪色的嘴唇!让巫术与美貌结亲,再加上淫欲!把那个浪荡子绑在欢宴的战场,叫他满脑子酒气。让伊壁鸠鲁派②名厨用吃不腻的调味汁,刺激他的食欲。到头来,让醉睡和酒食搁置他的名誉,直到在忘川河里变得沉闷!③——

① 安享欢宴(sits at dinner):暗指安于淫乐。
② 伊壁鸠鲁派(Epicurean):伊壁鸠鲁(Epicurus,公元前341—公元前270),古希腊哲学家,被视为西方第一个无神论哲学家,发展了阿瑞斯提普斯(Aristippus,公元前435—公元前356)的享乐主义,开创伊壁鸠鲁学派。
③ 忘川河(Lethe'd):古希腊神话中冥界的遗忘河,死者饮忘川河水,即忘却生前事。此句原文为"Even till a Lethe'd dullness."。朱生豪译为:"直到长睡不醒的一天!"梁实秋译为:"沉眠到昏睡不醒的地步!"

（瓦里乌斯上。）

庞培　　　什么事，瓦里乌斯！

瓦里乌斯　报告这最确切的消息——马克·安东尼
　　　　随时抵达罗马。从离开埃及算起，足够
　　　　他行军劳顿。

庞培　　　本想多听点不那么紧要的消息。——
　　　　梅纳斯，没想到，那贪色的放荡鬼能为
　　　　这样一场小小战事，戴上头盔。他的军
　　　　事手腕比那两人①高一倍。不过，让我
　　　　们自提身价：我们的行动能把那贪欲无
　　　　度的安东尼，从埃及寡妇②的裤裆里拽
　　　　出来。

梅纳斯　　我觉得，恺撒与安东尼容不下彼此。安
　　　　东尼死去的老婆，得罪过恺撒，他弟
　　　　弟③，同恺撒打过仗，尽管，我想，并非安
　　　　东尼主使。

庞培　　　说不好，梅纳斯，强敌挡道，小仇可否不
　　　　计。若非我们起兵对抗，很明显，他们
　　　　三人早该吵翻。因为，他们有足够的理

---

① 那两人：指屋大维·恺撒和勒比多斯。
② 埃及寡妇(Egypt's widow)：克莉奥佩特拉是托勒密十四世遗孀。
③ 他弟弟：即安东尼的弟弟路西乌斯。

由拔剑相向。但因惧怕我们,他们会如
何粘牢裂隙,扎紧小小分歧,尚不得知。[①]

一切听凭众神旨意!

　一切关乎生死,皆仰赖

　我们要用最强大的力量。

来,梅纳斯。(同下。)

---

① 原文为"But how the fear of us / May cement their divisions, and bind up / The petty difference, we yet not know."。朱生豪译为:"可是我们还要看看同仇敌忾的心理,究竟能够把他们团结到什么程度。"梁实秋译为:"不过他们由于恐惧我们的缘故,将如何的密切团结,捐除歧见,我们还不得而知。"

第二场

罗马,勒比多斯家中一室

(埃诺巴布斯与勒比多斯上。)

勒比多斯　　　好心的埃诺巴布斯,这件有价值的事,您做最合适:恳请您的统帅,说话要柔和、客气。

埃诺巴布斯　　我来恳请他答话要与身份相符:倘若恺撒激怒他,让安东尼高出一头傲视恺撒,像马尔斯一样大声逼问。以朱庇特起誓,倘若我戴上安东尼的胡子,我今天决不刮脸①!

勒比多斯　　　这不是泄私愤的时候。

埃诺巴布斯　　一旦生出事端,随时奉陪。

勒比多斯　　　但小事必须为大事让路。

---

① 按待客礼仪,会面之前应刮脸,以示尊敬;反之则表示怠慢、侮辱。意即我今天要试一下恺撒,我若戴着安东尼的胡子对他表示不敬,看他敢否扯下安东尼的胡子。

埃诺巴布斯	如果小事先来，则不然。
勒比多斯	您话里满带情绪。但，请您，切勿激起情绪的余烬。高贵的安东尼来了。

（安东尼与文提蒂乌斯上。）

埃诺巴布斯	那边来了恺撒。

（恺撒、梅希纳斯与阿格里帕上。）

安东尼	如能在这儿达成协议①，我们便进军帕提亚。听好，文提蒂乌斯。（二人一旁交谈。）
恺撒	我不清楚，梅希纳斯。问阿格里帕。
勒比多斯	高贵的朋友们，最要紧之事将我们联合，别让一些琐事分裂我们。甭管有何不妥，都可委婉说出。我们高声争辩细小分歧之时，等于在谋杀疗伤的努力。所以，高贵的同伴们，——更因我诚挚恳求，——谈及最酸苦的分歧点，要用最甜美的字眼，别让糟脾气把事态恶化。②
安东尼	这话说得好。哪怕我们在阵前，即将开

---

① 达成协议（compose well）："皇莎本"释为"解决分歧"。

② 原文为"Touch you the sourest points with sweetest terms, / Nor curstness grow to th'matter."。朱生豪译为："用最友好的态度讨论你们最不愉快的各点，千万不要闹得不欢而散。"梁实秋译为："谈到最愤慨的地方要用最柔和的辞句，不要在争端之外再说些尖刻的话。"

	战,也该这样做。(喇叭奏花腔。)
恺撒	欢迎来罗马。
安东尼	谢谢您。
恺撒	坐。
安东尼	坐,先生。
恺撒	那不让了。(恺撒坐下,安东尼随后。)
安东尼	听说有些事令您不快,这些事不是那样的,即便是,也与您无关。
恺撒	倘若,无缘由,或为件小事生气,必会遭世人嘲笑。若跟您过不去,那就是跟自己过不去。在事不关己,而要说您名字之时,我若在任何情况下以贬损口吻提及您,会更遭人取笑。
安东尼	我在埃及,恺撒,与您何干?
恺撒	您在埃及,如同我住在罗马,本不相干。不过,倘若您在那边,图谋危及我的地位,您在埃及这事,便与我相关。
安东尼	"图谋",您何出此言?
恺撒	您不妨凭我身上降临之事,抓住我的意图。您妻子和弟弟与我开战,打着您的旗号出兵,战事以您的名义进行。
安东尼	这事您弄错了。我弟弟从未在行动中用过我的名义。我查问过,从几个与您一同

拔剑作战的可靠报信人那里，获知实情。
难道他没连我的、与您的权威一同损害？
他开战不也违背我的意愿？我没同样的
理由反对他用兵？关于此，我写过多封
信向您举证。您若要拼凑一场争吵，尽
管您备好的碎料够吵一架，但断不能用
这个料。①

恺撒　　　　　把判断有误归我，您用此来自夸。您分明
在拼凑借口。

安东尼　　　　不是这样，不是这样。我清楚——我敢肯
定——您这种想法必不可少，而我，您在
他②与之对抗的事业中的伙伴，岂能用优
雅的眼神注目那些与我自身和平相对峙
的战争。说到我妻子，但愿您有个同脾性
的妻子。三分之一的世界归属您，凭一副
马嚼子，您可轻松训练步法，但这样的妻
子，训不出来。

埃诺巴布斯　　但愿我们都有这样的妻子，那男人就能向

---

① 原文为"If you'll patch a quarrel / As matter whole you have to make it with, / It must not be with this."。意即您若打算吵架，用别的事来吵，这件事证据不足。朱生豪译为："你要是有意寻事，应该找一个更充分的理由，这样的借口是不能成立的。"梁实秋译为："如果你想寻衅，要有充分的资料区制造事端，像这样的借口是不行的。"

② 他(he)：即安东尼的弟弟路西乌斯。

	女人开战！
安东尼	太难控制，勒不住她，恺撒，她那动乱，由性急引起——她倒也不缺精明谋划——我遗憾地承认，令您大为不安。为此，您必须承认，我没办法。
恺撒	我给您写过信，当时您在亚历山大狂欢。您将信塞进衣兜，说了几句嘲讽话，便把我的信使赶出去。
安东尼	先生，当时，他没等传命，突然冲到我面前。那时，我刚宴请了三位国王，脑子没清早灵便。但次日我便当面解释，等于请他原谅。别让这家伙成了我们的纷争之一。就算吵，争辩起来把他清除在外。
恺撒	您打破了自己誓约的条款，却永不能以此指控我。
勒比多斯	别激动，恺撒！
安东尼	不，勒比多斯，让他说。此刻他在谈，荣誉是神圣的，暗指我没荣誉可言。①——但，接着说，恺撒，我破了哪条誓约——
恺撒	在我所需之时，借我武器，出兵相助，您两

---

① 原文为"The honour is sacred which he talks on now, / Supposing that I lacked it."。朱生豪译为："这是攸关我的荣誉的事，果然如他所说，我就是一个不讲信义的人了。"梁实秋译为："他所说的事是与名誉有关的，那时大事，他认为我于名誉有亏。"

者一概拒绝。

安东尼　　　　　失于疏忽，并非拒绝。那时候，毒化的时光捆住了我，脑子不清。①我愿尽我所能，向您扮演悔过者。我的诚实②不能使我的威权变可怜，没了诚实，我的权力也不能奏效。③实情是福尔薇娅，为让我离开埃及，在此地发动战争。而我自己，不知起因，但只要能与我名誉相符④，在这种情况下，我愿俯首乞谅。

勒比多斯　　　这话说得高贵。

梅希纳斯　　　如果你们愿意，请莫再加深旧时恩怨，彻底忘掉它们，只要记住，眼下之需表明，要和解。

勒比多斯　　　说得在理，梅希纳斯。

埃诺巴布斯　　要不，如果可以，你们暂时借用彼此之爱，

---

① 原文为"then when poisoned hours had bound me up / From mine own knowl-edge."。朱生豪译为："那是我一时的糊涂。"梁实秋译为："那时节，我正在陶醉之中，神志不大清楚。"

② 安东尼指自己勇于承认生活放纵。

③ 原文为"but mine honesty / Shall not make poor my greatness, nor my power / Work without it."。朱生豪未译；梁实秋译为："我作事不欠缺坦白的精神，但是也不能坦白到有损于我的尊严。"

④ 原文为"For which myself, the ignorant motive, do / So far as ask pardon as befits mine honour."。朱生豪未译；梁实秋译为："我虽不知情，但事情是由我而起，为了这件事情，在不损及我的名誉的范围之内。"

	等再听不到庞培的消息时，把爱退还。等 无事可做之时，你们有工夫吵嘴。
安东尼	你只是个军人。别再多言。
埃诺巴布斯	差点忘了，真相该保持沉默。
安东尼	您冒犯了这位同伴①，所以别再多话。
埃诺巴布斯	那，好吧！让我做您沉思的石头②。
恺撒	我并不怎么反感他的话，只是不喜欢他那 态度。因为在行动中你我性情如此不同， 若要保住友情，不可能。不过，我若知道 有个什么箍，能使我们坚固，我愿从世界 一端到另一端，去追逐它。
阿格里帕	允我说句话，恺撒——
恺撒	说，阿格里帕。
阿格里帕	您有一位不同母的姐姐③，令人钦佩的奥 克塔薇娅。伟大的马克·安东尼，现在成 了鳏夫。
恺撒	别这样说，阿格里帕。若被克莉奥佩特拉 听去，您理应因鲁莽受谴责。

---

① 这位同伴(this presence)：指恺撒。按"新剑桥"释义，译为"这位威严的同伴"。"皇莎版"释义为"在场各位"，似不妥。

② 意即我不把自己想法说出来。

③ 同母的姐姐：历史上，奥克塔薇娅是屋大维·恺撒最小的胞妹，兄妹俩均为盖乌斯·屋大维(Caius Octavius)续弦阿菲娅(Afia)所生。莎士比亚在此采用普鲁塔克(Plutarch)的说法，认为奥克塔薇娅为原配安卡莉娅(Ancharia)所生。

安东尼	我没成婚,恺撒。让我听阿格里帕往下说。
阿格里帕	为使你们永保友情,让你们成为兄弟,用一个松不开的绳结把你们的心束在一起,让安东尼娶奥克塔薇娅为妻;她的美貌宣称,配最好的男人当丈夫丝毫不差,她的美德、她整体的优雅,非任何人的言语所能表述。凭这桩婚事,一切目前貌似严重的小小猜忌,一切目前貌似引向危险的大大担忧,将不复存在。现在半真的故事成了真相,到时真相能变成故事。她对你们的爱,能使你二人彼此敬爱,而所有对你俩的敬爱,都吸引着她。请原谅我所说的话,因为这是谋划过的,出于责任,反复思考,非一时之念。
安东尼	恺撒有话说吗?
恺撒	他①要先听这番话对安东尼有何触动。
安东尼	如果我说"阿格里帕,就这样办",阿格里帕可有威权成全此事?
恺撒	凭恺撒之威权,凭他对奥克塔薇娅之威权。
安东尼	愿我永不会,为这看似如此美好的目标,梦见障碍! ——让我握住你的手。促成

---

① 他(he):恺撒故意以"他"自指。

	这承受神之恩典的行为,从这一刻起,让兄弟的心主宰我们的爱,支配我们的伟大计划!
恺撒	这是我的手。(二人握手。)我把一个,没哪个弟弟如此深爱过的姐姐,赠予您。让她此生,连接我们的王国和我们的心,愿友爱永不再飞离我们!
勒比多斯	幸运啊,阿门!
安东尼	我本不想与庞培拔剑相向,因他近来极力向我示好。①至少必先致谢,以免我的记忆②遭恶名。紧接着,向他挑战。
勒比多斯	时间在召唤。我们必须立刻去找庞培,否则,他先行找来。
安东尼	他驻军何处?
恺撒	米塞纳山③附近。
安东尼	陆上兵力如何?
恺撒	强大,正在增兵。但在海上,他是绝对主宰。
安东尼	传言如此。但愿开战前有机会谈判!抓紧行动。不过,在我们拿起武器之前,把

---

① 指安东尼的母亲与福尔薇娅一同逃离意大利时,庞培给以亲切接待。

② 我的记忆(my remembrance):有"我的名誉"之意味,意即若不先表示感谢,唯恐名誉受损。

③ 米塞纳山(Mount Misena):"米塞纳"即今"米塞努姆"(Misenum),位于那不勒斯附近,不在西西里。

刚才谈定的事赶快解决。

恺撒　　　高兴至极，请您去见我姐姐，这就领您去她那儿。

安东尼　　我们，勒比多斯，少不了您相伴。

勒比多斯　高贵的安东尼，哪怕生病，也阻留不了我。
　　　　　（喇叭奏花腔。恺撒、安东尼与勒比多斯同下。）

梅希纳斯　（向埃诺巴布斯。）欢迎从埃及回来，先生。

埃诺巴布斯　恺撒的半颗心①，可敬的梅希纳斯！——
　　　　　（向阿格里帕。）我高贵的朋友，阿格里帕！

阿格里帕　好心的埃诺巴布斯！

梅希纳斯　事情安排得如此妥帖，我们该高兴。您在埃及豪饮不断，挺过来了。②

埃诺巴布斯　是的，先生。我们白天睡觉，睡丢了脸面，夜里喝酒，喝得夜色明亮。③

梅希纳斯　一顿早餐吃下八头整烤猪，只十二个人吃。这是真的？

埃诺巴布斯　这就像一只苍蝇之于一只苍鹰。④我们有

---

① 原文为"Half-heart of Caesar"，即恺撒的密友。

② 安东尼、恺撒离开后，各自部下把话题由政治转向聊"花花公子"。

③ 原文为"we did sleep day out of countenance and made the night light with drinking."。"明亮"（light）：与放荡轻浮双关。意即大白天昏睡不醒，睡得使自己感觉羞愧，晚上纵酒狂欢，通宵达旦，指安东尼在埃及过着黑白颠倒的放荡生活。朱生豪译为："我们白天睡觉日月天光，夜里喝酒天旋地转。"梁实秋译为："我们白昼睡得天昏地暗；夜里喝得兴高采烈。"

④ 意即这好比小巫见大巫，跟真正的大吃大喝比起来不算什么。

更奇异的盛宴,那才叫醒目抓眼。

梅希纳斯　　若传闻与她相符,她是位辉煌的女士。

埃诺巴布斯　　在希德纳斯河①畔,她第一次遇见马克·安东尼,便把他的心收入钱袋②。

阿格里帕　　她真在那儿出现过,除非我的报信人瞎编。

埃诺巴布斯　　我来告诉您,她坐的那艘小海船③,像个发光的王座,像团火焰在海面闪耀。艉楼打上黄金,紫色船帆,熏得那么香,熏得海风害相思病。银色船桨,随笛子的曲调划动④,使受击打的水加速紧随,好似在多情地拍打。说到她本人,所有描述一贫如洗:她躺在篷帐里,——金线编织的薄纱帐,——比我们所见想象力超自然的维纳斯画像更美丽。她两侧站着带酒窝的小男孩,像微笑的丘比特⑤,挥动多彩的扇子,扇出的风本要把她柔嫩的面颊扇凉爽,却扇得她面颊红晕发热⑥,凉

---

①希德纳斯河(Cydnus):今塔尔苏斯岩礁(Tarsus Cay),位于土耳其南部西里西亚(Cilicia)地区,不在埃及。西里西亚原为小亚细亚东南部古国。

②收入钱袋(pursed up):含性暗示,"钱袋"(purse)暗指女阴。

③小海船(barge):古代便于出海的小航船。

④划动(stroke):含性暗示,以船桨击水划动指性爱暴力。

⑤丘比特(Cupid):古罗马神话中的小爱神。

⑥红晕发热(glow):暗指性兴奋使然。

	风变热风。
阿格里帕	啊,对安东尼来说,多稀罕!
埃诺巴布斯	她的侍女们,像涅瑞伊得斯①,那么多美人鱼,留意她每一个眼神,让优雅的鞠躬身姿美丽。一位美人鱼般的侍女在掌舵,光滑的索具,经她那双柔软如花、轻盈操作的手一碰,鼓胀②起来。从船上,一股无形的奇香,击中临近码头的感官。③城市把所住居民抛向她,而安东尼,在市集广场就位,孤身独坐,朝空气吹口哨。那空气,除非它愿造一片真空,也会去凝视克莉奥佩特拉,在大自然中留出间隙。
阿格里帕	罕见的埃及人④!
埃诺巴布斯	等她上岸,安东尼派人去,邀她共进晚餐。她回复,他最好变成她的客人,她请他去做客。我们谦恭有礼的安东尼,从不向

---

① 涅瑞伊得斯(the Nereides):古希腊神话中的海洋神女,海神涅柔斯(Nereus)和多丽斯(Doris)所生50个女儿的统称。一家居于地中海,与海神波塞冬(Poseidon)为伴。

② 鼓胀(swell):含性暗示,暗指勃起。

③ 原文为"From the barge / A strange invisible perfume hits the sense / Of the adjacent wharfs."。朱生豪译为:"从这画舫之上散放出一股奇妙扑鼻的芳香,弥漫在附近的两岸。"梁实秋译为:"附近的码头可以嗅到一股幽香从船里荡漾出来。"

④ 埃及人(Egyptian):此处理解多有歧义,该词或与"吉卜赛人"同义,因埃及人和吉卜赛人均与魔法、巫术相关。

女人说"不"字，剪发修面十来次，前往赴宴，为这一餐，仅为两眼贪食秀色，他付出真心。

阿格里帕　君王般的女人！①她让伟大的恺撒把剑放床上②。他耕作，她结果儿③。

埃诺巴布斯　有一回，我见她单脚跳着四十来步过公共街道。跳得喘不上气，一边说，一边喘，那喘息的样子，造出完美的缺陷④，接不上气，用力呼气⑤。

梅希纳斯　现在安东尼必须彻底离开她。

埃诺巴布斯　不可能！他离不开。年龄不能使她枯萎，习俗也不能使她无穷的花样变陈旧。别的女人令你饱食生厌，她却能越满足你，越叫你饿。在她身上，最丑恶的东西变得有吸引力，她贪欲之时，神圣的祭司为她祝福。

---

① 君王般的女人！(Royal wench!)："女人"(wench)一词有放荡女人、妓女、下贱女人等多重意涵，在此潜在义为"至尊的贱妇"。

② 把剑放床上(lay his sword to bed)：指尤里乌斯·恺撒卸下军责，上床与克莉奥佩特拉欢爱。

③ 结果儿(cropped)：克莉奥佩特拉为恺撒生下私生子恺撒里昂。

④ 原文为"make defect perfection"。此处用矛盾修辞法。朱生豪译为："也是那么楚楚动人。"梁实秋译为："却是十分动人。"

⑤ 原文为"And, breathless, power breathe forth."。朱生豪译为："在她破碎的语言里，自有一种天生的魅力。"梁实秋译为："说不出一句整话却有动人的妩媚。"

梅希纳斯	假使美貌，智慧，坚贞，能定住安东尼的心，奥克塔薇娅便是他一个受祝福的战利品①。
阿格里帕	我们走。——好心的埃诺巴布斯，在此逗留期间，您要做我的客人。
埃诺巴布斯	从命，先生，谢谢您。(同下。)

---

① 原文为"Octavia is / A blessed lottery to him."。朱生豪译为："那么奥克泰维娅会是他的一笔财富。"梁实秋译为："那么奥大维亚是他的一位贤妻。"

第三场

同上,恺撒家中一室

[恺撒、安东尼、奥克塔薇娅(在二人之间),侍从等上。]

安东尼　　　这事态和我的重要军责,有时要把我从你的怀抱分离。

奥克塔薇娅　每一次分离,我都要双膝跪于众神前,为您祈祷。

安东尼　　　(向恺撒。)晚安,先生。——我的奥克塔薇娅,别由世人的报告读我的污点。我以前没保持住一条直线,但往后一切照规矩①来。晚安,亲爱的夫人。

奥克塔薇娅　晚安,阁下!

安东尼　　　晚安。(恺撒与奥克塔薇娅下。)

---

① 规矩(rule):与木匠所用"直尺"(ruler)双关,此处用木工术语表述,安东尼以前不检点,生活线不笔直。此句原文为"I have not kept my square, but that to come / Shall all be done by the'rule."。朱生豪译为:"我过去诚然有行为不检的地方,可是从今以后,一定循规蹈矩。"梁实秋译为:"以往我是有失检点,以后一切必定循规蹈矩。"

（预言者上。）

安东尼	喂，小子①，——您想回到埃及吗？
预言者	但愿我从未离开那儿，您也没去过。
安东尼	如果知道，说出理由？
预言者	我看到心底提示，它没在舌头上。但您赶快回埃及。
安东尼	告诉我，谁的命运会升得更高，恺撒的，还是我的？
预言者	恺撒的。所以，啊！安东尼，别留在他身边。你的守护神，——那守卫你的神灵，——是高贵、勇敢的，高得无可匹敌，只要恺撒的神灵不在那里。但凡靠近他，你的神灵就变得害怕，活像被制服。②所以，你们之间要造出足够空间。
安东尼	别再提这个。
预言者	只对你说，只对你当面说。甭管和他玩什么游戏，你肯定输。那种天生的运气，让他顶着优势打败你。只要他在一旁发光，

---

① 小子（sirrah）：对社会地位低者的一种称呼。

② 原文为"But near him, thy angel / Becomes afeared, as being o'erpowered."。朱生豪译为："可是一近了凯撒的身边，它就黯然失色，好像被他掩去了光芒一般。"梁实秋译为："但是一接近他，你的神灵便黯然失色，好像是为他所掩。"

你的光彩变暗。再说一遍，你的神灵都
怕在他身边掌控你，但，他一走开，又辉
煌起来。

安东尼　　　　你去吧。跟文提蒂乌斯说，我有话对他说。
（预言者下。）——要让他①去帕提亚。——
不论凭预言之能，还是仅凭运气，他说了
实情：连那骰子都遵从他。我们游戏时，
我再好的技巧，也晕倒在他运气之下。只
要抽签，总是他赢。他的鸡总能在毫不占
优的情况下斗赢我的；在围圈里斗鹌鹑，
他的鹌鹑总能处于劣势，反败为胜。我要
去埃及。虽说为了我的和平结下这门亲，
我的快乐在东方。

（文提蒂乌斯上。）

安东尼　　　　啊！来，文提蒂乌斯，您必须去帕提亚。
任职令已备好，跟我，去取。（同下。）

———————

①　他：指文提蒂乌斯。

第四场

同上，一街道

（勒比多斯、梅希纳斯及阿格里帕上。）

勒比多斯　　不劳远送，请你们催促各自将军动身。

阿格里帕　　先生，等马克·安东尼与奥克塔薇娅亲吻完，
　　　　　　我们随后来。

勒比多斯　　再会，下次要见你们戎装在身，那才与二位
　　　　　　相配。再会。

梅希纳斯　　估算路程，勒比多斯，我们要比你们先到米
　　　　　　塞纳山。

勒比多斯　　你们路程稍短，我的计划要我绕远路。你们
　　　　　　多赢我两天。

梅希纳斯
阿格里帕　　先生，好结果！

勒比多斯　　再会。（同下。）

第五场

亚历山大,宫中一室

(克莉奥佩特拉、查米恩、艾拉丝、亚历克萨斯及侍从等上。)

克莉奥佩特拉　　　　给我奏些音乐。——音乐,我们在情爱
　　　　　　　　　　交易①上忧郁的食量。

众人　　　　　　　　奏乐,嗬!

(阉人马尔迪安上。)

克莉奥佩特拉　　　　甭管啦。我们去打桌球②。来,查米恩。

查米恩　　　　　　　我胳膊痛,最好跟马尔迪安打。

克莉奥佩特拉　　　　一个女人跟阉人玩③,好比女人跟女人
　　　　　　　　　　玩。——来,您愿跟我玩吗,先生?

马尔迪安　　　　　　尽我所能,夫人。

---

　　① 交易(trade):含性意味,暗指妓女从事性交易。

　　② 桌球(billiard):即台球,亦称弹子球,14世纪起源于英格兰,并非古罗马时代
的游戏。

　　③ 含性意味,暗指跟阉人玩性游戏。

克莉奥佩特拉　　　有好意向就演出来,哪怕演得太短,演员可求得原谅。①我现在不打弹子球了。——把我钓竿拿来,——我们去河边。在那儿,乐队在远处奏乐,我要诱捕长着金黄色鳍的鱼儿。我的弯钩要刺穿黏滑鱼下巴②,而且,将鱼拉上来时,我要把每条鱼都想成一个安东尼,找补一句:"啊,哈! 逮住您啦!"

查米恩　　　　　那回,您把赌注押在钓竿上,您派的潜水者把一条咸鱼③挂在他钩上,他急切切④把它拉上来,真愉快。

克莉奥佩特拉　　　那回,——啊,时间! ——我笑得他没了耐心。当晚,我笑得他耐性十足。第二天清早,九点前,我把他灌醉倒在床上,随后给他戴上我的头饰,系上我的

---

　　① 原文为"And when good will is showed, though's come too short, / The actor may plead pardon."。含性暗示,意即有了性欲就干,若高潮欠佳(或阴茎太短),做爱者可请求原谅。朱生豪译为:"心有余而力不足,那一片好意,总是值得嘉许的。"梁实秋译为:"如果有诚意表现出来,虽然成绩差些,也可邀得原谅。"

　　② 参见《旧约·约伯记》41:1:"你能用鱼钩钓上海怪,/ ……或用钩子穿过它的腮骨吗?"

　　③ 咸鱼(salt-fish):一种腌制过的鱼,暗指阴茎。"咸"(salt)含"贪欲"(lustful)意涵。

　　④ 急切切(fervency):暗示性兴奋。

斗篷,我佩上他那柄腓立比利剑①。

(一信使上。)

克莉奥佩特拉	啊!意大利来的。把你丰硕的消息,硬塞进我荒芜日久的耳朵。②
信使	夫人,夫人——
克莉奥佩特拉	安东尼死啦!——你若这样说,坏蛋,等于活生生杀死你女主人。但你若这样说,他安好、自由,这儿有金子(赏给黄金。),给你吻我手上这儿的大青筋。(伸出手。)——这只手,许多君王双唇吻过,颤抖着吻过。
信使	首先,夫人,他安好。
克莉奥佩特拉	哎呀,赏更多金子。但,小子,听着,我们惯常说死者安好。你若带来这个信儿,我就把给你的金子熔化,倒进你发出坏消息的喉咙。
信使	高贵的夫人,听我说。
克莉奥佩特拉	好,往下说,我听。可你脸上没有好运:如果安东尼自由、安康,——如此酸楚

---

① 腓立比利剑(sword Philippan):安东尼于腓立比之战击败布鲁图斯和卡西乌斯时所用佩剑,由此命名以示纪念。

② 此句含性暗示,暗指荒芜很久的肉体强烈渴望性爱。

的神情,能宣告这样的好消息! 若他境
况不好,你该像一位以群蛇加冕的复仇
女神①,而不像常人那样。

信使　　　　　　请您听我说,好吗?

克莉奥佩特拉　　想在你开口之前打你一顿。不过,你若
　　　　　　　　说安东尼活着,这很好,要么与恺撒成
　　　　　　　　了朋友,要么成了他猎获物,我要让你
　　　　　　　　淋一场黄金雨,把宝贵的珍珠落你身
　　　　　　　　上。

信使　　　　　　夫人,他安好。

克莉奥佩特拉　　说得好。

信使　　　　　　跟恺撒成了朋友。

克莉奥佩特拉　　你是位可敬之人。

信使　　　　　　恺撒与他的情谊大过以往。

克莉奥佩特拉　　你可从我这儿获一笔财富。

信使　　　　　　可是,夫人——

克莉奥佩特拉　　我不喜欢听"可是",它要减损之前的好
　　　　　　　　消息。呸那一声"可是"!"可是"活像个
　　　　　　　　狱卒押着哪个狰狞的凶犯。请你,朋

---

① 复仇女神(Fury):此处应指古希腊神话中复仇三女神中的报复女神提西福涅
(Tisiphone)。复仇三女神分别是:不安女神阿勒克托(Alceto)、嫉妒女神墨该拉
(Megaera)和报复女神提西福涅,常被描绘为群蛇满头的形象。

友,把那小贩包里的内容①,好的坏的,一并倒我耳朵里。你刚说,他跟恺撒成了朋友,身康体健。还说,是自由的。

信使　自由,夫人! 不,没说这话。奥克塔薇娅把他束缚住②。

克莉奥佩特拉　要效什么劳?

信使　最棒的效劳在床上。

克莉奥佩特拉　我脸色苍白,查米恩。

信使　夫人,他和奥克塔薇娅结了婚。

克莉奥佩特拉　让毒性最大的鼠疫降临你!(将他打倒在地。)

信使　高贵的夫人,忍耐。

克莉奥佩特拉　您说什么?——(打他。)滚开,可怕的坏蛋! 否则,我要把你双眼在我脚下当球踢! 我要拔光你头发!(拉起再打倒。)你要挨铁丝鞭打,放盐水里煮,浸泡在淡酸水里受死罪!

信使　仁慈的夫人,我只带来消息,没管配婚。

克莉奥佩特拉　说没有这回事,我给你一个省,让你交大好运。你挨打,算替惹我发怒赎了

---

① 小贩包里的内容(a pack of matter):指所知道的全部消息。克莉奥佩特拉调侃信使像小贩似的把消息一点一点往外说。

② 束缚住(bound):暗指已婚,在此有"被俘获"之意味,下句克莉奥佩特拉误将此转为"负债"(indebted)"效劳"(obliged)之意味,信使再接话在床上"效劳",均含性暗示。

罪。其他不管什么礼物,只要乞求适度,我要用那礼物使你富足。

信使　　　　　　　他结了婚,夫人。

克莉奥佩特拉　　　恶棍,你命太长啦!(拔刀。)

信使　　　　　　　不,那我快逃。——夫人何意?我没犯错。(下。)

查米恩　　　　　　高贵的夫人,克制一下。这是个无辜者。

克莉奥佩特拉　　　有的无辜者逃不过霹雳①。——将埃及熔化进尼罗河!把善良的生灵都化成毒蛇!——再传那个奴隶。——我发了狂,但我不咬他。——传!

查米恩　　　　　　他不敢来。

克莉奥佩特拉　　　我不会伤他。(查米恩下。)这双手失了尊贵,打了比我低贱的人。该怪我自己,原因②在自身——

(查米恩与信使上。)

克莉奥佩特拉　　　(向信使。)来这儿,先生。尽管诚实,带来坏消息,终归不好。快乐消息要交给一

---

① 霹雳(thunderbolt):指古罗马神话中朱庇特的武器——雷霆霹雳。
② 原因(cause):指自己爱安东尼。

| 克莉奥佩特拉 | 恶棍，你命太长啦!(拔刀。) |
| 信使 | 不,那我快逃。 |

群舌头①，但坏消息要在人们有所感时，自行告白。

信使　　　　　我尽了责任。

克莉奥佩特拉　他结了婚？你若再说"是"，我就恨你到不能再恨。

信使　　　　　他结了婚，夫人。

克莉奥佩特拉　愿众神毁灭你！你还不改口？

信使　　　　　我该说谎，夫人？

克莉奥佩特拉　啊！我情愿你说谎，就算我的半个埃及淹在水里，变成一座有鳞蛇的水宫！去，你走吧！即便你有纳喀索斯②那张脸，在我眼里也最丑。他结了婚？

信使　　　　　恳求陛下宽恕。

克莉奥佩特拉　他结了婚？

信使　　　　　别把我无意冒犯当成冒犯。③为了您要我做的事来惩罚我，似乎顶不公平。他和奥克塔薇娅结了婚。

——————————

① 一群舌头(an host of tongues)：古希腊神话中的"名誉女神""菲墨"(Pheme)，是"大地女神"盖亚(Gaia)或"希望女神"(Hope)之女。在罗马神话中变为"谣言女神"(Fama)，多舌、多眼、多耳，长满羽毛。在《荷马史诗》中"菲墨"被称为"谣言女神"(the Rumour of goddes)或宙斯(Zeus)的信、使。

② 纳喀索斯(Narcissus)：古希腊神话中最英俊的美少年，因爱上自己在水中倒影，溺水身亡，死后化为水仙花。

③ 原文为"Take no offence that I would not offend you."。朱生豪译为："我要是吞吞吐吐，也要请陛下不要见气。"梁实秋译为："我并无意冒犯，请您勿以为罪。"

克莉奥佩特拉	啊,他的过错把你变成一个恶棍,是你报的消息坏,不是你人坏! 你去吧,你从罗马带给我的货品①过于珍贵②。愿你卖不出去,砸在手里破产! ③

(信使下。)

查米恩	仁慈的陛下,忍耐。
克莉奥佩特拉	夸赞安东尼的时候,我贬损过恺撒。
查米恩	好多次,夫人。
克莉奥佩特拉	现在我付出了代价。领我离开这儿。我要晕倒! ——啊,艾拉丝,查米恩! ——不要紧。——去找那个人,好心的亚历克萨斯。说说奥克塔薇娅的相貌,她的年龄,她的性情,让他别漏掉她头发的颜色。——尽快回我话。(亚历克萨斯下。)让他④永远离开。——别让他,——查米恩,他像那种画一样,尽管

---

① 货品(merchandise):代指消息。

② 珍贵(dear):另有情感宝贵之意涵。

③ 原文为"lie they upon thy hand, / And be undone by th'em!"。朱生豪译为:"把你从罗马带来的这一个好消息也给我带回去吧!"梁实秋译为:"存在你的手上,你自己受用吧!"

④ 他:即安东尼。

从一侧看，像戈尔贡①，另一侧却像马尔斯。——(向马尔迪安。)您去叫亚历克萨斯回我话，她有多高。——怜悯我，查米恩，但别跟我说话。——领我回寝室。(同下。)

---

① 戈尔贡(Gorgon)：古希腊神话中蛇发女妖三姐妹的统称，三姐妹为丝西娜(Stheno)、尤瑞艾莉(Euryale)、美杜莎(Medusa)。此处应指美杜莎，常被描述成满头蛇发，青铜利爪，野猪獠牙，三姐妹中只有她不能永生。凡与三姐妹对视者，立刻变成石头。

第六场

米塞纳附近

（喇叭奏花腔。庞培与梅纳斯，偕鼓手、号手从一侧上；恺撒、安东尼、勒比多斯、埃诺巴布斯、梅希纳斯，率行进士兵从另一侧上。）

庞培 我手里有你们的人质，你们也有我的。我们先谈判，再交战。

恺撒 先把话挑明最合适，所以才将我方书面提议提前送达。若已考虑好，让我们知晓，你们是否要挂起心怀不满的剑，将那些健壮的青年带回西西里，否则必丧命于此。

庞培 对你们三位，这伟大世界孤立的元老①，众神的首席代理人。——我不知道，为何我父亲就该缺乏复仇者，他有个儿子和好些朋友。自从尤里乌斯·恺撒在腓立比向高

---

① 意即三执政（恺撒、安东尼和勒比多斯）取代元老院，成为三位孤立的统治者。

贵的布鲁图斯显灵①,在那儿,他看见你们
为他卖力复仇。是什么,激起面色苍白的
卡西乌斯谋反？是什么,让满身荣耀、可
敬的罗马人,布鲁图斯,率其他武装的、美
丽自由的追求者们,去浴血卡皮托尔②,不
就是要让一个人仅仅是一个人③？同样,
它使我装备我的舰队,在舰队重压下,激
怒海洋的泡沫,我要用舰队去鞭打④恶意
的罗马投向我高贵父亲的忘恩负义。

恺撒　　　　别着急。

安东尼　　　凭你的帆船,庞培,吓不住我们。在海上,
我们要与你交锋。在陆地,你很清楚我方
兵力比你强得多。

庞培　　　　在陆上不假,你们骗去我父亲的房产⑤。
但因杜鹃自己不筑巢⑥,只要你们能,留着

---

① 在莎剧《尤里乌斯·恺撒》第四幕第三场,腓立比大战在即,恺撒的幽灵在布
鲁图斯营帐内出现。

② 卡皮托尔(Capitol):即卡皮托利尼山(Capitoline Hill),古罗马元老院所在地,
意即刺杀恺撒,血溅元老院。

③ 原文为"but that they would have one man but one man."。意即不就是要阻住
恺撒加冕,由一个人变成神一样的存在。朱生豪译为:"他们的目的不就是为了不让
任何一个凡夫俗子变作独夫民贼吗？"梁实秋译为:"除非是他们决心要使一个人仅
仅是一个人。"

④ 鞭打(scourge):鞭子为天罚的工具,转义指惩罚。庞培在此有代天惩罚之意。

⑤ 暗指庞培大帝兵败后,房产充公,由安东尼购买,却未付款。

⑥ 杜鹃鸟自己从不筑巢,将卵生在其他的鸟巢中。

自便。

勒比多斯　请告诉我们，——因这话与目前所谈不相关——您对我方所呈提议作何回应。

庞培　这是关键点。

安东尼　对我方所提，不必为难，但衡量一下是否值得接受。

恺撒　若要试一下更大运气[1]，想好随后结果。

庞培　你们提议，给我西西里和撒丁岛。我必须扫清所有海盗。然后，派人把足量的小麦送往罗马。协议达成，我们便带着毫不卷刃的刀剑离去，背回没有凹痕的盾牌。[2]

恺撒
安东尼　这就是我们的提议。
勒比多斯

庞培　那，要知道，来这儿之前，我准备接受这提议。但马克·安东尼有些激怒我。——（向安东尼。）哪怕我因说出这事丢失赞誉，您该知道，恺撒和您弟弟交手时，您母亲来到西西里，受到我友好欢迎。

---

① 此处可有两种释义：一是你若决定冒险与三巨头开战，二是你若加入我们可分享更多财富。

② 原文为"this 'greed upon / To part with unhacked edges, and bear back / Our targes undinted."。朱生豪译为："双方同意以后，就可以完盾全刃，各自回去。"梁实秋译为："获得协议以后，我们便可以刀不卷刃的分开，带着没有伤痕的盾牌回去。"

安东尼	听说了，庞培。我早准备好慷慨致谢，这是我欠您的。
庞培	让我握您的手。(二人握手。)没想到，先生，在这儿遇见您。
安东尼	东方的睡床柔软，多谢您，把我唤到这儿来，比我原本打算的更早，使我从中获益。
恺撒	(向庞培。)自上次见过您，您体貌变化很大。
庞培	呃，我不知严苛的命运女神投在我脸上什么标记，但她决进不了我心窝，把我的心变成她的奴隶。
勒比多斯	在此相遇，幸会。
庞培	但愿幸会，勒比多斯。——这算达成协议。我恳请书写协议，随后每人签字，双方盖章。
恺撒	这是接着要做的。
庞培	分手之前该彼此宴请，咱们抽签来定谁先请。
安东尼	我先请，庞培。
庞培	不，安东尼，抽签定。但，谁先，谁后，您那精美的埃及式烹饪将赢得荣耀。听说尤里乌斯·恺撒在那儿吃得发了胖①。
安东尼	您听说了不少。

---

① 发了胖(grew fat)：含性意象，暗指勃起。

庞培	我是好意，先生。
安东尼	好话要配好意。①
庞培	那听得太多了。②还听说，阿波罗多洛斯③扛着——
埃诺巴布斯	别再提这事儿。——他那样做了。
庞培	请问，所做何事？
埃诺巴布斯	把一位王后卷褥子里，扛去给恺撒。
庞培	我现在记起你了。一向可好，士兵？
埃诺巴布斯	好，岂能不好，我看出四场宴请近在眼前。
庞培	让我握你的手。(二人握手。)我从未恨过你。亲眼见过你打仗，羡慕你英勇作战。
埃诺巴布斯	先生，我对您向来没多少好感，但我赞许过你等④，尽管我的赞许，您十分之一都当不起。
庞培	欣赏你的率直，这与你无丝毫不配。——邀各位，上我的战船⑤。三位大人先请？
恺撒 安东尼 勒比多斯	引路，先生。

---

① 安东尼的口吻或带安抚性，也可能是讽刺。

② 意即我听说过太多安东尼在埃及的事。

③ 阿波罗多洛斯(Apollodorus)：克莉奥佩特拉的一位西西里朋友。据普鲁塔克载，阿波罗多洛斯把克莉奥佩特拉卷在褥子里，扛去和尤里乌斯·恺撒私会。

④ 你等(ye)：此处未用"您"(you)。朱、梁均译为"您"。

⑤ 战船(galley)：希腊或罗马战船，船两侧各有一排船桨。

庞培	来。（除梅纳斯与埃诺巴布斯，同下。）
梅纳斯	（旁白。）庞培，你父亲决不会签订这种条约。——（向埃诺巴布斯。）我之前见过您，先生。
埃诺巴布斯	在海上，我想。
梅纳斯	海上见过，先生。
埃诺巴布斯	您在海上干得漂亮。
梅纳斯	您在陆上干得棒。
埃诺巴布斯	谁夸我，我夸谁。不过，无法否认我在陆上干过的一切。
梅纳斯	也否认不了我在海上干过的一切。
埃诺巴布斯	不，为自身安全，有所否认为妙。您是海上大盗。
梅纳斯	您是陆上的。
埃诺巴布斯	关于这点，我否认自己陆上的战功。①但伸出手，梅纳斯。（二人握手。）倘若我们的双眼有威权，便能抓捕吻在一起的两个盗贼。②
梅纳斯	所有男人，甭管手多不老实，都有一张实诚脸。
埃诺巴布斯	却没一个美貌女人有一张真实面孔。

---

① 意即你是海上大盗，但我不承认自己是陆上大盗。

② 形容两个盗贼双手紧握，像爱侣相吻。此处有两层意涵：一是海上、陆上两大盗贼在握手；二是二贼相互问候。

梅纳斯	这不是诽谤，他们偷男人心。
埃诺巴布斯	我们来这儿，本要与你们开战。
梅纳斯	对我来说，很遗憾，交战变成一场对饮。 庞培今天，一笑，笑掉了好运。
埃诺巴布斯	若真这样，那一定，再哭，也哭不回。
梅纳斯	说对了，先生。没想到能在这儿遇见马克·安东尼。请问，他与克莉奥佩特拉结了婚？
埃诺巴布斯	恺撒的姐姐叫奥克塔薇娅。
梅纳斯	对，先生，她原是盖乌斯·马塞勒斯之妻。
埃诺巴布斯	但现在，成了马库斯·安东尼乌斯①之妻。
梅纳斯	您当真，先生？
埃诺巴布斯	是真的。
梅纳斯	那恺撒与他永结同盟。
埃诺巴布斯	若要我预测这一联盟，我不会这样预告。
梅纳斯	我想，这一计划在婚姻中的谋略，胜过双方的情爱。
埃诺巴布斯	我也这样想。但您将发现，那貌似把他们情谊捆在一起的纽带②，势必成为这友好

---

① 马克·安东尼全名为马库斯·安东尼乌斯·马尔奇·菲利乌斯·马尔奇·奈波斯（Marcus Antonius Marci Filius Marci Nepos, 公元前83—公元前30）。

② 纽带（band）：亦有婚约（bond）之意涵。

关系的真正扼杀者①。奥克塔薇娅是个圣
洁、冷静、举止内敛②的女人。

梅纳斯　　　　谁不想有这样一位妻子？

埃诺巴布斯　　谁自己不是这样的人，谁就不想。马克·
安东尼正是如此。他会再去吃他的埃及
菜③。到那时，奥克塔薇娅的叹息势必激
起恺撒的怒火。由此，——像我刚才说
的——这友好关系的力量将变成两人分歧
的直接创造者。安东尼将在情之所属之地
用情。④他在这儿结婚，仅为一时之需。

梅纳斯　　　　可能会这样。来，先生，您上船吗？我要敬
您酒。

埃诺巴布斯　　领您的情，先生。在埃及，我们常把酒灌进
喉咙。

梅纳斯　　　　来，走吧。(同下。)

---

① 原文为"will be the very strangler of their amity."。朱生豪译为："结果反而勒
毙了他们的感情。"梁实秋译为："要变成勒杀他们的友善的带子。"

② 暗指在性事上冷淡无趣不主动。

③ 埃及菜(Egyptian dish)：意即美味的克莉奥佩特拉。此处，"菜"暗指女阴。

④ 意即克莉奥佩特拉所在的埃及才能满足他的情感。

第七场

米塞纳海面，庞培战船上

（音乐。二三仆人端甜品①上。）

仆人甲　　　他们说话就到，伙计。有几位脚底烂了根。世上一丝微风就能吹倒他们。

仆人乙　　　勒比多斯喝得脸都红了。

仆人甲　　　他们让他喝"善行酒"②。

仆人乙　　　当他们由着性子相互掐架，他高喊"别再吵了"，恳求他们和解，又一杯接一杯回敬。③

仆人甲　　　但这要在他和他的判断力之间引发更大

---

① 甜品（dessert）：指客人酒足饭饱之后的水果、甜点和酒。

② "善行酒"（alms-drinking）：通常指把残酒施舍给穷人喝的慈善之举。此处化用之，比喻勒比多斯为促进和解而豪饮乃一种"善行"。意即他们灌了勒比多斯好多酒。

③ 原文为"As they pinch one another by the disposition, he cries out 'No more', reconciles them to his entreaty, and himself to th'drink."。朱生豪译为："他们哄他为了他们重归于好而干杯。席上他们一逞性斗嘴，他就要嚷嚷着'算了，算了！'举杯劝阻。"梁实秋译为："用这方法他们自己尽量的少喝，他大叫'不能再喝啦'；他们听从了他的请求，他答应把酒喝下去。"

　　　　　　　　战争。①

仆人乙　　　　哎呀,这就是与大人物合伙,只落个虚名。
　　　　　　　　我宁愿要一根没用的芦苇秆,也不要一杆
　　　　　　　　举不动的长刃矛枪。②

仆人甲　　　　被召唤进一个巨大球体,没人见你在里面
　　　　　　　　运行③,等于该长眼睛的地方长了两个凹
　　　　　　　　洞,毁了面孔多可惜。

(一阵军号响。恺撒、安东尼、勒比多斯、庞培、阿格里帕、梅希纳斯、埃诺巴
布斯、梅纳斯,偕其他将领等及一歌童上。)

安东尼　　　　(向恺撒。)他们是这样做的,先生:凭方尖塔
　　　　　　　　上的某些标记测量尼罗河水位。由水位
　　　　　　　　的涨、落或适中获知,随后是饥荒、还是丰
　　　　　　　　收。尼罗斯涨得越高,它指望越多。④河
　　　　　　　　水退去,播种者在淤泥上撒种,不久收获
　　　　　　　　来临。

----

　　①原文为"But it raises the greater war between him and his discretion."。朱生豪
未译;梁实秋译为:"可是这样一来他内心矛盾更不能不喝啦。"

　　②在此打比方形容勒比多斯挥舞不动太大的武器。

　　③原文为"To be called into a huge sphere and not to be seen to move in't."。朱生
豪译为:"高居在为众人所仰望的地位而毫无作为。"梁实秋译为:"勉强占据一个高
高在上的位置,而毫无作为。"球体(sphere):旧时认为恒星在环绕地球的透明同心球
体内运行。比喻人居高位。

　　④原文为"The higher Nilus swells, / The more it promises."。尼罗河水位越高,丰
收越有指望。

勒比多斯	你们那儿有好多怪蛇？
安东尼	对，勒比多斯。
勒比多斯	你们埃及的蛇，在你们的软泥里，在你们的太阳运行下，长大。你们的①鳄鱼，也这样。
安东尼	是这样。
庞培	坐下，——上酒！——祝勒比多斯健康！(各自坐下饮酒。)
勒比多斯	身体欠佳，不如往日，但我决不退缩。
埃诺巴布斯	(旁白。)直到您睡去。——在那之前，怕是要不醉不休。
勒比多斯	对，没错，我听说，托勒密王朝的金字塔②是非常棒的东西。听说是这样，没人反驳。
梅纳斯	(旁白；向庞培。)庞培，说句话。
庞培	(旁白；向梅纳斯。)在耳边说，什么事？
梅纳斯	(旁白；向庞培。)离开座位，我请你，主帅，听我说句话。
庞培	(耳边低语。)稍等，就来。——这杯敬勒比多斯！
勒比多斯	你们的鳄鱼，是什么样子的东西？
安东尼	它的形状，先生，像它自己，宽度跟它一样

---

① 勒比多斯来回重复"你们的"(your)，为酒后醉态。

② 金字塔(pyramises)：勒比多斯的"金字塔"(Pyramids)读音含混，暗示醉态毕现。

宽。也正好那么高,用它自己的四肢移动。靠滋养它的东西存活。四大元素①一旦离去,它的灵魂便转入另一个身体。②

勒比多斯　什么颜色?

安东尼　还是自身的颜色。

勒比多斯　这是种怪蛇。

安东尼　是的。而且,它眼泪是湿的③。

恺撒　这样描述能满足他?

安东尼　庞培的敬酒能满足他,否则,他就是十足的享乐主义者④。(梅纳斯再次向庞培耳语。)

庞培　(旁白;向梅纳斯。)该死,先生,该死!还说这个?走开!照我吩咐去做。——我要的那杯酒呢?

梅纳斯　(旁白;向庞培。)若看在我效过命的分上,你肯听我说,便从凳子上起身。

---

① 四大元素(the elements):古代欧洲人认为宇宙由土、水、空气和火这四大元素构成。

② 原文为"the elements once out of it, it transmigrates."。朱生豪译为:"它的精力衰竭以后,它就死了。"梁实秋译为:"一旦生命离开了它,便投生到另外的一个身体里去。"安东尼在此援引古希腊哲学家、数学家毕达哥拉斯(Pythagoras,公元前580—公元前500)的"灵魂转世(投胎)说"。

③ 相传鳄鱼在吞食猎物之前先流泪。

④ 享乐主义者(epicure):另有无神论者之意涵。伊壁鸠鲁派追随者不相信来世,故安东尼开此玩笑,意即只有无神论者或享乐主义者才会对安东尼描述鳄鱼如此令人满意持怀疑态度。

庞 培	（旁白；向梅纳斯。）我想你是疯了。什么事？
	（两人退到一旁交谈。）
梅纳斯	我对你的命运一向恭顺。
庞 培	你对我十分效忠。还有什么要说的？——
	（向众人。）诸位，畅饮。
安 东 尼	这些流沙①，勒比多斯，远离它们，因为您在下沉。
梅纳斯	您可想做全世界的主人？
庞 培	你说什么？
梅纳斯	您可想做整个世界的主人？又说了一遍。
庞 培	那怎么可能？
梅纳斯	但凡考虑一下，尽管你觉得我卑微，我却是那能给你整个世界的人。
庞 培	酒没少喝吧？
梅纳斯	不，庞培，我没碰过酒杯。只要真敢做，你就是尘间周甫。但凡想要，无论海洋围篱之内，还是苍穹环抱之下，都归你。
庞 培	哪条路，指给我。
梅纳斯	这三个世界的分享者，这伙竞争者，在你的船上。让我割断缆绳，等我们驶离海岸，便劈开他们的喉咙，那他们的一切都

---

① 流沙（quicksands）：指醉醺醺的勒比多斯站立不稳，提示酒像流沙似的使人陷入危险。

	是你的。
庞培	啊！这事你应去做，不该说出来。在我，它是邪恶；在你，则是尽忠。要知道，我并非以利益引导荣誉，我的荣誉在利益之上。很遗憾，你的舌头出卖了行为：背着我干了，事后我会发觉干得好，但现在定要谴责。停止，喝酒。(加入其他人。)
梅纳斯	(旁白。)为此，我再不追随你衰落的命运。——机会，人一旦寻得而抓不住，休想再找见。
庞培	这杯酒祝勒比多斯健康！(众人饮酒。)
安东尼	把他抬岸上去。——我替他喝，庞培。
埃诺巴布斯	这杯敬你，梅纳斯！
梅纳斯	埃诺巴布斯，欢迎！
庞培	倒酒，杯子倒满。
埃诺巴布斯	(指着把勒比多斯背下场的一侍从。)这家伙真壮实，梅纳斯。
梅纳斯	为什么？
埃诺巴布斯	背负三分之一个世界，伙计，竟没看出来？
梅纳斯	他那三分之一醉了。愿整个世界喝醉，在车轮上转动①！
埃诺巴布斯	你喝。加速转晕。

---

① 此处化用谚语"世界在车轮上转动(world goes on wheel.)"，形容快速旋转。

梅纳斯	来。
庞培	这还算不上亚历山大式的酒宴。
安东尼	跟它比，接近成熟。——开酒桶，嗬！——这杯敬恺撒！
恺撒	喝不下啦。这是怪物般的劳作①，我的脑子，越洗越脏②。
安东尼	要及时当一回孩子。③
恺撒	我的回答是"当时间的主人"④。但我宁愿四天禁食，也不愿一天喝这么多。
埃诺巴布斯	（向安东尼。）哈，辉煌的皇帝！此时让我们跳起献给埃及酒神的狂舞⑤，庆祝这场酒宴，怎样？
庞培	跳起来，好战士。
安东尼	来，让我们拉起手，跳到得胜的美酒，把我

---

　　① 原文为"It's monstrous labour."。朱生豪未译；梁实秋译为："真奇怪。"

　　② 意即越喝越头晕。

　　③ 原文为"Be a child o'the time."，意即要享受当下快乐。朱生豪译为："今天大家不醉无归，不能让你例外。及时行乐一回吧。"梁实秋译为："要随缘适应，不必拘泥。"

　　④ "当时间的主人"（Possess it）：此为恺撒回应上句。另可译为："喝掉它。"或："我回敬一杯。"

　　⑤ 原文为"the Egyptian Bacchanals"。Bacchanals指献给古罗马神话中酒神巴克斯（Bacchus）的醉酒狂舞。古埃及神话中的酒神为奥西里斯（Osiris），古埃及九大主神之一，亦为葡萄树和葡萄酒之神。

们的感官浸入柔美的忘川河。①

埃诺巴布斯　　全都拉起手。——用响亮的乐曲冲击我们的耳朵。——同时,我来给你们排位置。排好后,歌童开唱。每个人要高声伴唱副歌,好像强壮的身体两侧能齐发群射。②

(奏乐。埃诺巴布斯将众人手拉手列好队。)

歌童　　　　(唱。)

歌

来,你这酒中君主,

胖乎乎、醉眼半闭的巴克斯!

用你的大桶浸没我们的忧伤,

用你的葡萄给我们的头发加冕,③

为我们斟满酒,喝到世界旋转,

为我们斟满酒,喝到世界旋转!

恺撒　　　　您还没喝够?——庞培,晚安。——(向安

---

① 原文为"Till that the conquering wine hath steeped our sense / In soft and delicate Lethe."。朱生豪译为:"一直跳到美酒浸透了我们的知觉,把我们送进了温柔的黑甜乡里。"梁实秋译为:"一直等到酒力把我们的知觉浸入温柔的水乡忘怀一切。"

② 原文为"The holding every man shall bear as loud / As his strong sides can volley."。"群射"(volley)为军事术语,在此指像火器或火炮那样齐声伴唱。朱生豪译为:"每一个人都要拉开喉咙和着他唱,唱得越响越好。"梁实秋译为:"每个人都要扯开喉咙随声附和,愈响愈好。"

③ 原文为"With thy grapes our hairs be crowned."。朱生豪译为:"替我们头上挂满葡萄。"梁实秋译为:"用你的葡萄作花给我们戴在头上。"

东尼。)	好兄弟①,我请求您上岸。我们更重大的事对这种轻浮皱起眉头。——高贵的诸位大人,让我们告别。你们看,每人都烧红了脸。强壮的埃诺巴布②不敌酒力,我自己的舌头把舌端的话撕裂。狂野的假面舞③几乎把我们都变成小丑。还用多说吗?晚安。——高贵的安东尼,给我手。
庞培	我要到岸上跟你们比试酒力。
安东尼	来啊,先生。把手给我。
庞培	啊,安东尼! 您占了我父亲的房子。——但,那算什么? 咱们是朋友。来,上小船④。
埃诺巴布斯	留神,别掉水里。——(庞培、恺撒、安东尼及侍从等下。)梅纳斯,我不想上岸。
梅纳斯	别去,来我舱里。——这些战鼓! ——这些军号、军笛! 何等! ⑤——让尼普顿⑥听见我们向这三位大人物高声道别。奏响,

---

① 此时,安东尼成为恺撒的姐夫。

② 埃诺巴布(Enobarb):即埃诺巴布斯。此处暗示恺撒因微醉,已不能把读音发清。

③ 假面舞(disguise):暗指脸喝得通红,犹如戴上假面具跳舞。

④ 在大船上欢宴后,换乘载人上岸的小船。

⑤ 何等!(what!):意何等威武,让我们听听。

⑥ 尼普顿(Neptune):古罗马神话中的海神。

　　　　　　该死！奏响响的！

（喇叭奏花腔。伴着军鼓声。）

埃诺巴布斯　　　呼！他一声喊。——瞧，我的帽子。(把帽
　　　　　　　　子抛向空中。)

梅纳斯　　　　　呼！——高贵的将军，来。(同下。)

第三幕

文提蒂乌斯偕西利乌斯及其他将士凯旋

第一场

叙利亚一平原

（文提蒂乌斯,偕西利乌斯及其他罗马人、军官、士兵,凯旋行进上;帕科罗斯①尸体在前示众。）

文提蒂乌斯　　　　眼下,善骑射的帕提亚②,你中了一箭。如今,高兴的命运之神,为马库斯·克拉苏③之死,让我成为复仇者。——把这具国王之子的尸体抬到队列前面。——奥罗德斯,你的帕科罗斯,为马库斯·克拉苏抵了命。

---

① 帕科罗斯(Pacorus):即帕提亚帝国储君、王子帕科罗斯一世(Pacorus Ⅰ),国王奥罗德斯一世(Orodes Ⅰ)之子。公元前38年,文提蒂乌斯率六万罗马大军攻打帕提亚帝国占领下的叙利亚,史称希尔赫斯提卡战役(Battle of Cyrhestica),帕提亚主帅帕科罗斯一世阵亡。

② 帕提亚(Parthia):指国王奥罗德斯一世。古代善骑射的帕提亚骑兵常佯装败退返身一箭射死敌人,故将"帕提亚飞射"(Parthian shot)称为"回马箭"。

③ 马库斯·克拉苏(Marcus Crassus,公元前115—公元前53):与庞培大帝、尤里乌斯·恺撒并称古罗马"前三巨头"。公元前53年,克拉苏率四万大军远征帕提亚,在卡莱战役(Battle of Carrhae)中兵败被俘。帕提亚国王奥罗德斯一世将黄金熔化,把金水灌进克拉苏嘴里,给后世留下"黄金灌口"致死克拉苏的传言。

西利乌斯	高贵的文提蒂乌斯,趁你剑上帕提亚人的血尚有余温,追击逃跑的帕提亚人。策马穿越米堤亚①、美索不达米亚②,及溃敌逃兵隐匿之地。你的主帅,安东尼,要让你坐上凯旋的战车,把花环戴你头上。
文提蒂乌斯	啊,西利乌斯,西利乌斯! 我做的足够多。一个军阶较低的人③,请注意,可能军功过大。因为要熟记这条,西利乌斯——当我们所效命之人不在时,行事宁可不了了之,不可获得过高名声。恺撒和安东尼赢得成功,向来靠部下,胜过靠本人。索西乌斯,在叙利亚与我同级的一位,他的副将,因每分钟都在迅速积累所获名声,失了宠。在战争中,但凡谁的功劳盖过主帅,谁就变成他主帅的主帅。雄心——军人的美德——宁可输一仗,也不愿赢一仗败掉自己名誉。为安东尼乌斯的利益,我可以做得更多,但这会得罪他。一旦得罪,我的功绩就毁了。

---

① 米堤亚(Meida):公元前7至公元前6世纪,位于今伊朗高原西北部一古国。

② 美索不达米亚(Mesopotamia):古希腊对两河(底格里斯河和幼发拉底河)流域的称谓。

③ 文提蒂乌斯指自己作为安东尼所属部将。

西利乌斯　　　文提蒂乌斯,你很有见识,一个军人没见识,跟他用的剑,几乎没区别。你要给安东尼写信?

文提蒂乌斯　　我要谦恭地表示,我们以他的名义,那神奇的战争口令,获得怎样的战果。我们如何,凭借他的军旗和他报酬丰厚的队伍,将从未落败过的帕提亚骑兵,像赶劣马一样逐出战场。①

西利乌斯　　　他现在在哪儿?

文提蒂乌斯　　他打算去雅典。不管多匆忙,我们必须随身把辎重②运到那儿,出现在他眼前。——向前,往那里;前进!(同下。)

---

① 原文为"How, with his banners and his well-paid ranks, / The ne'er-yet-beaten horse of Parthia / We have jaded out o'the field."。朱生豪译为:"他的雄壮的旗帜和精神饱满的部队,怎样把百战百胜的帕提亚骑兵驱出了战场之外。"梁实秋译为:"以及我们如何的在他的旗帜下指挥着他的士饱马腾的队伍,把那从未挫衄过的帕兹亚的骑兵打得溃不成军。"

② 辎重(the weight):指缴获的大量战利品及装备等军事物资。

第二场

罗马,恺撒家中一室

(阿格里帕及埃诺巴布斯分上,相遇。)

阿格里帕 　　怎么! 那兄弟俩①离开了?

埃诺巴布斯 　　他们与庞培达成协议。他走了。余下三
人正在协议上盖印。奥克塔薇娅哭着告
别罗马。恺撒很伤感。勒比多斯从庞培
那场酒宴之后,按梅纳斯说的,被绿色贫
血病②所困。

阿格里帕 　　好一个高尚的勒比多斯。

埃诺巴布斯 　　一个很优雅的好人③。啊,他多么敬爱恺撒!

---

① 兄弟俩(brothers):指安东尼与屋大维·恺撒这对姻亲兄弟,按中国习俗,安东
尼是恺撒的大舅哥,二人为郎舅关系。

② 绿色贫血病(green sickness):医学上称"萎黄病",一种少女、尤其饱受相思之
苦的少女易患的贫血症。此处暗讽勒比多斯醉酒及其对安东尼和恺撒的思念。意
即:他(勒比多斯)患上了因贫血导致脸色发绿的少女相思病。

③ 优雅的好人(fine one):与勒比多斯(Lepidus)的名字拼写"lepidus"之拉丁语
义"好,优雅"(fine, elegant)形成双关。

阿格里帕	不，他多么深深崇拜马克·安东尼！
埃诺巴布斯	恺撒？嗯，他是人中朱庇特。
阿格里帕	安东尼是什么？朱庇特之神！
埃诺巴布斯	您在说恺撒？嗬！无可匹敌之人！
阿格里帕	啊，安东尼！啊，你这阿拉伯的鸟儿①！
埃诺巴布斯	您要赞美恺撒，叫一声"恺撒"，——足足矣。
阿格里帕	确实，他把卓越之赞美堆在两个人身上。
埃诺巴布斯	但他最爱恺撒，——也爱安东尼。他对安东尼的爱，——呼！——非内心、舌头、数字、抄写员、歌手、诗人，所能想、能说、能算、能记、能唱、能韵律抒写。但对于恺撒，他要跪下，拜倒，惊叹！
阿格里帕	他两人都爱。
埃诺巴布斯	之于他，他们是粪块儿；之于他们，他是屎壳郎。(内军号声。)那好，——这是上马出发的号角。——再见，高贵的阿格里帕。
阿格里帕	祝好运，可敬的战士，再见。

(恺撒、安东尼、勒比多斯与奥克塔薇娅上。)

安东尼	不劳远送，阁下。

---

① 阿拉伯的鸟儿(Arabian bird)：古埃及神话中的不死火鸟，亦称火凤凰，相传生于埃及东部阿拉伯沙漠，每五百年自焚为烬，再从灰烬中重生，即中国神话所称"凤凰涅槃"。

恺撒	您将大半个我带走。替我善待她。——姐姐,要见证这样一位妻子,如我所期望的那样,因为我最远的担保要由你的行为来判定。①——最高贵的安东尼,这美德的杰作,好比友情的黏胶,夹在我们中间,使之得以建造,别让它成为攻城槌,去冲击情谊的堡垒。因为,若不能珍视这杰作,没有这个中间人,双方情谊本可以更好。
安东尼	别因您不信任,让我生气。
恺撒	话说完了。
安东尼	尽管您对此过于审慎,却找不出一丝理由,为您有所害怕的事担心。那好,愿众神保护您,让罗马人的心为您的目标效力!你我就此分别。
恺撒	(向奥克塔薇娅。)再见,我最亲爱的姐姐,一路平安!愿诸天善待你,让你情感得一切

①原文为"Sister, prove such a wife / As my thoughts make thee, and as my farthest bond / shall pass on thy approof."。"最远的担保"(the farthest bond),因奥克塔薇娅要跟随安东尼离开罗马去埃及,恺撒代替父亲向安东尼做出担保,姐姐是一位贞洁贤德的好妻子,她将用行为来见证自己。朱生豪译为:"妹妹,愿你尽力做一个好妻子,不要辜负了我的期望。"梁实秋译为:"姊姊,要作一个我所期望于你的而且我敢担保你必能达成我所期望的贤妻。"

安慰。①再见。

奥克塔薇娅	我高贵的弟弟！——（哭泣。）

安东尼　　　四月天在她眼睛里。那是爱的春天，这阵雨带来春天②。开心起来。

奥克塔薇娅　（向恺撒。）先生，照看好我丈夫的房子③，还有——

恺撒　　　　什么，奥克塔薇娅？

奥克塔薇娅　我附您耳边说。（对恺撒耳语。）

安东尼　　　她的舌头不听命于心，心也无法通知舌头，——像一根天鹅绒羽，立在满潮的浪尖，不上不下。④

埃诺巴布斯　（旁白；向阿格里帕。）恺撒会落泪？

阿格里帕　　（旁白；向埃诺巴布斯。）他脸上有一块愁云。

埃诺巴布斯　（旁白；向阿格里帕。）倘若他是一匹马，会因那

---

① 原文为"The elements be kind to thee, and make / Thy spirits all of comfort."。朱、梁均未译。

② 奥克塔薇娅在哭泣，安东尼化用谚语"四月阵雨带来五月花"（April shower bring May flowers.），将奥克塔薇娅的泪水比喻为阵雨。

③ 指安东尼所占庞培大帝的房宅。

④ 此句或为安东尼旁白，意在表达奥克塔薇娅心绪复杂，难以言表，像一根天鹅绒羽浮在潮涨潮落之间。原文为"Her tongue will not obey her heart, nor can / Her heart inform her tongue – the swan's-down feather, / That stands upon the swell at full of tide, / And neither way inclines."。朱生豪译为："她的心绪无法诉诸语言，因为她在两种对立的力量之间委决不下，就像漂浮在一涨一落两股潮水间的一根羽毛。"梁实秋译为："她的舌头不听她的心使唤，她的心也不听她的舌头使唤了；她就像是天鹅的绒毛，在高涨的情思起伏中，不知向哪一边倒了。"

块愁云不讨人喜欢。身为男子汉,他也这样。①

阿格里帕 (旁白;向埃诺巴布斯。)哎呀,埃诺巴布斯,安东尼发现尤里乌斯·恺撒死了,当时几乎号啕痛哭。在腓立比,发现布鲁图斯被杀之时,也曾落泪。

埃诺巴布斯 那一年,的确,他伤了风,涕泪交加。面对自己甘愿摧毁之敌,他恸哭,相信我,哭得我也落了泪。

恺撒 不,亲爱的奥克塔薇娅,我会不断写信给您。时间追不上我对您的思念。②

安东尼 来,兄弟,来。我要用情谊的力量与您摔一跤。看,我把您抱起来。(拥抱恺撒。)再这样让您走,把您交予众神。

恺撒 再见。祝你们好运!

勒比多斯 (向安东尼。)让所有星辰照亮你的美好航程!

①驯马者认为"马脸带云(黑斑)"脾气暴,阿格里帕上句以"那块愁云"暗指恺撒欲哭落泪,埃诺巴布斯接过话头,提及两眼间带黑斑的马不讨人喜欢,恺撒因脸上有愁云,自然也不讨人喜欢。原文为"He were the worse for that, were he a horse. / So is he, being a man."。朱生豪译为:"马要生着一张黑脸也会是只驽马;何况他是一个堂堂男子。"梁实秋译为:"如果他是一匹马,这乌云便是缺点了;既是个男子汉,他当然也显着不体面了。"

②原文为"the time shall not / Outgo my thinking on you."。朱生豪译为:"我对你的想念是不会因为时间的久远而冷淡下去的。"梁实秋译为:"我将无时不在想念你。"

恺撒　　　　　　再见,再见!(亲吻奥克塔薇娅。)

安东尼　　　　　再见!(军号响。同下。)

第三场

亚历山大,宫中一室

（克莉奥佩特拉、查米恩、艾拉丝与亚历克萨斯上。）

克莉奥佩特拉　　　人在哪儿?

亚历克萨斯　　　一半怕一半不怕,不敢过来。

克莉奥佩特拉　　行了,行了。——到这儿来,先生。

（之前的信使上。）

亚历克萨斯　　　尊贵的陛下,犹太的希律都不敢看您一
　　　　　　　　眼,您高兴时除外。

克莉奥佩特拉　　我要那希律的人头。但如何做到,安东
　　　　　　　　尼一走,我通过谁下指令? ——（向信
　　　　　　　　使。）来,你走近点。

信使　　　　　　最仁慈的陛下!

克莉奥佩特拉　　见着奥克塔薇娅了?

信使　　　　　　是的,崇敬的女王。

克莉奥佩特拉　　在哪儿?

信使	夫人，在罗马。她夹在她弟弟和马克·安东尼中间，我看见了她的脸。
克莉奥佩特拉	和我一样高？
信使	没您高，夫人。
克莉奥佩特拉	听她说话了？嗓音尖，还是低？
信使	夫人，我听见她说话，嗓门低。
克莉奥佩特拉	那不大好，——他喜欢她，时间长不了。
查米恩	喜欢她？啊，伊西斯！这不可能。
克莉奥佩特拉	我想是的，查米恩。嗓音低沉，个子矮小！——(向信使。)她那步态里，可有什么威严？想一下，假如你真见识过威严。
信使	她那是爬。——移动和静止一个样。看着像一具躯体，而非一个生命，像一尊雕像，而非一个大活人。
克莉奥佩特拉	真这样？
信使	否则，算我没观察力。
查米恩	在埃及，比他更有观察力的，找不出三位。
克莉奥佩特拉	看得出，他很有悟性。——她身上没什么可取之处。——这家伙判断力很好。
查米恩	极好。
克莉奥佩特拉	请你，猜一下她的年龄。
信使	夫人，她原本是个寡妇，——
克莉奥佩特拉	寡妇！——查米恩，听！

信使	我想,三十岁的样子。
克莉奥佩特拉	记得她的脸吗? 长的,还是圆的?
信使	圆的,圆出毛病来了。
克莉奥佩特拉	大多数时候,圆脸的人,过于愚蠢。——她头发,什么颜色?
信使	棕色,夫人。她前额低,无法再低。①
克莉奥佩特拉	这儿是赏你的金子。刚才对你凶,别在意。——我要再派你带封信回去。发觉你最会办事。你去准备,信已写好。(信使下。)
查米恩	这家伙不错。
克莉奥佩特拉	的确,是不错。我真后悔对他那样粗暴。嗯,照他一说,我想,那女人没什么特别。
查米恩	没什么,夫人。
克莉奥佩特拉	这人见过些君王之威,该了解。
查米恩	见过君王的威严? 他侍奉您那么久,伊西斯不准许别的!②
克莉奥佩特拉	还有件事要问他,好心的查米恩。但不要紧。带他来我写信的地方。愿一切足够好!
查米恩	一定会的,夫人。(同下。)

① 高前额被视为富有吸引力。
② 意即除了您的威严,伊西斯女神不许他见过其他君王之威。

第四场

雅典,安东尼家中一室

(安东尼与奥克塔薇娅上。)

安东尼　　　　不,不,奥克塔薇娅,不单那个,——那个,及其他上千件类似重要的事①,都情有可原,——但他向庞培发起新的战事。他立下遗嘱,向公众宣读。②勉强提我一句。必要时,不得不说几句体面话,说得冷淡、苍白。他把最窄的尺度借给我③:最该夸赞的时机,他抓不住,不然,从牙缝里敷衍几句。

奥克塔薇娅　　啊,我高贵的丈夫,不能全信! 若一定要信,也不要厌恶一切。若这种分裂发生,

---

　　① 安东尼在向奥克塔薇娅列举恺撒的恶行。

　　② 恺撒为赢得支持,告知罗马民众可从对庞培的战争中获利。据普鲁塔克载,恺撒在元老院当众宣读。

　　③ 意即给我最少表扬。

奥克塔薇娅　　啊,我高贵的丈夫。愿丈夫赢,也愿弟弟赢,祈祷,再毁掉祈祷。

没比我更不幸的女人，从没有过夹在中间，为双方祈祷。倘若我祈祷，"啊，保佑我的主人和丈夫！"仁慈的众神会立刻嘲笑我。那撤销这句祈祷，高声吁求，"啊，保佑我的弟弟！"愿丈夫赢，也愿弟弟赢，祈祷，再毁掉祈祷。在这两个极端之间，根本没有中间路。

安东尼　　　温柔的奥克塔薇娅，让您的最由衷的爱趋近最寻求珍藏它的那一方①。我若失去荣誉，便失去自我。身为您丈夫，荣誉的枝条遭这般修剪，不做也罢。②但，照您所求，您要亲自居中调解。同时，夫人，我要招募一支军队，让您的弟弟蒙羞。为实现您的愿望，尽快动身。

奥克塔薇娅　多谢丈夫。强大的周甫让我这最弱、最弱的女人，来做你们的调解人！你们两人间的战争，好比世界要裂开，这裂口要用被杀的人弥合。

安东尼　　　当裂口在您面前显现，它从哪里开裂，就

---

① 意即为你的爱找到最适合珍藏的归宿。

② 原文为"better I were not yours / Than yours so branchless."。朱生豪译为："与其你有一个被人轻视的丈夫，还是不要嫁给我的好。"梁实秋译为："与其这样毫无体面的作你的丈夫，不如根本不过你的丈夫。"

把您的不满转向哪里。因为我们的过错
永不能如此等同,以至于您的情爱不能随
其同等运行。①去准备动身,选好随行同
伴。无论多少花销,随您的意。(同下。)

————————————

① 原文为"for our faults / Can never be so equal that your love / Can equally move
with them."。朱生豪译为:"我们的过失绝不会恰恰相等,以至于你无法决定喜恶。"
梁实秋译为:"因为我们的过错不会完全相等,以至于使你左右为难。"

第五场

同上,安东尼家中另一室

(埃诺巴布斯与厄洛斯分上;相遇。)

埃诺巴布斯　　怎么样,厄洛斯朋友!

厄洛斯　　　　传来奇怪的消息,先生。

埃诺巴布斯　　什么消息,老兄?

厄洛斯　　　　恺撒和勒比多斯向庞培开战。

埃诺巴布斯　　这是旧消息。结果如何?

厄洛斯　　　　恺撒,利用他①向庞培开战,之后立刻否认
　　　　　　　　他有平等地位,不让他分享战役的荣耀。
　　　　　　　　不止于此,指控他之前多次给庞培写
　　　　　　　　信。单凭他本人的②指控,便将其逮捕。
　　　　　　　　这可怜的三头之一完了蛋,直到死神放
　　　　　　　　他自由。

埃诺巴布斯　　这么说,世界,你有了一对上下颚,再没别

---

　　① 他(him):即勒比多斯。

　　② 他本人的(his own):指恺撒仅凭自己对勒比多斯的指控,便将其逮捕。

	的。把你所有食物丢在两颚之间,它们势必相互磨碾。安东尼在哪儿?
厄洛斯	在花园散步,——像这样,(模仿安东尼气呼呼走路的样子。)一脚踢开面前的灯芯草,喊着:"傻瓜勒比多斯!"威胁要把谋杀庞培的自己的部将割喉。①
埃诺巴布斯	我们伟大的舰队装备就绪。
厄洛斯	驶向意大利,征讨恺撒。另外,多米提乌斯②,主帅要您立刻去。我的消息以后再说。
埃诺巴布斯	那就一文不值了,但随它去吧。——带我去见安东尼。
厄洛斯	来,先生。(同下。)

---

① 公元前36年,庞培兵败西西里之后,试图攻取安东尼的领土,未果,继而逃往萨摩斯岛(the island of Samos),为安东尼副将蒂蒂乌斯(Titius)所杀。据普鲁塔克载,安东尼下令,命蒂蒂乌斯谋杀掉庞培。

② 埃诺巴布斯全名为多米提乌斯·埃诺巴布斯。

第六场

罗马,恺撒家中一室

(恺撒、阿格里帕与梅希纳斯上。)

恺撒　　　　他在亚历山大干出这些事,意在蔑视罗马,还更有甚者。过程是这样的:在市场,一座镀银的高台上,克莉奥佩特拉和他本人坐在两把黄金椅上,公开登上王位。脚边坐着恺撒里昂,他们说是我父亲的儿子,还有从那时起,由他们两人间的性欲造出的所有非法子女[①]。他把埃及的稳固控制权交给她,让她成为下叙利亚、塞浦路斯和吕底亚的,绝对女王。[②]

---

　　① 此处"恺撒里昂"为尤里乌斯·恺撒与克莉奥佩特拉的私生子,"所有非法子女"指克莉奥佩特拉与安东尼私生的子女。

　　② 原文为"Unto her / He gave the stablishment of Egypt; made her / Of lower Syria, Cyprus, Lydia, / Absolute queen."。朱生豪译为:"于是他宣布以克莉奥佩特拉为埃及帝国的女皇,全权统辖叙利亚、塞浦路斯和吕底亚各处领土。"梁实秋译为:"他立她为埃及女王;并且对于下叙利亚、赛普洛斯、利地亚,有绝对的统治权。"

梅希纳斯	这在公众面前？
恺撒	在他们用来娱乐、运动的公共竞技场。在那儿，他宣布他几个儿子为分封王：大米堤亚，帕提亚和亚美尼亚，分给亚历山大①；叙利亚，西里西亚和腓尼基②，分给托勒密。那天，她装扮成伊西斯女神的样子现身。听说，她以前常以这身装束，接待觐见者。
梅希纳斯	让整个罗马了解这情形。
阿格里帕	罗马人对其骄横已感厌恶，听了这消息，将撤回对他的好评。
恺撒	民众都获悉，现在又收到他的指控状。
阿格里帕	指控谁？
恺撒	恺撒，他指控我，在西西里击溃塞克斯图斯·庞培乌斯之后，没把岛上他那份领土给他；还说，借给我的一些船只，未曾归还；最后，对三执政的勒比多斯遭废黜，表示愤怒，废黜也罢，不该拘扣他所有收入。
阿格里帕	先生，该对此做出解释。
恺撒	做了回复，信使在路上。我告诉他，勒比

---

① 亚历山大（Alexander）：安东尼之子。
② 腓尼基（Phoenicia）为叙利亚古国。

多斯变得过于残忍,滥用崇高的权力,应遭此变故。至于我所征服之地,我同意分他一份。但同时,对他的亚美尼亚和他所征服的其他王国,我也做同样要求。

梅希纳斯　　他绝不会屈从。

恺　撒　　那对此,我们也万不可让步。

(奥克塔薇娅及侍从等上。)

奥克塔薇娅　　致敬,恺撒,我的主人! 致敬,最亲爱的恺撒!

恺　撒　　比起以往,我更该称呼你遭遗弃之人!

奥克塔薇娅　　您从未这样称呼过,现在称呼也没理由。

恺　撒　　您为何暗中跑来见我? 这样来,不像恺撒的姐姐。安东尼之妻,该由一队人马引导,人影远未出现,马的嘶鸣先告知临近;路边树上该压满了人;渴望人来人未来,期盼得没了盼头。不,你那队人马扬起的尘埃,该升上天庭的屋顶。但您像个赶集的姑娘来到罗马,阻止我们炫耀敬爱之情①,这番炫耀,若未能展示,常显不出爱

---

① 炫耀敬爱之情(the ostentation of our love):指以仪仗队列表示欢迎。

	意。①我该在海上和陆地迎接您,每一段行程,都备好一次更盛大的欢迎。
奥克塔薇娅	我的好弟弟,我这样前来,并非强迫,而凭心之所愿。我的丈夫,马克·安东尼,得知您在备战,把这消息让我痛心的耳朵知晓。由此,我恳求他准许我回来。
恺撒	他这样快允准,因为你移除了他的淫欲和他之间的一个阻碍。
奥克塔薇娅	别这样说,大人。
恺撒	我有人监视他,他的情况随风而来。他现在在哪里?
奥克塔薇娅	大人,在雅典。
恺撒	不,我最受伤害的姐姐,克莉奥佩特拉点了下头,把他召去。他把他的帝国交给一个娼妇,眼下他们在征召人间②各路国王,准备开战。他召集了利比亚国王巴克斯,卡帕多西亚的阿奇劳斯,帕夫拉戈尼亚国

----

① 原文为"But you are come / A market-maid to Rome, and have prevented / The ostentation of our love, which, left unshown, / Is often left unloved."。朱生豪译为:"可是你却像一个市场上的女佣一般来到罗马,不曾预先通知我们,使我们来不及用盛大的仪式向你表示我们的欢迎。"梁实秋译为:"但是你像一个乡村姑娘到罗马赶市似的来了,令我们无法作盛大的欢迎仪式,因此也显得不够亲切。"

② 人间(on' he' earth):与天堂、地狱形成对照。参见《新约·启示录》17:2:"地上诸王都跟那大淫妇行过淫;世上的人也喝醉了她淫乱的酒。"

	王费拉达尔菲斯,色雷斯国王阿达莱斯,
	阿拉伯国王玛尔丘斯,本都国王,犹太的
	希律,科玛基尼国王米特里达梯,米堤亚
	国王帕勒蒙和利考尼亚国王阿闵塔斯,还
	能列出更多手握王权之人。
奥克塔薇娅	哎呀我,最不幸的女人,把一颗心分给两
	个相互折磨的亲人!
恺撒	欢迎回来。您的信阻止了我①快速开战,
	直到我察觉,您如何被引入歧途,我如何
	因疏忽陷入危险。②振作精神,不必为眼
	下事态烦恼,它将您的快乐踏在这些强烈
	需求的脚下。但让命运注定之事,顺势而
	为,不必哀叹。欢迎来罗马,对我来说,没
	什么比您更珍贵。您受了凌辱,超出想象
	的标记③,至高的天神,要公正对待您,让

---

① "我(的)"(our):恺撒从此时开始用君主自称。

② 原文为"Your letters did withhold our breaking forth / Till we perceived both how you were wrong led / And we in negligent danger."。朱生豪译为:"我们因为得到你的来信而暂缓发动,可是现在已经明白你怎样被人愚弄,我们倘再蹉跎观望,是一件多么危险的事,所以不能不迅速行动了。"梁实秋译为:"你的信使得我们没有立即发动,可是后来我们看出你是受了骗,我由松懈而险象环生。"

③ 超出想象的标记(beyond the mark of thought):非想象所能及。

我们和那些爱您之人成为他的执行者①。
您是我最大的安慰,随时欢迎您。

阿格里帕　　　　欢迎,夫人。

梅希纳斯　　　　欢迎,亲爱的夫人。在罗马,每颗心都敬
　　　　　　　　爱您,同情您。只有那通奸②的安东尼,其
　　　　　　　　恶行最为放纵,他反感您,把他强大的统
　　　　　　　　治交给一个向我嚷闹的妓女。

奥克塔薇娅　　　真这样,先生?

恺撒　　　　　　万分肯定。姐姐,欢迎。请您,要冷静、忍
　　　　　　　　耐,我最亲爱的姐姐!(同下。)

----

① 原文为"the high gods, / To do you justice, makes his ministers / Of us and those that love you."。朱生豪译为:"崇高的天神怜悯你的无辜,才叫我们和一切爱你的人奉行他们的旨意,替你报仇雪恨。"梁实秋译为:"天神为你主持公道,派我及其他爱护你的人作执行天意的人。"参见《新约·罗马书》13:4:"他是上帝所使用的人,要执行上帝对那些作恶之人的惩罚。"

② 古罗马法律规定通奸有罪,惩罚很重。梅希纳斯认为安东尼与克莉奥佩特拉犯下通奸罪。

第七场

希腊北海岸,阿克提姆附近,安东尼军营

(克莉奥佩特拉与埃诺巴布斯上。)

克莉奥佩特拉　　　我要找你算账,别怀疑。

埃诺巴布斯　　　　但为什么,为什么,为什么?

克莉奥佩特拉　　　你说我坏话,反对我亲临战场,非说不
　　　　　　　　　适合。①

埃诺巴布斯　　　　嗯,适合吗,适合吗?

克莉奥佩特拉　　　就算没向我本人宣战,为何就不能亲
　　　　　　　　　自来?

埃诺巴布斯　　　　(旁白。)唉,我来回答:——倘若我们骑着
　　　　　　　　　公马、母马一起去交战,骑兵就完全没

---

① 据普鲁塔克载,阿克提姆海战之前,安东尼听从多米提乌斯劝说,命克莉奥佩特拉返回埃及等待胜利消息,后克莉奥佩特拉贿赂安东尼副将坎尼蒂乌斯代表她与安东尼恳谈,得以亲临战场。

	了用,母马会驮着骑兵去找种马交欢。①
克莉奥佩特拉	您说什么呢?
埃诺巴布斯	您的出现必使安东尼困惑。分他心,分他脑子,分他时间,到时候这些都不容免除。已有人指责他轻率,在罗马,人们都说有位叫福提纳斯的阉人和您的侍女们,在掌控这场战事。
克莉奥佩特拉	让罗马沉没,愿他们那诋毁我的舌头烂掉!这场战事,我要担起责任②,身为我王国的统治者,要像男人那样亲临阵前。别说反对的话,我不留在敌后。
埃诺巴布斯	好,不说便是。皇帝来了。

(安东尼与坎尼蒂乌斯上。)

安东尼	不奇怪吗,坎尼蒂乌斯,从塔伦特姆和布鲁迪辛乌姆,他能这么快渡过爱奥尼

---

① 原文为"If we should serve with horse and mares together, / The horse were merely lost. The mares would bear / A soldier and his horse."。朱生豪译为:"要是我们把雄马雌马一起赶上战场,那雌马连骑手带雄马都驮在身上,那还了得!"梁实秋译为:"如果我们骑着雄马雌马一起作战,雄马就会完全失去效应;雌马会把骑兵和他的雄马一起给背起来。"

② 据普鲁塔克载,副将坎尼蒂乌斯对安东尼说,"没理由让克莉奥佩特拉退出这场战事,她为此担起那么大责任"。亦指承担大笔军费。

	亚海，征服托莱尼①？——（向克莉奥佩特拉。）您听说了吗，亲爱的？
克莉奥佩特拉	疏于防备者对行动迅捷最为称奇。
安东尼	好一句斥骂，最高贵的男子汉可能很适于，嘲弄懒散。②——坎尼蒂乌斯，我们要在海上与他交战。
克莉奥佩特拉	海上！不然在哪儿？
坎尼蒂乌斯	主上为何要进行海战？
安东尼	因为他向我挑起海战。
埃诺巴布斯	主上也曾挑战他，要单打独斗。
坎尼蒂乌斯	对，还要在法萨利亚③进行这场战斗，恺撒与庞培在那儿打过仗。但这些提议，对他作战不利，他放弃了。您也该这样。
埃诺巴布斯	您的船上人手不足。您的水手，是赶骡子的，割麦子的，一大批仓促征召之人。

① 塔伦特姆（Tarentum）和布鲁迪辛乌姆（Brundusium）为意大利港口城市；爱奥尼亚海为地中海之一部分，位于意大利与希腊之间的亚得里亚海（Adriatic sea）以南；托莱尼（Toryne）为古希腊西北部城市，位于阿克提姆以北。

② 原文为"A good rebuke, which might have well becomed the best of men, / To taunt at slackness."。朱生豪译为："骂得痛快，真是警惕的良箴，这样的话出于一个堂堂男子的口中也可以毫无愧色。"梁实秋译为："骂得好，最高贵的男人都适宜于用这话来申斥懒惰的人。"安东尼在此称赞克莉奥佩特拉向他发出男子气概的斥骂，表明她适合指挥战斗。

③ 法萨利亚（Pharsalia）：希腊中部塞萨利（Thessaly）一平原，尤里乌斯·恺撒在此击败庞培大帝，取得决定性胜利。

恺撒的舰队里,那些水手与庞培多次交战。他们的舰船灵便;您的笨重。既已做好陆战准备,拒绝海战,耻辱不会降临您。

安东尼　　　　　海战,海战。

埃诺巴布斯　　　最高贵的长官,这样一来,等于扔掉您陆战中的完美将才;打乱您多半由烙过战争印记的步兵组建的军队;您本人的著名学识无用武之地;完全放弃确保胜利之途;完全自甘放弃一起机会,冒失去牢靠安全的风险。

安东尼　　　　　我要打海战。

克莉奥佩特拉　　我有六十艘帆船,恺撒比不上。

安东尼　　　　　多余的船,烧掉。剩下的船,满载将士,从阿克提姆岬角出航,迎击正逼近的恺撒。如果战败,再陆战破敌——

(一信使上。)

安东尼　　　　　你来什么事?

信使　　　　　　消息确切,主上。有人发现了他。恺撒已攻占托莱尼。

安东尼　　　　　他本人能在那儿? 不可能。奇怪,那会是他的军队。——坎尼蒂乌斯,你率我的十九个步兵团,和一万两千骑兵,在陆上固守。——我要去船上。走,我的忒提丝①! ——

(一士兵上。)

安东尼　　什么事,可敬的士兵?

士兵　　　啊,尊贵的皇帝,不要打海战。别相信朽烂的木板②。您信不过我这把剑和我这身创伤? 让埃及人和腓尼基人掉进海里③,我们惯于站在地面上获胜,脚顶住脚迎敌。④

安东尼　　够了,够了。——走吧!

(安东尼、克莉奥佩特拉与埃诺巴布斯下。)

士兵　　　凭赫拉克勒斯起誓,我觉得我是对的。

坎尼蒂乌斯　士兵,你说得对。但他整个行动并不由

---

① 忒提丝(Thetis):古希腊神话中的海仙女,友善海神涅柔斯(Nereus)与海洋女神多丽丝(Doris)之女;"阿尔戈英雄"之一的珀琉斯(Peleus)之妻,英雄阿喀琉斯(Achilles)之母。

② 朽烂的木板(rotten planks):代指木帆船。

③ 掉进海里(go a-ducking):另有"退却"(cringe)之义。朱生豪译为:"去跳水吧。"梁实秋译为:"去鸭子戏水吧。"

④ 原文为"we / Have used to conquer standing on the earth /And fighting foot to foot."。"脚顶住脚迎敌",指旧时步兵作战之常态,即用脚抵住敌人的脚。朱生豪译为:"我们是久惯于立足地上,凭着膂力博取胜利的。"梁实秋译为:"我们是习惯于站在陆地上短兵相接的争取胜利。"

军事力量而生。统帅由别人引领,咱们
都是女人的男仆。

士兵　　　　您在陆上保持步兵团和骑兵之完整①,
　　　　　　对吧?

坎尼蒂乌斯　马库斯·奥克塔维乌斯,马库斯·杰斯迪
　　　　　　乌斯,普布利科拉和塞利乌斯,去参加
　　　　　　海战,我们全部留守陆地。恺撒这速度
　　　　　　如射出的箭,快得难以置信。

士兵　　　　他还在罗马时,便把军队分成小队派
　　　　　　出,骗过所有暗探。

坎尼蒂乌斯　您可听说,副将是谁?

士兵　　　　听说叫陶鲁斯。

坎尼蒂乌斯　我熟知此人。

(一信使上。)

信使　　　　皇帝召见坎尼蒂乌斯。

坎尼蒂乌斯　消息随时间在阵痛中分娩,每分钟都生
　　　　　　出好多消息。(同下。)

———————

　　① 士兵的意思是:您要保证陆上步兵团和骑兵不被分割,可作为万一安东尼海
战失败后的预备队。

第八场

阿克提姆附近平原

（恺撒、陶鲁斯、众军官及其他上。）

恺撒　　陶鲁斯，——

陶鲁斯　主上？

恺撒　　别在陆上攻击。别分散兵力。海战结束之前，别挑起陆战。(给他一卷轴。)不可超出这卷轴上的指令。我的命运，全凭这次冒险。(同下。)

第九场

阿克提姆附近另一平原

（安东尼与埃诺巴布斯上。）

安东尼　派一支小部队到那边山坡侧面，能看清恺撒的
　　　　阵列。从那处位置，可以看清船的数量，随后
　　　　相机而动。（同下。）

第十场

阿克提姆附近平原另一部分

（坎尼蒂乌斯率所属陆军自舞台一侧行进，过舞台；恺撒副将陶鲁斯率所属军队自另一侧，行进过舞台；双方下场，听闻海战声。战斗警号。）

埃诺巴布斯　　毁了，毁了，全毁了！瞧不下去啦。埃及的旗舰"安东尼号"，连同舰队所有六十艘战船，转舵、溃逃。看得我两眼快要爆裂。

（斯卡勒斯上。）

斯卡勒斯　　愿众神、众女神，全体天神汇聚！

埃诺巴布斯　　您为何如此冲动？

斯卡勒斯　　因彻头彻尾的愚蠢，丢掉大半个世界。我们吻丢了多少王国和行省。[1]

埃诺巴布斯　　仗打得怎么样？

---

[1] 原文为"We have kissed away / Kingdoms and provinces."。暗指安东尼与克莉奥佩特拉的亲吻，导致海战失败，丢掉许多王国和行省。朱生豪译为："我们已经用轻轻的一吻，断送了无数的王国州郡。"梁实秋译为："我们于亲吻中把多少王国州郡一齐断送。"

斯卡勒斯　　　咱们这边，像显出鼠疫的标记①，注定死
　　　　　　　亡。那匹下流的埃及老马②，——让她染
　　　　　　　上麻风病！——在战斗中，当优势像一对
　　　　　　　孪生子，看似对双方均等，或说，在我方更
　　　　　　　占优之时，——她像六月里牛虻③叮上身
　　　　　　　的一头母牛，——扬帆、逃离。

埃诺巴布斯　　那情景我看到了。看得我两眼生厌，不忍
　　　　　　　再多看一眼。

斯卡勒斯　　　她刚一转船头迎风前行④，她那魔力的高
　　　　　　　贵废墟，安东尼，扬起帆，像一只痴情的公
　　　　　　　野鸭，在激战正酣之际离开，随她飞去。
　　　　　　　我从未见过这样丢脸的战斗。经验，胆
　　　　　　　略，荣耀，如此自我损毁，前所未有。

埃诺巴布斯　　唉呀！唉呀！

（坎尼蒂乌斯上。）

坎尼蒂乌斯　　我们在海上的命运气息耗尽，最可悲地沉
　　　　　　　没。我们的将军若本色如初，便能一切顺

---

　　　① 显出鼠疫的标记（tokened pestilence）：鼠疫最后阶段，人体显现红斑（"上帝的标记"）。

　　　② 老马（nag）：即妓女。指克莉奥佩特拉是淫荡的埃及妓女。

　　　③ 牛虻（breeze）：另有"微风（light wind）"之义，暗指克莉奥佩特拉得以乘风扬帆逃离战场。

　　　④ 转船头迎风前行（loofed）：有"距离变远"（becoming distance）之义。

利。啊,他给我们溃逃亲身做出最恶劣的
典范!①

埃诺巴布斯　您这样想?唉,那一切都完了。

坎尼蒂乌斯　他们逃往伯罗奔尼撒。

斯卡勒斯　去那里很容易,我要在那儿,等下一步
消息。

坎尼蒂乌斯　我要投降,把步兵团和骑兵交给恺撒。已
有六位国王向我指明投诚之路。②

埃诺巴布斯　尽管理性在我下风口③,我却要追随安东
尼受伤的命运。(同下。)

---

① 原文为"O, he has given example for our flight / Most grossly by his own!"。朱生
豪译为:"啊! 他自己都公然逃走了,兵士们看着这一个榜样,怎么不要众心涣散。"
梁实秋译为:"啊! 他自己作出很坏的榜样,我们只好跟着逃跑了。"

② 原文为"six kings already / Show me the way of yielding."。朱生豪译为:"六个
国王已先我而投降了。"梁实秋译为:"已经有六位国王为我开了投降的路子。"据普
鲁塔克载,坎尼蒂乌斯开战后逃跑,并未说明投奔恺撒;多米提乌斯(埃诺巴布斯)则
于开战前逃跑。莎士比亚加以改变,意在戏剧性凸显陷入危局的安东尼及埃诺巴布
斯对其如何忠诚。

③ 理性在我下风口(my reason sits in the wind against me.):理性要顺着风势抓
住我。

第十一场

亚历山大,宫中一室

(安东尼及侍从等上。)

安东尼　　　　听! 大地让我再不要在上面踏足。——
　　　　　　它羞于承载我! ——朋友们,到这儿
　　　　　　来。我像夜幕下迟误的赶路者,永远迷
　　　　　　了路。我有一艘船,满载黄金。拿去,
　　　　　　分了它。快逃,与恺撒讲和。

众侍从　　　　逃! 我们不逃。

安东尼　　　　我自己都逃了,给懦夫们做了示范,如
　　　　　　何逃跑、展露背影。——朋友们,去吧。
　　　　　　我自己决定了一项行动①,不需要你们
　　　　　　了。我的财宝都在港口,拿去。——
　　　　　　啊,我跟随了一个我羞于望见之人! 我
　　　　　　的头发都要叛乱。因为,白发斥骂棕发

---

① 据普鲁塔克载,安东尼听到利比亚总督叛变的消息,若非身边朋友劝阻,可能怒而自杀。

鲁莽,棕发斥骂白发畏惧、昏聩。——
朋友们,去吧。你们拿上我的信去见
几位朋友,他们会为你们扫清道路①。
请你们不要悲伤,也不必勉强作答。抓
住由我的绝望宣告的机会。离开我,因
我已离弃自己。立刻去海边,我让你们
占有那艘船和财宝。离开我,恳请你
们,暂离一时。请现在离开,——不,别
这样。因我已失去指挥下令的威权。
所以才恳请你们,稍后再见。(坐下;众侍
从下。)

(查米恩与艾拉丝引克莉奥佩特拉上;厄洛斯随后。)

厄洛斯　　　　　不,高贵的夫人,走近,——安慰他。

艾拉丝　　　　　靠近,最亲爱的女王。

查米恩　　　　　去啊! 哎呀,还有别的办法吗?

克莉奥佩特拉　　让我坐下。啊,朱诺②!

安东尼　　　　　不,不,不,不,不!

厄洛斯　　　　　看谁坐在您身旁。

安东尼　　　　　啊呸,呸,呸!

查米恩　　　　　夫人,——

① 指扫清投奔恺撒的路。
② 朱诺(Juno):古罗马神话中的天后,朱庇特之妻。

艾拉丝	夫人,啊,高贵的女皇!
厄洛斯	陛下,陛下,——
安东尼	是的,阁下,是的。①——在腓立比,他那把剑没出过鞘的剑,活像舞者的佩剑,当时,是我刺死了枯瘦、满脸皱纹的卡西乌斯,是我终结了②那个狂暴的布鲁图斯。他只派属下去交战,没参加过勇猛方阵的实战。③但如今,——算啦。
克莉奥佩特拉	啊,扶着我。④
厄洛斯	女王,陛下,女王!
艾拉丝	到他身边,夫人,跟他说话。他为自己失了本性羞愧不已。
克莉奥佩特拉	那好,——撑住我。——啊!
厄洛斯	最高贵的主上,起身,女王来了。她垂着头,死神要抓走她,除非您以安慰来搭救。

———————————

① 安东尼此时陷入痛苦思考之中,并未认出厄洛斯。上面两句"不,不,不,不,不!"和"啊呸,呸,呸!"亦为安东尼自说自话。

② 终结了(ended):此处并非杀死,布鲁图斯是自杀身亡。

③ 原文为"he alone / Dealt on lieutenantry. And no practice had / In the brave squares of war."。"方阵"(squares),指古罗马军团壮观的战斗方阵。朱生豪译为:"他却只会靠裨将打仗,不曾立过丝毫赫赫的战绩。"梁实秋译为:"他只是派遣部下和敌人周旋,没有亲自参加英勇的战斗。"

④ 克莉奥佩特拉感觉自己要晕倒。

安东尼　　　　　当时，是我刺死了枯瘦、满脸皱纹的卡西乌斯，是我终结了那
　　　　　　　　个狂暴的布鲁图斯。

克莉奥佩特拉　　啊，扶着我。

安东尼	我损害了个人名誉，——一个最不体面的错误。
厄洛斯	陛下，女王！
安东尼	啊，要把我领到哪儿去，埃及女王？看，通过回顾毁于耻辱的一切，我怎样把羞愧从你眼前移开。①
克莉奥佩特拉	啊，我的主人，我的主人！宽恕我胆怯地扬帆！没想到您会尾随。
安东尼	埃及女王，你十二分清楚，心弦把我的心系在你的舵上，你会拖着我随你走。要知道，你完整的霸权凌驾在我灵魂之上，你一点头，我就把众神的命令撇开。
克莉奥佩特拉	啊，宽恕我！
安东尼	眼下，我必须向那年轻人②谦卑恳求，在卑微的权宜之计中躲闪、敷衍。曾经，大半个世界随我玩弄，随我创造和毁灭

①　原文为"How I convey my shame out of thine eyes / By looking back what I have left hehind / 'stroyed in dishonour."。意即：我羞于让你看到我这样，才躲在这里，反思自己因不光彩战败而失去的一切。朱生豪译为："瞧，我因为不愿从你的眼睛里看见我的耻辱，正在凭吊那已经化为一堆灰烬的我的雄图霸业呢。"梁实秋译为："看，我不愿在你面前丢人现眼，所以独自在此回忆我那不光荣的败绩。"

②　那年轻人（the young man）：指屋大维·恺撒。

命运。①您知道，您简直是我的征服者，激情把我的剑变弱，不管何种危险，我的剑听从情爱。

克莉奥佩特拉　宽恕，宽恕！

安东尼　不要掉一滴泪，我说。你一滴泪，等于我赢得又输掉的一切。给我一吻。(两人亲吻。)这足以补偿我。——教师②我派出多时。回来了吗？——爱人，我身体里像灌满铅。——上酒，里面人，上美食！——命运女神知晓，她越猛击我，我越鄙视她。(同下。)

----

① 原文为"Now I must / To the young man send humble treaties, dodge / And palter in the shifts of lownes; who / With half the bulk o'th'world played as I pleased, / Making and marring fortunes."。朱生豪译为："我曾经玩弄半个世界在我的手掌之上，操纵着无数人生杀予夺的大权，现在却必须俯首乞怜，用吞吞吐吐的口气向这小子献上屈辱的降表。"梁实秋译为："现在我必须向那年轻人乞和，像一个命运不济的人那样的支支吾吾，而当初大半个的世界都由我任意玩弄，生杀予夺全都由我。"

② 教师(schoolmaster)：安东尼委派他和克莉奥佩特拉所生孩子的老师欧弗洛尼奥斯(Euphronius)充当使者，去向恺撒求和。据普鲁塔克载，安东尼兵败之后，无人可派，只好派自己孩子的老师出使。

第十二场

埃及,恺撒的军营

(恺撒、多拉贝拉、塞瑞乌斯及其他上。)

恺撒　　　安东尼派来的人,让他进来。——您认识他?

多拉贝拉　恺撒,那是他的教师——此时把翅膀上那么可怜的一根翼尖①派到这里,是他羽毛被拔光的明证②。几个月前,愿给他当信使的国王多得过剩。

[安东尼所派使者(欧弗洛尼奥斯)上。]

恺撒　　　靠近,说吧。

使者　　　卑微者如我,受安东尼所派。不久前,对其

———————

①翼尖(pinion):指鸟身上最远部的羽毛。意即:无足轻重。

②原文为"An argument that he is plucked, when hither / He sands so poor a pinon of his wing."。朱生豪译为:"现在他却差了这样一个卑微的人来,这就可以见得他的途穷日暮了。"梁实秋译为:"派遣这样可怜的羽翼到这里来,足以证明他确是铩羽了。"

	意图而言，我之无足轻重，犹如桃金娘叶片①上的晨露，之于他壮阔的大海。
恺撒	既然如此，——宣告使命。
使者	他向你，他命运的主人致敬，并要求住在埃及。若不获准，便降低所求，恳求你让他在天地之间呼吸，在雅典做个平民。这是我替他说的。再者，克莉奥佩特拉承认你的伟大，屈服于你的权力。恳求你准许她的子孙继承托勒密王朝的皇冠，现以你的恩典做赌注。②
恺撒	安东尼所求，不入我耳。女王若要来见，或有所求，不会落败，只要将她那丢尽脸面的朋友逐出埃及，或就地取其性命。如照此执行，她的请求，我一定入耳。就这样回复他们俩。
使者	愿好运追随你！
恺撒	送他穿过部队。(侍从护送信使下。)——(向塞瑞乌斯。)现在是时候了，去检验你的口才。赶快，

①桃金娘叶片(myrtle leaf)：桃金娘为地中海地区一种灌木，叶片芳香。桃金娘为古罗马神话中爱神维纳斯的圣树，象征爱情、和平与荣誉。

②原文为"of thee craves / The circle of the Ptolemies for her heirs, / Now hazarded to thy grace."。意即她的命运将取决于您的仁慈。朱生豪译为："她恳求你慷慨开恩，准许她的后代保有托勒密王朝的宝冕。"梁实秋译为："请求你格外开恩准许她的后代承袭陶乐美王朝的皇冕。"

从安东尼手里把克莉奥佩特拉赢回来。凭我的威权,她所要求的,一概应允。你自己有什么想法,不妨多提。女人,在最走运之时都谈不上坚强。一旦需要,从未触碰过的贞女也会打破誓言。①试一下本领,塞瑞乌斯。你可为所付辛劳,自定法令,我要使之变成法律。②

塞瑞乌斯　恺撒,我去了。

恺撒　　　观察安东尼有何失意之举,以及你所认为的,他每一个动作意味着什么③。

塞瑞乌斯　恺撒,我会的。(同下。)

---

① 意即女人会为需求打破守贞的誓言。贞女(vestal):原指古罗马神话中守护维斯塔神庙(Vestal)的贞洁处女。

② 原文为"Make thine own edict for thy pains, which we / Will answer as a law."。意即你可为自己付出的辛苦,随便向我索要酬劳。朱生豪译为:"事成之后,随你需索什么酬报,我都决不吝惜。"梁实秋译为:"如何酬劳你,听你自己决定,我会认为那是依法必须付给你的一般。"

③ 恺撒提醒塞瑞乌斯注意观察安东尼的每一个细微手势、动作。

第十三场

亚历山大,宫中一室

(克莉奥佩特拉、埃诺巴布斯、查米恩与艾拉丝上。)

克莉奥佩特拉　　我们怎么办,埃诺巴布斯?

埃诺巴布斯　　沉于冥思,死于忧郁。

克莉奥佩特拉　　这个错,安东尼和我,算谁的?

埃诺巴布斯　　安东尼一人之错,他让性欲变成理性的主人。成排的战船相互惊吓,您从这大战的面孔下逃离,有何不可? 他为何要尾随? 他万不该用激情的渴望剪断将才,尤其在那种危急关头,半个世界与半个世界角逐之际,他是冲突的唯一根源。追逐您逃离的旗舰,让他的舰队瞠目观望,这个耻辱,丝毫不亚于失败之耻。

克莉奥佩特拉　　请你,安静。

（安东尼与使者上。）

安东尼	这是他的答复？
使者	是的，陛下。
安东尼	这么说，只要女王把我交出，可获礼遇？
使者	他是这样说的。
安东尼	让她知晓。——把这颗头发灰白的人头送给恺撒那小子，她能满足你的愿望，使你封邑充盈。
克莉奥佩特拉	那颗人头，我的主人？
安东尼	再去见他。告诉他，既然他佩戴青春的玫瑰，世人该期待他有非凡的作为①：他的金钱、舰队、军团，可能属于一个懦夫。②他的代理人③一旦听令于恺撒，便能在一个孩子的吩咐下获胜。④所以我向他挑战，叫他退去华丽的服饰，以与

---

① 原文为"Tell him he wears the rose / Of youth upon him, from which the world should note / Something particular."。朱生豪译为："对他说，他现在年纪还轻，应该让世人看看他有什么与众不同的地方。"梁实秋译为："他正年富力强，应该有一番与众不同的表现让世人看看。"

② 安东尼言外之意是：恺撒要用以某种与青春活力之浪漫相称的非凡的英勇之举证明他不是懦夫。

③ 代理人（ministers）：指执行恺撒军令的下属部将。

④ 原文为"whose ministers would prevail / Under the service of a child as soon / As i' the command."。朱生豪译为："也许他的臣属辅佐恺撒，正像辅佐一个无知的孺子一样。"梁实秋译为："侍候一个孩子的臣属和西撒麾下的部署同样的可以杀敌致果。"

　　　　　　　　　我同样衰败的式样应战①,剑对剑,单打独斗。我去写信,跟我来。(安东尼与信使下。)

埃诺巴布斯　　　(旁白。)是的,很可能,拥有强大战阵的恺撒,将剥夺自己的好运,与一个斗剑者上演一场决斗! 我明白了,人的判断力是其命运的一部分,外在事物吸引内在本性,两者都一样遭罪。既然懂得一切量器,他居然梦想,满杯的恺撒会回应他的空杯! ②——恺撒,你也征服了他的判断力。

(一侍从上。)

仆人　　　　　　恺撒派来一位信使。

克莉奥佩特拉　　怎么,不再讲礼仪? ——瞧,我的女侍们! ——她们愿向花蕾屈膝,却对枯萎

---

　　① 原文为"To lay his gay caparisons apart / And answer me declined."。意即叫恺撒把象征他青春年华的玫瑰以及金钱、舰队、军团(华丽的服饰)全抛开,这样便能和这个命运年龄衰退的败军之将(衰败的式样)决斗。朱生豪译为:"叫他少掉弄几句花巧的辞令。"梁实秋译为:"先把他那辉煌的优势放在一边。"

　　② 原文为"That he should dream, / Knowing all measures, the full Caesar will / Answer his emptiness."。此处以"量器"(measure)做权力之比,"满杯"(full)指恺撒达到权力之巅,"空杯"(emptiness)指安东尼一败涂地。朱生豪译为:"他居然梦想富有天下的凯撒肯来理会一个一无所有的安东尼!"梁实秋译为:"饱经世故的他,居然会梦想那持盈保泰的西撒和他那样一无所有的人决斗!"

的玫瑰堵上鼻子。——让他进来,先生。(侍从下。)

埃诺巴布斯　(旁白。)我的忠诚开始与我冲突。对傻瓜持守忠诚,只能让忠诚变蠢。不过,谁忍得了忠心追随一个落败的主人,谁就能征服那征服了自己主人的人,并在历史中赢得一席之地。

(塞瑞乌斯上。)

克莉奥佩特拉　恺撒作何打算?

塞瑞乌斯　私下说。

克莉奥佩特拉　都是朋友。大胆说。

塞瑞乌斯　可能,也都是安东尼的朋友。

埃诺巴布斯　他需要的朋友,阁下,像恺撒一样多,否则,倒不如没朋友。倘若恺撒乐意,我们的主人愿冲过去交这个朋友。至于我们,要知道,他的朋友就是我们的朋友,自然也都是恺撒的朋友。

塞瑞乌斯　好吧。——那还有,最有名望的女王,恺撒恳请您对眼下处境不必担心,只需想到他是恺撒。①

----

① 塞瑞乌斯故意强调恺撒的威权,意即因为他是恺撒,施以仁慈还是加以惩罚,皆由他定夺。

克莉奥佩特拉	说下去，慷慨大方的使者。
塞瑞乌斯	他知道，您接受安东尼，并非出于爱，而是因为害怕。
克莉奥佩特拉	啊！
塞瑞乌斯	所以，他怜悯您名誉上的疤痕，视其为强加的污点，并非所应得。
克莉奥佩特拉	他是位天神，知晓什么是最真实的①，我的荣誉并非屈服，而完全被征服。
埃诺巴布斯	（旁白。）为弄清这一点，我要去问安东尼。——主上，主上，你这条船漏得太厉害，漏得我们必须抛下你，让你自沉，因为你最亲爱的人离弃了你。（埃诺巴布斯下。）
塞瑞乌斯	我把您的要求说给恺撒？因他略带祈求，请您要他给予。您若愿让他的命运成为一个拐杖来依靠②，他会十分高兴。但假如他听我说，您已离开安东尼，并把自己裹在他这位全世界领主的遮护③

---

① 克莉奥佩特拉十分清楚塞瑞乌斯返回罗马后，会向恺撒详细汇报，因此，她有意讨好恺撒，把他比为洞察一切真相的天神，希望为自己争取好处。

② 参见《旧约·列王纪下》18：21："你妄想埃及来援助你，你无异于用一根破裂的芦苇当拐杖走路。"（《以赛亚书》36：6文相同）《以西结书》29：6："上主说：'埃及人哪，以色列人依靠你们的支持；其实，你们只不过是一根脆弱的拐杖。'"

③ 遮护（shroud）：含不祥的裹尸布之义。

	下，他会十分暖心。
克莉奥佩特拉	您叫什么名字？
塞瑞乌斯	我叫塞瑞乌斯。
克莉奥佩特拉	最善良的使者，以我的名义，把这句话说给伟大的恺撒：——我亲吻他那征服者的手。告诉他，我准备把我的王冠放在他脚下，跪在那里。告诉他，从他那一切服从的嗓音里，我听见埃及注定的命运。①
塞瑞乌斯	这是您最辉煌的道路。智慧与命运争斗，若前者只挑战命运之所允，命运无法动摇智慧。赐我恩典，让我把敬意放在您手上②。
克莉奥佩特拉	(向他伸出手。)那时，你们恺撒的父亲——一想到征服王国——常把双唇赠给这卑微之地，亲吻好似下雨。

（安东尼与埃诺巴布斯上。）

---

① 原文为"Tell him from his all-obeying breath I hear / The doom of Egypt."。"埃及注定的命运"（the doom of Egypt）：即"我（克莉奥佩特拉）的命运"。"注定的命运"（doom）亦有"判决"（sentence）之义，暗指听凭恺撒对"我（埃及女王）"的裁决。朱生豪译为："告诉他，从他的举世慑服的诏语之中，我已经听见埃及所得到的判决了。"梁实秋译为："告诉他，我静候他的举世慑服的旨意来裁决埃及的命运。"

② 意即让我吻您以表达敬意。

安东尼	恩赏^①，以周甫的雷霆起誓！——你这家伙，干什么的？

安东尼　　　　　恩赏^①，以周甫的雷霆起誓！——你这家伙，干什么的？

塞瑞乌斯　　　　一个使者而已，执行最强大、最有资格让人服从命令之人的命令。

埃诺巴布斯　　　(旁白。)欠抽您一顿鞭子。

安东尼　　　　　(唤仆人。)来人！——(向克莉奥佩特拉。)啊，您这只鸢鸟^②！——嗯，天神和魔鬼！威权从我身上消散。从前，我喊一声"嗬！"国王们就像玩哄抢游戏^③的孩子，抢前一步，喊道"有何吩咐？"——你们没长耳朵吗？我还是安东尼。

(侍从等上。)

安东尼　　　　　把这个"杰克"^④拉出去，拿鞭子抽他！

埃诺巴布斯　　　(旁白。)宁与一只狮子幼崽^⑤耍弄，不与一头濒死的老狮玩耍。

安东尼　　　　　月亮与星辰！——拿鞭子抽他。——哪怕是二十位向恺撒称臣的最伟大的进贡者，只要我发现他们这么粗鲁地在

---

① 恩赏(favours)：暗指克莉奥佩特拉允许塞瑞乌斯吻手，有性暗示之意味。

② 鸢鸟(kite)：一种吃腐肉的猛禽，在俚语中指妓女。意即你这个妓女！

③ 哄抢游戏(muss)：一种把小东西扔地上，让孩子们抢夺的游戏。

④ "杰克"(Jack)：泛指流氓、恶棍、贱货、小丑等。

⑤ 参见《旧约·创世记》49:9："犹大是个狮子幼崽。"

这儿玩弄她的手，——她叫什么名字？从前叫克莉奥佩特拉。——拿鞭子抽他，伙计们，不眼见他像个孩子似的，蜷缩着脸，高声哀鸣、求饶，不算完。拉出去。

塞瑞乌斯　　　　马克·安东尼——

安东尼　　　　　拖出去。抽完鞭子，再带来。——恺撒的这个"杰克"，我要叫他替我捎个口信。(侍从等拖塞瑞乌斯下。)——(向克莉奥佩特拉。)在我认识您之前，您已算半枯萎。——哈！难道在罗马，我的枕头没留过压痕；我没跟一位宝石般的女人，生下合法的一儿半女①，却要受一个把目光投向寄生虫的女人欺骗？②

克莉奥佩特拉　　我高贵的主人——

安东尼　　　　　您向来是个摇摆之人。③——但当我在

---

①据普鲁塔克载，安东尼与奥克塔薇娅和福尔薇娅都生了孩子。

②原文为"Have I my pillow left unpressed in Rome, / Forborne the getting of a lawful race, / And by a gem of women, to be abused / By one that looks on feeders?"。朱生豪译为："罗马的裛枕不曾留住了我，罗马的一位名媛我都不曾放在眼里，我不曾生下半个合法的儿女，难道结果反倒来被一个向奴才们卖弄风情的女人欺骗吗？"梁实秋译为："我撇下了罗马的裛枕不用，不和女人中的瑰宝去生一个合法的儿子，而竟受一个向女才卖弄风骚的人欺骗？"

③原文为"You have been a boggler ever."。朱生豪译为："你一向就是个水性杨花的人。"梁实秋译为："你一向是三心二意的。"

自身邪恶里长得壮实，——啊，悲惨
呀！——明智的众神便缝住①我双眼，
把我清晰的判断丢入自己的污秽；让我
崇拜自己的过错；在我昂首迈向混乱②
时，发出嘲笑。

克莉奥佩特拉　　啊，没到这步吧？

安东尼　　我发觉您像一口冷食，放在死去的恺撒
的木盘里。③不，您是格奈乌斯·庞培④
的一口剩饭。此外，您淫荡地采集过多
少更狂热的时刻，平民的传闻未记录在
册。⑤因为我确信，尽管您能猜出节欲⑥
该为何物，却不知那是什么。

克莉奥佩特拉　　何出此言？

安东尼　　让一个得了赏便说"上帝报答您！"⑦的

---

① 缝住(seel)：驯鹰术语，指用线缝住幼鹰的眼睑。意即众神便弄瞎我双眼。

② 混乱(confusion)：转义指毁灭、覆灭。

③ 原文为"I found you as a morsel cold upon / Dead Caesar' trencher."。朱生豪译
为："当我遇见你的时候，你是已故的凯撒吃剩下来的残羹冷炙。"梁实秋译为："我当
初发现你时，是已故的西撒的盘子里的冰冷的残羹冷肴。"

④ 格奈乌斯·庞培(Gnaeus Pompey)：庞培大帝的长子，克莉奥佩特拉的情人。

⑤ 原文为"besides what hotter hours / Unregistered in vulgar fame you have / luxuri-
ously picked out."。朱生豪译为："此外不曾流传在世俗的口碑上的，还不知道有多
少更荒淫无耻的经历。"梁实秋译为："此外，大家所不晓得的，你还作下了许多更淫
秽的勾当。"

⑥ 节欲(temperance)：朱、梁均译为"贞节"。

⑦ "上帝报答您！"(God quit you!)：一种社会地位低贱者致谢的口头语。

贱人亲近我的玩伴,您那只手,这君王的标志和高贵心灵的立誓者①! ——啊,我愿在巴珊山②上,发出长犄角的兽群的咆哮③!因为我有野蛮的理由。有礼貌地宣告,就像绞索套上了脖子,倒要感谢刽子手套得麻利。——

(侍从等带塞瑞乌斯又上。)

安东尼	他挨过鞭子了?
侍从甲	狠抽一顿,陛下。
安东尼	叫唤了?求饶了?
侍从甲	他求开恩。
安东尼	(向塞瑞乌斯。)你父亲若还活着,让他后悔没把你造成个女儿。你也该懊悔追随胜利荣归的恺撒,你因追随他,挨了鞭子。从今往后,女人一只白净的手能叫

① 原文为"this kingly seal / And plighter of high hearts!"。朱生豪译为:"那两心相印的神圣的见证!"梁实秋译为:"那值得帝王钟爱一吻而定情的手。"
② 巴珊山(the hill of Basan):邻近加利利海(the sea of Galilee)。参见《旧约·诗篇》22:12载:"许多敌人像公牛似的包围着我;/他们像巴珊山凶猛的公牛围攻我。"68:15:"巴珊山多么雄伟呀!/你有许多高峰。"
③ 此句原文为"O, that I were / Upon the hill of Basan, to outroar / The horned herd!"。朱生豪译为:"我要到高山荒野之间大声咆哮,发泄我的疯狂大大悲愤!"梁实秋译为:"我愿在贝森山上和生角的牛群在一起放声大吼。"安东尼深感自己被克莉奥佩特拉戴了绿帽子,故而要像带角的野兽一样吼叫。

你发疟疾，见了那手你就发抖。——回到恺撒身边，把所受的招待告诉他。一定要说，他把我气坏了。因为他看似骄狂、轻蔑，在如今的我这根弦上反复弹拨，对他所知的从前的我，却不拨弄一下。他惹我生气。这时候惹我生气最容易做到，此时，我从前的向导，我吉祥的星辰，脱离了各自轨道，把星辰的火焰射入地狱的深渊。①他若不喜欢我所说和我所做，告诉他，希帕克斯②，我那恢复了自由的奴隶，在他手上，他可以尽情鞭打他，或吊死他，或折磨他，随他怎么回报我。你催他动手。——带着满身鞭痕，滚吧！（侍从等与塞瑞乌斯下。）

克莉奥佩特拉　　您完事了？

安东尼　　　　　啊呀，我们世间的月亮此刻在月食中③，它只预示安东尼的衰亡！

---

　　① 参见《新约·启示录》6:13："星星从天空坠落在地上。"9:1："我看见一颗星从天空坠下，掉在地上。"

　　② 希帕克斯（Hipparchus）：据普鲁塔克载，此人投奔了恺撒。

　　③ 原文为"our terrene moon is now eclipsed."。旧时认为"月食中的月亮"预示灾难。另，安东尼以"世间的月亮"比喻克莉奥佩特拉，与月亮女神伊西斯关联，意即克莉奥佩特拉对我爱的减弱预示着我的末日。抑或暗示恺撒的太阳光把克莉奥佩特拉的月光遮暗。朱生豪译为："我们人世间的月亮女神已经晦暗了。"梁实秋译为："我们的人间的月亮现在蚀中。"

克莉奥佩特拉	我必须等他消了火。
安东尼	为讨好恺撒,您愿跟一个帮他系尖包头系带的贴身仆人①交换眼神?
克莉奥佩特拉	还不懂我的心?
安东尼	对我冰冷的心?
克莉奥佩特拉	啊!亲爱的,我若真是这样,让上天从我冰冷的心里引发冰雹,使它在来源之处中毒;让第一颗冰雹落在我脖颈里②:当它融化,我的生命随之消散!然后重击恺撒里昂,直到我子宫的纪念碑③,连同我那所有勇敢的埃及人,逐一遭这颗粒状的风暴消融④,无处安葬,——直到尼罗河的苍蝇、蚊蚋将他们埋葬、捕食⑤!
安东尼	我很满意。恺撒在亚历山大扎营,在那儿,我要与他的命运交战。我们的陆军

---

① 尖包头系带(points):中世纪一种带金属头的系带,用来束紧衣服,尤指将长筒袜或马裤系在紧身上衣或上装上。安东尼意在讽刺塞瑞乌斯是恺撒的贴身男仆。

② 参见《旧约·出埃及记》9:23:"于是摩西向天举起拐来,上主就降雷电冰雹在地上。"《新约·启示录》16:21:"从天上有大冰雹掉落在人身上。"

③ 子宫的纪念碑(the memory of my womb):我子宫里孕育出的子女们。

④ 参见《旧约·出埃及记》9:25:"冰雹把埃及境内田野里的一切都摧毁了,包括所有的人、牲畜、田里的农作物,和所有的树木。"

⑤ 参见《旧约·出埃及记》8:24:"上主差了成群的苍蝇飞进国王的宫室,也飞进臣仆的住宅;埃及全国都遭遇苍蝇的灾害。"

极为完整①,我们分离的海军也再次联
结,舰队,最具威力,像大海本身一
样。②我的勇气③,你去了哪里?——听
见了吗,夫人? 我若能再从战场归来,
吻你双唇,我要以血污之身④出现。我
和我这把剑,将在编年史里赢获一席。
入史册,尚有希望。

克莉奥佩特拉　　　这才是我英勇的主人!

安东尼　　　　　我要以三倍肌肉、三倍精神、三倍气息⑤
之身,凶猛战斗。当初,在我奢靡、走运
之际,战俘能拿俏皮话从我手里赎命⑥。
但眼下,我要咬紧牙,把一切阻拦之人
送入黑暗⑦。——来,让我们再享有一

---

① 据普鲁塔克载,阿克提姆海战后,安东尼的陆军兵团保持住七天完整状态,
随后与恺撒在埃及开战。莎士比亚将此戏剧化为阿克提姆战役后立即开战。

② 原文为"fleet, threatening most sea-like."。意即舰队的威胁像大海本身一
样狂暴、汹涌、强大。朱生豪译为:"恢复了原来的威风。"梁实秋译为:"舰队也恢复
了海上的雄姿。"

③ 我的勇气(my heart):多有注释本将"勇气"(heart)解为"心肝"或"内心",且
这句为对克莉奥佩特拉所说。结合语境,"勇气"似更妥。因为,安东尼在自问勇气
在哪里,而非问:"我的心肝(克莉奥佩特拉)去了哪里?"

④ 血污之身(in blood):暗含"充满血性""性欲旺盛"之义。

⑤ 原文为"treble-sinewed, hearted, breathed."。意即三倍体能、三倍勇气、三倍
耐力。

⑥ 原文为"men did ransom lives / Of me for jests."。朱生豪译为:"人们往往在谈
笑之间邀取我的宽赦。"梁实秋译为:"多少人像开玩笑似的从我手里赎取性命。"

⑦ 黑暗(darkness):即地狱的深渊。

	个欢庆之夜。把我悲愁的部将都喊来，倒满酒杯。让我们再次嘲笑午夜的钟声①。
克莉奥佩特拉	今天是我生日。本想简单庆祝。但，既然我的主人又是安东尼，那我必是克莉奥佩特拉。
安东尼	我们还能干好。
克莉奥佩特拉	(向侍从。)喊所有将领来见主帅！
安东尼	去喊，我有话要说。今晚，我要强迫酒从他们的伤疤里露脸。——来吧，我的女王。我们元气尚存。这次作战，我要叫死神爱我，因为我甚至要同他那鼠疫般的长柄大镰刀竞争②。(除埃诺巴布斯，众下。)
埃诺巴布斯	现在，他要以目光压倒闪电。③狂暴之人，不会因恐惧害怕，这种情绪下，鸽子

---

① 暗示嘲笑死亡的丧钟。

② 原文为"for I will contend / Even with his pestilent scythe."。朱生豪译为："因为即使对他的无情的镰刀，我也要做猛烈的抗争。"梁实秋译为："因为即使遇上他的荼毒生灵的镰刀，我也要喝他比一比看谁能杀伤得更多。"意即：我要与死神竞赛，看谁杀的人多。

③ 原文为"Now he'll outstare the lightning."。朱生豪译为："现在他要用狰狞的怒目去压倒闪电的光芒了。"梁实秋译为："现在他要露出比电闪还要彪悍的面目了。"

要啄食鸵鸟①。我时常看到,在我们主
帅脑子里,理智缩减,勇气恢复。当英
勇捕食理智,它会吃掉用来战斗的剑。②
我要想法离开他。(下。)

----

① 鸵鸟(estridge):诸多编本以为鸽子啄食鸵鸟讲不通,遂多将"鸵鸟"释为"苍
鹰"(goshawk)。

② 原文为"When valour preys on reason, / It eats the sword it fight with."。意即当
英勇变成不可理喻的愤怒,它便摧毁战斗中英勇所仰仗的极为理性的品质。朱生豪
译为:"有勇无谋,结果一定失败。"梁实秋译为:"有勇无谋之辈只是浪费他的武器。"

第四幕

恺撒　　他叫我孩子,还骂我,好像他有力量把我打出埃及。他用棒条鞭打我的使
　　　　者;向我挑战,要单独决斗。

第一场

亚历山大城外, 恺撒军营

(恺撒读信上;阿格里帕、梅希纳斯及其他人上。)

恺撒　　　他叫我孩子,还骂我,好像他有力量把我打出埃及。他用棒条鞭打我的使者;向我挑战,要单独决斗,恺撒对安东尼! ——让这老恶棍知晓,我有好多其他死法。同时,告诉他,我嘲笑这挑战。

梅希纳斯　恺撒定会想到,当一个如此伟大之人开始咆哮,便是遭人追猎,眼看要坠落。不给他喘息之机,现在,要利用他的癫狂。——愤怒永难守护好自身。

恺撒　　　告知我们的指挥官们,明日一战,是我们要打的最后一仗。——在我们队伍里,单那些最近为马克·安东尼效过命的人,足以俘获他。速去准备,宴请全军。我们补给充足,他们理应奢靡一回。可怜的安东尼!(下。)

第二场

亚历山大城内,宫中一室

(安东尼,克莉奥佩特拉、埃诺巴布斯、查米恩、艾拉丝、亚历克萨斯及其他人上。)

安东尼	他不肯同我决斗,多米提乌斯[①]。
埃诺巴布斯	对。
安东尼	为何不肯?
埃诺巴布斯	他认为,他比您幸运二十倍,他对您等于二十比一。
安东尼	明天,战士,我要海、陆同时作战。我要么活命,要么用血沐浴我垂死的荣誉,使之再生[②]。你可愿奋力一战?
埃诺巴布斯	我要喊着"赢家通吃",战斗到底。[③]

---

① 此为安东尼第一次对多米提乌斯·埃诺巴布斯直呼其名。

② 此处为一隐喻,旧时人们相信,以热血沐浴可治长期虚弱之疾。

③ "赢家通吃"('Take all'):为赌场用语,亦指"胜者为王"。"战斗到底"(strike);亦有"收帆"(strike sail)之义,即甘拜下风服输。埃诺巴布斯决心离开安东尼,其潜台词是:"我要降下船帆,投降恺撒。"

安东尼	说得好,来。——把家里仆人都叫来,让我们今晚——

(三四个仆人上。)

安东尼	大吃一顿。——把手伸给我,你一向十分忠实。——你也是。——你。——还有你。——还有你。——你们把我服侍得很好,许多国王曾做过你们的同伴。
克莉奥佩特拉	(旁白;向埃诺巴布斯。)这话什么意思?
埃诺巴布斯	(旁白;向克莉奥佩特拉。)是悲伤从脑子里射出的①那些怪念头中的一个。
安东尼	你也忠实。但愿我能分身成这么多人,你们合身为一个安东尼,好叫我服侍你们,像你们服侍我那样。
众仆人	众神不准! ②
安东尼	嗯,我的好伙计们,今晚还要服侍我。别吝啬我的酒杯,像从前那样待我,当时,我的帝国也是你们的同伴,听

---

① 射出的(shoots out of):此为射箭术语。意即从脑子里产生的。

② 众神不准!(The gods forbid!):朱生豪译为:"那我们怎么敢当!"梁实秋译为:"天神不准!"

我号令。①

克莉奥佩特拉	(旁白;向埃诺巴布斯。)这话什么意思？
埃诺巴布斯	(旁白;向克莉奥佩特拉。)要让仆从们落泪。
安东尼	今晚侍候我。可能,你们的职责到此终结。也许,你们将再见不到我。要是见到,那必是一个残缺的幽灵。也许明天,你们要侍奉另一个主人。我望着你们,像在辞行告别。我忠实的朋友们,我不打发你们走。相反,我要像个与你们这尽心服侍结了亲的主人,相守到死。②今晚再服侍我两小时,别不多求。愿众神报偿你们!
埃诺巴布斯	您什么意思,主上,让他们这样忧伤?瞧,他们落了泪,连我,一头笨驴,也被洋葱辣了眼睛③。丢脸,别把我们变成女人。

────────────

① 原文为"make as much of me / As when mine empire was your fellow too / And suffered my command."。朱生豪译为:"仍旧像从前那样看待我,就像我的帝国也还跟你们一样服从我的命令那时候一般。"梁实秋译为:"要照样的待我,就像从前我是一国之主你们和全国都听命于我一般。"

② 原文为"but, like a master / Married to your good service, stay till death."。意即我要像忠诚的主人一样忠诚于你们,直到死。安东尼自知来日无多。朱生豪译为:"你们尽心竭力地跟随了我一辈子,我也到死不把你们丢弃。"梁实秋译为:"你们伺候我这一番情义,我至死不忘。"

③ 被洋葱辣了眼睛(onion-eyed):一句谚语,在此指不得不跟着掉泪。

安东尼　　　　　嗬,嗬,嗬!嗯,如有此意,叫女巫给我
　　　　　　　施咒![①]愿洒泪之地,生出"恩典的香
　　　　　　　草"![②]我忠诚的朋友们,你们把我想得
　　　　　　　过于悲伤,因为说这些,意在宽慰你
　　　　　　　们,——要你们用火把点亮今夜[③]。要
　　　　　　　知道,好友们,我希望明天顺利。将引
　　　　　　　领你们走向我期待的胜利之生命,而非
　　　　　　　死亡与荣耀。我们去吃晚餐,来,把沉
　　　　　　　思淹在酒杯里。(同下。)

---

① 原文为"Now the witch take me if I meant it thus!"。朱生豪未译;梁实秋译为:
"嗳,如果我有这样的想法,让女巫来害我!"

② 原文为"Grace grow where those drops fall!"。"恩典的香草"(grace):即芸香
(草)(rue),与众神之"恩典"(grace)双关。意即愿洒泪之地生出宽恕之花!或愿洒
泪之地生出美与善!

③ 意即彻夜纵饮狂欢。

第三场

同上，王宫门前

（一队士兵上。）

士兵甲　　兄弟，晚安。明天是决战日。

士兵乙　　明年决定胜负。再会。在街上没听到什么怪事？

士兵甲　　没。有什么消息？

士兵乙　　八成是个谣传。祝您晚安。

士兵甲　　好吧，兄弟，晚安。

（遇见其他士兵。）

士兵乙　　士兵们，小心警戒。

士兵丙　　您要留神。晚安，晚安。

（士兵们在舞台各角就位。）

士兵丁　　守在这儿。倘若明天，我们的海军成功，我绝
　　　　　对希望，我们的陆军能挺住。

士兵丙　　一支英勇的军队，满怀决心。

（舞台下奏起双簧管①。）

士兵丁　　安静！什么声音？

士兵甲　　听，听！

士兵乙　　听！

士兵甲　　空中音乐。

士兵丙　　在地下。

士兵丁　　是个好兆头，对吗？

士兵丙　　不。

士兵甲　　安静，我说！这什么意思？

士兵乙　　这是安东尼敬爱的天神，赫拉克勒斯，现在离
　　　　　他而去。

士兵甲　　走。咱们去看看别的哨位，听见了没有。

（他们走向另一哨位。）

士兵乙　　怎么样，先生们！

众士兵　　（齐声。）怎么样！——怎么样！——这声音，你
　　　　　们听见了？

士兵甲　　是的。不奇怪吗？

士兵丙　　你们听见了吗，先生们？听见了吗？

士兵甲　　追踪这声音，到最远的哨位。让我们看看它如
　　　　　何停止。

众士兵　　（齐声。）赞成。——真奇怪。（同下。）

---

① 双簧管（hautboys）：早期双簧管，又为"木箫"。

第四场

同上,宫中一室

（安东尼与克莉奥佩特拉;查米恩、艾拉丝及其他人上。）

安东尼　　　　　厄洛斯! 我的盔甲,厄洛斯!

克莉奥佩特拉　　再睡一会儿。

安东尼　　　　　不了,我的宝贝儿。——厄洛斯! 来。
　　　　　　　　我的盔甲,厄洛斯!

（厄洛斯持盔甲上。）

安东尼　　　　　来,好朋友,把你拿的铁甲,给我穿
　　　　　　　　上。——命运女神今天如不眷顾我们,
　　　　　　　　那是因为我违抗她。——来。

克莉奥佩特拉　　不,我也帮你,安东尼。(拿起一片战甲。)这
　　　　　　　　干什么用的?

安东尼　　　　　啊,别管,别管! 你是那替我的心披上
　　　　　　　　盔甲的人。——拿错了,错了。这个,
　　　　　　　　这个!

安东尼　　　　　来，好朋友，把你拿的铁甲，给我穿上。——命运女神今天
　　　　　　　　如不眷顾我们，那是因为我违抗她。——来。
克莉奥佩特拉　　不，我也帮你，安东尼。

克莉奥佩特拉	真错了，啊呀，我帮你。(帮安东尼穿战甲。)准是这样。
安东尼	行了，行了，现在我定能成功。——(向厄洛斯。)看我穿好了，我的好朋友？去，穿你自己的战甲。
厄洛斯	就去，主上。
克莉奥佩特拉	这不扣得很好？
安东尼	极好，极好。谁在我自愿脱下休息之前，解开这扣子，叫谁听一场暴风雨①。——你笨到家了，厄洛斯。我的女王，倒是比你更灵巧的骑士的随从②。赶快！——啊，心爱的人！你今天若能见我作战，便明白这是君王的职业！③能见到一个打仗的行家。④——

(一身穿盔甲的士兵上。)

安东尼	祝你早安！欢迎！看得出，你有军务

---

① 原文为"shall hear a storm."，意即叫谁挨一顿雨点般的痛击。

② 骑士的随从(squire)：中世纪专替骑士拿盔甲的随从。

③ 原文为"That thou couldst see my wars today, and knew'st / The royal occupation!"。意即见我打仗如何英勇，便能欣赏到我(君王)出色的作战艺术。朱生豪译为："要是你今天能够看见我在战场上驰骋，要是你也懂得这一种英雄的事业。"梁实秋译为："希望你能看看我今天作战，看我是如何的英勇！"

④ 原文为"thou shouldst see/ A workman in't."。朱生豪译为："你就会知道一个卓越的战士是怎样的。"梁实秋译为："你会看出我的手段。"

	在身。①对所爱之事，我们一早起身，怀着欣喜去做。
士兵	主帅，时间尚早，一千人，身上盔甲铆接齐整，在城门等候您。（呼喊声；喇叭奏花腔。）

（众将士上。）

副将	今晨天气好。——早安，主帅。
众将士	早安，主帅。
安东尼	号角吹得好②，小伙子们。这清晨，像一个要成名的青年人的精神，开始得早。——（向克莉奥佩特拉。）行，行。来，把那个给我。这边，很好。——再会了，夫人。不管我结果如何，这是军人的一吻。（吻她。）要坚持更多世俗礼节，应受责罚，遭令人蒙羞的训斥。现在，我要像个钢铁般的男人，离开你。——谁愿参战，跟紧我。——再会。（安东尼、艾拉丝及众将士下。）

―――――――――

①　原文为"Thou look'st like him that knows a warlike charge."。意即你有军务，是来送信儿的。亦可译为："看得出，你有作战经验。"

②　意即清晨开始得好，绽放出白昼。与下文"青年人的精神"，均暗示骑士之浪漫。

查米恩	请您,去寝室休息。
克莉奥佩特拉	领我去。他勇敢地出发。要是这场大战,凭他和恺撒单打独斗决胜,多好!到那时,安东尼。——可眼下……——算了,走。(同下。)

第五场

亚历山大城外,安东尼军营

(号角声。安东尼与厄洛斯上,一士兵迎面上。)

士兵　　愿众神保佑这是安东尼的幸运之战!

安东尼　真愿此前,你和你那身伤疤说服了我,让我打
　　　　陆战!

士兵　　若听我劝,打陆战,那些反叛的国王和今早逃
　　　　离你的士兵,仍会紧跟在后。

安东尼　今早谁逃走了?

士兵　　谁!此人一向与你亲近。你喊一声埃诺巴布
　　　　斯,他听不到了。也许,他能从恺撒军营里回
　　　　一句:"我不是你的人。"

安东尼　你说什么?

士兵　　主帅,他和恺撒在一起。

厄洛斯　主帅,箱子和财宝,他没带走。

安东尼　他走了吗?

士兵　　极为肯定。

安东尼　　　去,厄洛斯,把他的财宝送去。去做。丝毫别耽搁,我命令你。写信给他——我签名——表达惜别和问候。说,我希望他今后再找不到理由更换主人。——啊,我的命运使忠实之人不忠! 快去办。——埃诺巴布斯!(同下。)

第六场

亚历山大城外,恺撒军营

（喇叭奏花腔。恺撒,与阿格里帕、埃诺巴布斯及其他人上。）

恺撒　　　　向前,阿格里帕,打响战斗。我的命令是,
　　　　　　活捉安东尼。通令全军。

阿格里帕　　恺撒,遵命。（下。）

恺撒　　　　全世界和平的时代①临近。若今日一战能
　　　　　　见证幸运的胜利,这三角的世界将甘愿孕

---

① 全世界和平的时代（the time of universal peace）:对于文艺复兴时期的观众,奥古斯都皇帝（屋大维·恺撒统一罗马后的名号）的名字等同于其统治下的"罗马（帝国的）和平"（the Pax Romana）。莎士比亚让恺撒在此处预言自身的伟大成就。观众或可忆起历史之反讽,基督的诞生及其"世界和平的时代"均发生在恺撒·奥古斯都统治下。

育橄榄树①。

（一信使上。）

信使　　　　安东尼已进入战场。

恺撒　　　　去传令阿格里帕，把那些反叛的将士安插在前线，让安东尼看似在自己身上发泄愤怒。（众下；埃诺巴布斯留场。）

埃诺巴布斯　亚历克萨斯叛变。他去犹太②，为安东尼办事，在那儿，劝说希律大帝偏向恺撒，抛弃原主人安东尼。为这番辛劳，恺撒将他吊死③。坎尼蒂乌斯④和其余背弃之人，受了款待，却未得体面的信任。我做了错事，为此沉重自责，往后再无快乐。

---

　　① 孕育橄榄树（bear the olive）："孕育"与"佩戴"（bear）双关，亦可译为"戴上一顶橄榄花环"。橄榄树是罗马和平与繁荣的象征，在战争中用橄榄枝（叶）编成花环给皇帝和征服者加冕；也是犹太教和基督教神圣的和平应许的象征，最典型莫过于《旧约·创世记》中鸽子给诺亚带去橄榄叶。原文为："Prove this a perosp'rous day, the three-nooked world / Shall bear the olive freely."。朱生豪译为："但愿今天一战成功，让这三角的世界不再受干戈的骚扰！"梁实秋译为："如果今天大获全胜，这三分的天下将要共庆升平。"
　　② 犹太（Jewry）：古罗马统治下一地名。
　　③ 据普鲁塔克载，大希律王奉恺撒之命，为奖赏亚历克萨斯背叛安东尼，将其锁住送回国，被处死。
　　④ 阿克提姆海战后，坎尼蒂乌斯抛弃安东尼，后又与安东尼会合。此处，坎尼蒂乌斯受恺撒款待，乃莎士比亚之发明。

（恺撒军中一士兵上。）

士兵　　　　埃诺巴布斯，安东尼把你所有财宝送了来，外加慷慨馈赠。使者在我站岗时来的，他此时在你营帐前，正从骡背上往下卸东西。

埃诺巴布斯　我送您了。

士兵　　　　别拿我开心，埃诺巴布斯。我说的是真的。您最好把来人安全送出军营。要不是军务在身，我倒能送他出营。您的皇帝，仍是一位留任的周甫。（下。）

埃诺巴布斯　我是这世上独一的恶棍，没人比我感受更强烈。啊，安东尼，你是我丰富的宝矿，既然这样用黄金给我的邪恶加冕，对我的忠心效劳又当如何回报！①这要涨爆我的心，倘若迅疾的思想不能使它迸裂，那就用一种更快捷的手段击败思想，但

---

①原文为"how wouldst thou have paid / My better service, when my turpitude / Thou dost so crown with gold!"。朱生豪译为："我这样变节，你尚且赐给我这许多黄金，要是我对你尽忠不二，你将要给我怎样的赏赉呢！"梁实秋译为："我如此卑鄙无耻，你还要赐以多金，我若是忠贞不二，你将如何奖赏我呢?"

我感觉,思想能叫我心碎。①我要抗击
你!——不。我要找一条水沟,死在里
面。最泥污之地最适宜我的后半生。(下。)

----

① 原文为"If swift thought break it not, a swifter mean / Shall outstrike thought, but
thought will do't, I feel."。此处故意使用"思想",以此表明情绪悲伤绝望,战胜绝望
"更快捷的手段"是自杀。朱生豪译为:"要是它无法刺透我的心,我会找到更迅速的
方法的,不过我觉得这已足够了。"梁实秋译为:"如果悲痛的剧跳不能使我的心碎,
我要觅求比悲痛更敏捷的方法;但是悲痛就可能致我于死,我觉得。"

第七场

亚历山大城外,两营之间的战场

(战斗警号。号角、战鼓声。阿格里帕及其他人上。)

阿格里帕　　撤退,我们过于深入。恺撒自己身处困境,
　　　　　　我们面临的压力超出预期。(下。)

(战斗警号。安东尼与负伤的斯卡勒斯上。)

斯卡勒斯　　啊,我英勇的皇帝,这才叫战斗！若最初就
　　　　　　这样打,早打得他们头裹绷带①回老家。(远处
　　　　　　收兵号。)

安东尼　　　你血流得飞快。

斯卡勒斯　　这儿有个伤口,原来像T型,但现在成了H。②

安东尼　　　他们退了。

斯卡勒斯　　要把他们打入茅坑。我身上还有空地儿,能

----

① 绷带(clouts):另有"敲打"之义。意即敲打他们,打回老家。
② 斯卡勒斯没拿伤口当回事,开起玩笑,原来是"T型",现变成"H型",指伤口
变大。另,"H型"发音为"aitch",与"疼痛"(ache)谐音双关,意即伤口开始痛了。

再开六个口子。

（厄洛斯上。）

厄洛斯 　他们败了，主上，我们占优，有望获全胜。

斯卡勒斯 　让我们在他们后背刻上记号，像捕猎野兔那样，从后边，抓住他们！这是追猎逃兵的娱乐。

安东尼 　我要犒赏你这勇敢鼓劲的话，十倍犒赏你的忠勇。跟我来。

斯卡勒斯 　我瘸着腿随后。（同下。）

第八场

亚历山大城墙下

（战斗警号。安东尼率军上，斯卡勒斯及其他人上。）

安东尼 　　　　我们把他打回营地。——先去一人，告
　　　　　　知女王我们的战绩。（一士兵下。）——明
　　　　　　天，在太阳查看之前，我们要让今天逃
　　　　　　掉的人洒血。我感谢各位，你们作战勇
　　　　　　猛，好像不仅奉了命打仗，每个人都像
　　　　　　我一样，在为个人事业而战。你们都有
　　　　　　赫克托尔①那样的表现。进城，拥抱你
　　　　　　们的妻子、朋友，在他们用欢快的泪水
　　　　　　清洗你们伤口处的凝血，用亲吻弥合那
　　　　　　荣耀的深长伤口时，讲述你们的壮
　　　　　　举。——（向斯卡勒斯。）把手伸给我，

① 赫克托尔（Hector）：特洛伊国王普里阿摩斯（Priamus）之子，帕里斯（Paris）的哥哥，特洛伊战争中特洛伊一方统帅，军中第一勇士。

（克莉奥佩特拉，偕侍从等上。）

安东尼　　　　　我要向这位伟大的仙女①赞美你的功绩，让她用感谢祝福你。——（向克莉奥佩特拉。）啊，你这世间的天光，扣住②我穿了护甲的脖子。你，这身衣装，穿过我经受考验的护甲，跳进我心底，骑乘剧跳的心房凯旋！（两人拥抱。）

克莉奥佩特拉　　众王之王！啊，无限的勇气，你微笑着从这世界的巨大陷阱里脱身归来？③

安东尼　　　　　我的夜莺④，我们把他们打回到自家床上。喂，少女！尽管我较年轻的棕发里混杂几许灰白，却有一颗滋养肌肉的大脑，赢的球和年轻人一样多。⑤瞧这个人。⑥把你恩惠之手交托他的双唇。（克

---

　　① 仙女（fairy）：暗指克莉奥佩特拉是具有超凡魔力的美妇，有世间女仙王之意味。

　　② 扣住（chained）：用你的双臂拥抱（像链子一样扣住）我的脖子。

　　③ 此句以狩猎术语暗喻。

　　④ 此句赞美克莉奥佩特拉的嗓音像夜莺一样动听。

　　⑤ 原文为"Though grey / Do something mingle with our younger brown, yet ha' we / A brain that nourishes our nerves and can / Get goal for goal of youth."。尽管我有了灰白头发，但我有提振勇气的大脑，能和年轻人一样赢得胜利。朱生豪译为："虽然霜雪已经点上我的少年的褐发，可是我还有一颗勃勃的雄心，它能够帮助我建立青春的志业。"梁实秋译为："虽然我的青春的棕发掺进了缕缕的灰白，我还有一颗雄心维持我的体力，能和年轻人对抗而略无逊色。"

　　⑥ 此处应示意克莉奥佩特拉看向斯卡勒斯。

	莉奥佩特拉向斯卡勒斯伸出手。)——(向斯卡勒斯。)吻它，我的勇士。——(向克莉奥佩特拉。)今日一战，他好似一位憎恨人类的天神，摧毁了这一种类①。
克莉奥佩特拉	朋友，我要赏你一件全金的盔甲。它原属一位国王。
安 东 尼	就算那金甲像神圣的福玻斯的战车镶满宝石，他也应得。——(向克莉奥佩特拉。)手伸给我。——来一场欢乐行军，穿过亚历山大城；手持像拥有它们的战士一样遭敌劈砍的盾牌。②我的大殿若能容下这支军队扎营，我们要共餐，为明天的命运畅饮干杯③，这预示着君王般的危险④。——号手，你们用黄铜的

① 原文为"had / Destroyed in such a shape."。朱生豪译为："没有人逃得过他的剑锋的诛戮。"梁实秋译为："大肆屠杀。"

② 原文为"Through Alexandria make a jolly march, / Bear our hacked targets like the men that owe them."。意即盾牌上遭敌劈砍的刀痕剑痕，像英勇作战的士兵一样荣耀。朱生豪译为："通过亚历山大全城，我们的大车要列队行进，兴高采烈地显示我们的威容；我们要把剑痕累累的盾牌像我们的战士一样高高举起。"梁实秋译为："我们要欢乐的游行穿过亚历山大城；高高举起伤痕累累的盾牌，意气扬扬的要像是曾经冲锋陷阵的人。"

③ 原文为"and drink carouses to the next day's fate."。朱生豪译为："为了预祝明天的大捷而痛饮。"梁实秋译为："痛饮预祝明天的胜利。"

④ 君王般的危险(royal peril)：这预示着安东尼的危险命运。暗指战争是国王们的游戏。

喧嚣①轰鸣城市的耳朵，再配奏咚咚作
响的战鼓，让号声、鼓声在天地间共鸣
回荡，为我们的到来喝彩。（号角响。同下。）

————————

　　① 黄铜的喧嚣（brazen din）：指黄铜的军号，亦有"大胆""不畏惧"之义。意即让
全城听见军号的吹奏。

第九场

亚历山大城外,恺撒军营

(一站岗哨兵上;埃诺巴布斯随上。)

哨兵甲　　　　一小时内,若没人换岗,我们都必须回警
　　　　　　　卫室。夜色明亮,听说清晨两点,我们要
　　　　　　　列阵备战。

哨兵乙　　　　昨天那一仗,运气不好。

(埃诺巴布斯上。)

埃诺巴布斯　　啊! 夜,给我作证,——

哨兵丙　　　　这什么人?

哨兵乙　　　　躲起来,听他说。(他们闪在一旁。)

埃诺巴布斯　　给我做见证人——啊,你这神圣的月亮——
　　　　　　　当背叛之人将要在历史记载上承受可

	恨的纪念时①，埃诺巴布斯在你面前忏悔过！——
哨兵甲	埃诺巴布斯！
哨兵丙	安静！接着听。
埃诺巴布斯	啊，真心忧郁的无上女神②，把潮湿有毒的夜气③，像挤压海绵那样倾泻在我身上，让那生命，我的意志的十足叛逆，别再缠我④。把我因伤悲而干瘪的心，投向我那罪过的坚硬燧石，碎成粉末，终止一切邪恶思想。啊，安东尼，我背叛之无耻更透出你高贵，凭你自身，可以宽恕我，但让世人在记录本里，把我排在背弃者和逃兵之首。⑤啊，安东尼！啊，安东尼！(倒地而死。)
哨兵乙	咱们去跟他谈谈。
哨兵甲	听他说，他的话，可能跟恺撒有关。

---

① 原文为"When men revolted shall upon record / Bear hateful memory."。朱生豪译为："变节的叛徒在历史上将要永远留下被人唾骂的污名。"梁实秋译为："在将来变节的人们受人唾骂的时候。"

② 把月亮比为忧郁女神，暗指月亮与忧郁、癫狂相关。

③ 旧时认为深夜潮湿的空气有毒。

④ 埃诺巴布斯意欲摆脱生命的纠缠，要自杀。

⑤ 原文为"Forgive me in thine own particular, / But let the world rank me in register / A master-leaver and a fugitive."。朱生豪译为："原谅我个人对你所加的伤害，可是让世人记着我是一个叛徒的魁首。"梁实秋译为："你个人可以原谅我；但是世人将永志不忘我是一个临阵脱逃的叛徒。"

埃诺巴布斯　　　安东尼,我背叛之无耻更透出你高贵,凭你自身,可能宽恕
　　　　　　　　我……啊,安东尼!(为到地而死)

哨兵丙	就这么办。但他睡着了。
哨兵甲	怕是晕倒了，像他这样绝望的祈祷，决不会是睡眠的前奏。
哨兵乙	过去看一眼。
哨兵丙	醒醒，先生，醒醒！跟我们说句话。
哨兵乙	听见吗，先生？
哨兵甲	死神的手抓住了他。（远处鼓声。）听！庄严的鼓声在唤醒沉睡者。咱们把他抬去警卫室。他是个重要人物。咱们值岗的时间结束了。
哨兵丙	那，来吧。他没准还能醒过来。（同抬尸体下。）

第十场

亚历山大城外,双方军营之间

(安东尼与斯卡勒斯率军上。)

安东尼　　今天他们准备海战,陆战叫他们不开心。

斯卡勒斯　他们要海陆同时开战,主帅。

安东尼　　愿他们在火里、在风里①同时开战,我们也愿
　　　　　在那里应战。但情形正是这样。步兵与我
　　　　　们一起,守在邻近城市的丘陵——海战命令
　　　　　已下达;战船②驶离港口。——从那儿,我们
　　　　　最可察看他们的目的③,在一旁观战。(同下。)

———————

　　① 古代西方认为宇宙由土、气、水、火四大元素构成。海战、陆战为"土""水"之
战,安东尼表示也愿在另两大元素"气"(风)和"火"中同时开战。

　　② 战船(they):按"新剑桥版"释义,此处"它们"(they)指安东尼舰队的帆船,而
非指恺撒的舰队。意即海战命令下达,我们的舰队已出港。

　　③ 目的(appointment):亦有释为"兵力部署和装备"。

第十一场

同前,双方军营间另一部分

(恺撒率军上。)

恺撒　　除非遭到进攻,我们在陆上按兵不动,——依我
　　　　看,我们将不会受打扰,因为他最精锐的部队都
　　　　上战船当了水手。去山谷,我们要占据最有利的
　　　　位置。(下。)

第十二场

同上，双方军营间另一部分

（远处，海战警号。安东尼与斯卡勒斯上。）

安东尼 战斗还没开始。那边立着棵松树，从那里，我能看到一切。有什么进展，我立刻给你信儿。（下。）

斯卡勒斯 燕子在克莉奥佩特拉的帆①上筑了巢。占卜官②说，不知吉凶，——没法说。——他们面色阴沉，心有所知，不敢说。安东尼既英勇，又颓丧。而且，相应地，他消磨的命运给了他希望，也给了他对其

---

① 帆(sails)：此处显然以帆代船。因燕子无法在船帆上筑巢。

② 占卜官(augurers)：古罗马的宗教官员，凭观察自然现象预测未来，占卜吉凶。

所得及所失之物的恐惧。①(远处,海战警号。)

(安东尼又上。)

安东尼　　　　　一切尽失!这邪恶的埃及人背叛了我。我的舰队已投敌,他们在那边抛着帽子,像久违的朋友相聚畅饮。——三次不忠②的妓女!是你把我出卖给这个新手。我的心只对你一人开战。——叫他们都逃吧。因我一旦向我的女巫复了仇,我便一切了解。——叫他们都逃吧。快去!(斯卡勒斯下。)啊,太阳,我再看不见你升起。命运之神与安东尼在此分离,咱们握个手。——一切到了这一步?——那些像摇尾的西班牙猎犬尾随我,从我这儿遂了心愿的灵魂,无一不散,把他们的甜蜜融化在绽放的恺撒

---

　　① 原文为"Antony / Is valiant, and dejected; and, by starts, / His fretted fortunes give him hope, and fear, / Of what he has, and has not."。朱生豪译为:"安东尼很勇敢,可是有些郁郁不乐;他的多磨的命运使他有时充满了希望,有时充满了忧虑。"梁实秋译为:"安东尼时而勇敢,时而沮丧;他真是受命运的折磨,使得他一喜一忧患得患失。"

　　② 三次不忠(Triple-turned):指克莉奥佩特拉对尤里乌斯·恺撒、庞培大帝之长子格纳乌斯·庞培和安东尼的三次背叛。此属矛盾修辞法,妓女岂有忠贞之理!

身上①,我这棵高出他们所有人的松树,
被剥了树皮。②我遭人出卖。啊,这邪
恶的埃及的灵魂! 这致命的女
巫③,——她凭眼神示意我的部队前进,
招呼他们回家,她的胸窝是我的小王
冠,是我的主要目标,像个正宗的吉卜
赛人玩松紧术④,将我骗得勇气彻底毁
灭。——喂,厄洛斯! 厄洛斯!

(克莉奥佩特拉上。)

安东尼　　　　　　啊,你这魔咒! 滚!

克莉奥佩特拉　　　我的主人因何向他心爱之人发怒?

安东尼　　　　　　消失,否则,我要给你应得的报偿,损毁
　　　　　　　　　恺撒的凯旋⑤。让他俘获你,把你在欢

---

①　原文为"melt their sweets / On blossoming Caesar."。朱生豪译为:"把他们的甘
言巧笑向势力强盛的凯撒献媚了。"梁实秋译为:"把他们的甜言蜜语奉献给那声
势煊赫的西撒去了。"

②　原文为"this pine is barked / That overtopped them all."。朱生豪译为:"剩着这
一树凌霄独立的孤松,悲怆它的鳞摧甲落。"梁实秋译为:"这一棵出人头地的巨松是
已经鳞皮剥落了。"

③　意即这施加致命咒语的女巫!

④　松紧术(fast and loose):旧时英国集市上用皮带玩的一种骗钱把戏。安东尼
暗指克莉奥佩特拉以松紧术把戏,像惯于玩骗术的吉卜赛人一样将他欺骗。

⑤　意即要让你作为恺撒的俘虏,在他凯旋罗马的胜利行进中示众。另有释义:
我要弄残你,毁掉恺撒的凯旋仪式。

呼的平民面前扯起来①；让你跟在他战车后面，像一切女性的最大污点；让你最像个怪物②，展示给最卑贱弱小的平民看，给白痴看；让长久忍受的奥克塔薇娅用她等了好久的指甲，把你的面容耕成田地！③（克莉奥佩特拉下。）如果活着还不算赖，你走了最好。但真不如掉进我的狂怒，因为一死可免遭许多羞辱。——厄洛斯，嗬！——涅索斯④的毒血衫我穿在身。——阿尔喀德斯⑤，你，我的祖先，教我发怒。让我把利卡斯挂在月亮的犄角上；用握过最沉重木棒⑥的那双手，制服最神勇、高贵的自

---

① 扯起来（hoist）：化用航海术语，意即：把你像扯起船帆那样高举（扯）起来。

② 意即让你像市集上以低廉价格卖票供人娱乐观看的巡回展出的怪人。

③ 原文为"let / Patient Octavia plough thy visage up / With her prepared nails！"。朱生豪译为："让耐心的奥克泰维娅用她准备已久的指爪抓破了你的脸皮。"梁实秋译为："让那含辛茹苦的奥大维亚用她的养得长长的指甲抓破你的脸。"

④ 涅索斯（Nessus）：古希腊神话中渡旅客过冥河的半人半马怪（Centaur），试图强奸赫拉克勒斯之妻德伊阿妮拉（Deianira），被赫拉克勒斯用浸过九头蛇海德拉（Hydra）毒血的箭射中。为复仇，涅索斯死前，嘱德伊阿妮拉将衬衫浸在他血里，言穿此爱情魔咒罩衫者夫妻永保恩爱。德伊阿妮拉深信不疑，将衬衫交仆人利卡斯（Lichas）转给赫拉克勒斯。赫拉克勒斯穿上染了海德拉剧毒的衬衫，痛苦不堪，将利卡斯抛入大海，自己中毒身亡。

⑤ 阿尔喀德斯（Alcides）：即赫拉克勒斯。

⑥ 赫拉克勒斯的武器是用橄榄树做成的一根大木棒。

我。这女巫得死。①她把我卖给那罗马
少年，我落入这个阴谋。为此，她非得
死。②——厄洛斯，嘀！(下。)

---

① 参见《旧约·出埃及记》22:18:"行邪术的女人必须处死。"

② 参见《撒母耳记上》14:44:"扫罗对他说:'约拿单，你一定得死，否则，上帝击
杀我!'"

第十三场

亚历山大,宫中一室

（克莉奥佩特拉、查米恩、艾拉丝与马尔迪安上。）

克莉奥佩特拉	扶住我,女侍们! 啊,他比想要盾牌的泰拉蒙①更疯狂。塞萨利的野猪②从没这样口吐过白沫③。
查米恩	去陵墓④! 把自己关在那儿,派人给他捎口信,说您死了。灵魂与躯体分裂,

----

① 泰拉蒙(Telamon):即泰拉蒙·大埃阿斯(Telamon Ajax),特洛伊战争中希腊联军主将之一,其父为古希腊神话中最勇猛的英雄之一泰拉蒙,即泰拉蒙尼乌斯(Telamonius)。阿喀琉斯(Achilles)死后,泰拉蒙杀死欲剥取其铠甲的特洛伊战将,将尸体背回战船,奥德修斯(Odysseus)断后(另有说尤利西斯断后)。阿喀琉斯之母忒提丝(Thetis)将盾牌奖给奥德修斯(或尤利西斯),泰拉蒙发狂自杀。

② 塞萨利的野猪(the boar of Thessaly):古希腊神话中,狄安娜(Diana)或阿尔忒弥斯(Artemis)派野猪去毁坏希腊东部卡吕冬(Calydon)国王的田地。野猪被其子梅利埃格(Meleager)追得走投无路时,口吐白沫而亡。

③ 口吐过白沫(embossed):狩猎术语,指被追逐的猎物陷入绝境时又累又怒、口吐白沫。

④ 或指克莉奥佩特拉为保存自己遗体而兴建的金字塔似的皇家陵墓。

不比伟大脱离荣耀更可怕。①

克莉奥佩特拉　　　去陵墓！——马尔迪安，去跟他说，我杀了自己。就说，我最后说的是"安东尼"，请你，说得，要可怜兮兮。去吧，马尔迪安，回来告诉我，对我的死，他有何反应。——去陵墓！(同下。)

---

① 原文为"The soul and body rive not more in parting / Than greatness going off."。意即对于安东尼来说，其失去伟大的荣耀比灵魂脱离肉体更可怕。朱生豪译为："一个人失去了他的荣誉，是比灵魂脱离躯壳更痛苦的。"梁实秋译为："久享尊荣的人一旦失去尊荣，其苦痛有甚于灵魂之脱离躯体。"

第十四场

亚历山大,宫中另一室

（安东尼与厄洛斯上。）

安东尼　　厄洛斯,还能看见我吗？[1]

厄洛斯　　是的,高贵的主上。

安东尼　　有时,我见一朵云状似一条龙;一团雾气
　　　　　有时像一头熊或狮子,一座高耸的城堡,
　　　　　一块突兀的山岩,一座双峰并立的高山,
　　　　　或树木掩映的蓝色海岬在向世人点头,用
　　　　　空气蒙骗我们的眼睛。你见过这些景象。
　　　　　那都是黑色薄幕下的幻景。[2]

厄洛斯　　是的,陛下。

安东尼　　现在是一匹马,甚至快如思想,云团消

---

① 安东尼这个问题令厄洛斯困惑。安东尼感觉自己变得脆弱无形、难以辨认。

② 原文为"They are black vesper's pageants."。意即它们是夜幕降临前虚幻的辉煌景色。"幻景"（pageants）原指舞台上的场景。朱生豪译为："它们都是日暮的幻影。"梁实秋译为："无非是一些苍茫暮色的幻影。"

散^①,让它无法分辨,好比水在水里。

厄洛斯　　是这样,陛下。

安东尼　　好小子厄洛斯,眼下你的主帅就像这样一团云:我安东尼在此,却保不住这可见的形状,我的小子。我为埃及女王发动这些战争,女王——我原以为得了她的心,因为她得了我的。我这颗心,在它归属自己时,并吞过一百多万颗心,——她,厄洛斯,伙同恺撒洗牌作弊,骗我打出荣耀,让敌人得胜^②。——不,别哭,善良的厄洛斯。我们留下了自己,好自我了结。——

(马尔迪安上。)

安东尼　　(向马尔迪安。)啊,你邪恶的女主人! 劫走了我的剑。^③

马尔迪安　不,安东尼,我的女主人爱着您,她的命运和您的,完全交融。

---

① 云团(rack):与拷问囚犯的"肢刑架"(rack)具双关意;消散(dislimns):与"从生物体上移除四肢"(dislimbs)谐音双关。

② 原文为"Packed cards with Caesar, and false-played my glory / Unto an enemy's triumph."此为化用打牌术语,意即:她按恺撒心愿洗牌,骗我打出"荣耀"大牌,使握有"王牌"的恺撒得胜。"得胜"(triumph):暗指"王牌"(trump card)。朱生豪译为:"竟和凯撒暗中勾结,用诡计毁坏我的光荣,使敌人得到了胜利。"梁实秋译为:"竟和西撒私相勾结,骗去了我的光荣,促成敌人的胜利。"

③ 意即夺走了我身为一名战士的勇猛和男子气概。

安东尼	走开,无礼的阉人。安静! 她背叛了我,非处死不可。
马尔迪安	一个人只能死一回,这笔债她付清了。你要做的,她替你做了。她最后说的是"安东尼! 最高贵的安东尼!"在一声撕裂般的呻吟中迸出安东尼的名字,名字在她的心和嘴唇之间分隔①。她交出生命,你的名字深埋在她心底。
安东尼	那,死了?
马尔迪安	死了。
安东尼	卸下铠甲②,厄洛斯。漫长一天的任务完成,我们得睡了。——(向马尔迪安。)你平安离开这儿,算对你辛劳的丰厚报偿。去吧。(马尔迪安下。)脱,脱掉!(厄洛斯替他脱铠甲。)埃阿斯的七层盾牌③,护不住我的心遭重击。——啊,裂开,我的两肋! 心啊,你比你的容器④更强壮,冲破你脆弱的心

---

① 意即她死前嘴里说着安东尼的名字,说了一半,留了一半。

② 安东尼让厄洛斯替自己卸下战甲。

③ 指古希腊神话中埃阿斯(Ajax)所用青铜盾牌,背面有七层厚牛皮,以防心脏受重击。

④ 你的容器(thy continent):容纳你的心的胸腔。

匣！①——快脱，厄洛斯，快脱！——不再
是军人。——凹痕累累的甲片，去吧。你
们一直高贵地承受。——离开我一会儿。
（厄洛斯下。）——我要追上你，克莉奥佩特
拉，哭求你宽恕。——必须这样，因为此
刻一切延迟②都是折磨。火炬③既已熄灭，
躺下，别再迷失，现在任何行动都会自我
失败。是的，所尽一切力，均被所尽之力
自身纠缠。④结论有了，一切结束。——
厄洛斯⑤！——我来了，我的女王！——
厄洛斯！——等我一下。在那灵魂躺在
花丛中的地方⑥，我们要手牵手，以活泼的

① 原文为"Heart, once be stronger than thy continent, / Crack thy frail case!"。朱生豪译为："心啊，使出你所有的力量来，把你这脆弱的胸腔爆破了吧！"梁实秋译为："心呀，你现在要比你的外壳还要强壮，把你的脆弱的躯壳迸破了吧！"
② 延迟（length）：安东尼表明无法忍受生命的延迟。
③ 火炬（torch）：比作克莉奥佩特拉的生命，与"折磨"（torture）谐音。
④ 原文为"very force entangles / Itself with strength."。化用狩猎术语。形容猎物落入罗网，越尽力挣脱越缠得紧。朱生豪译为："一切的辛勤徒然毁坏了自己所成就的事业。"梁实秋译为："现在一切努力都是白费。"
⑤ 厄洛斯（Eros）：该名字有激情、性爱之义；在古希腊神话中，厄洛斯为爱与情欲之神。
⑥ 指古希腊神话中受庇护的贤人死后的灵魂归宿——极乐世界，音译为"伊利西姆"（Elysium）。

举止叫幽灵注目。狄多和她的埃涅阿斯①
势必缺少追随者，一切幽灵将萦绕我
们。——来，厄洛斯，厄洛斯！

（厄洛斯上。）

厄洛斯　　　　陛下有何吩咐？

安东尼　　　　克莉奥佩特拉已死，我在这种耻辱②中存
活，众神都要憎恶我的卑贱。我，用剑划
分过世界，在尼普顿③的绿色脊背上，用战
船造出城市，现在要谴责自己缺乏一个女
人的勇气，——比起她以一死告知我们的
恺撒"我是我自己的征服者"，我的心灵不
如她高贵。你发过誓，厄洛斯，紧急时刻
一旦来临，——眼下真来了，——当我眼
见耻辱和恐惧无情地紧追身后，我下令，
你杀我。动手。时候到了。你刺中的不

---

① 狄多（Dido）与埃涅阿斯（Aeneas）的故事详见古罗马诗人维吉尔（Vergil，公元
前70—公元前19）所著史诗《埃涅伊德》（Aeneid）：特洛伊陷落后，特洛伊英雄埃涅阿
斯漂泊海上，在北非迦太基（Carthage）登陆，为迦太基女王狄多所爱。最终，埃涅阿
斯不辞而别，绝望中的狄多自杀身亡。

② 安东尼感到活得比克莉奥佩特拉命长，及"缺乏一个女人（自杀）的勇气"，实
为奇耻大辱。

③ 尼普顿（Neptune）：古罗马神话中的海神。以尼普顿的绿色脊背代指大海。

是我，你挫败了恺撒①。脸上要有血色。②

厄洛斯　众神不准我这样做！所有帕提亚人的标枪③——怀着敌意——都失了目标，我能投中？

安东尼　厄洛斯，莫非你愿在伟大的罗马，从窗口看你的主人，胳膊这样交叉捆绑，弯下顺从的脖子，那张脸屈从得透出羞愧，此时，幸运的恺撒的战车，在他前面行进，给他随之而来的卑贱打上烙印④？

厄洛斯　我不愿看。

安东尼　那好，来吧，因为我必须凭一道创伤来治愈。拔出你那把忠实的、对国家最有过用处的佩剑。

厄洛斯　啊，主上，放过我！

安东尼　当初我放你自由，那时你不是发誓，一旦我下令，你就这样做吗？立刻动手，否则，你此前的效劳，不过都是毫无目的的意

———————————

① 意即由你杀死我，等于挫败了恺撒要俘获我凯旋罗马的计划。

② 原文为"Put colour in thy cheek."。意即别吓得脸色苍白。

③ 标枪（darts）：古代作战所用的投掷武器。

④ 原文为"whilst the wheeled seat / Of fortune Caesar, drawn before him, branded / His baseness that ensued?"。朱生豪译为："他的前面的车子上坐着幸运的凯撒，把卑辱的烙印加在他的俘虏的身上吗？"梁实秋译为："那走运的西撒的车子在他的面前缓缓行驶，像是把耻辱的烙印打在那后面跟随的俘虏的额上？"

	外。拔剑，来吧。
厄洛斯	那，把那张里面存有全世界的崇敬的高贵面孔①，转过去。
安东尼	瞧！（转身背对。）
厄洛斯	（拔剑。）剑拔出来了。
安东尼	那立刻让剑，做你为何拔它出来的事。②
厄洛斯	我亲爱的主人，我的主帅，我的皇帝，在我刺出这血腥的一击之前，让我说，再会。
安东尼	说过了，伙计，——再会。
厄洛斯	再会，伟大的首领。现在动手?
安东尼	现在，厄洛斯。
厄洛斯	呃，那行，（自刺。）——这样我算逃过眼见安东尼之死的悲伤。
安东尼	比我本人高贵三倍！你在教我，啊，英勇的厄洛斯，做我该做、你却不能做的事。我的女王和厄洛斯，以其勇敢的教导③先

---

① 原文为"Wherein the worship of the whole world lies."。朱生豪译为："那为全世界所崇拜瞻仰的容颜。"梁实秋译为："那全世界所景仰的面孔。"

② 原文为"Then let it do at once / The thing why thou hast drawn it."。朱生豪译为："那么赶快让它执行它的工作吧。"梁实秋译为："你的剑是为什么拔的，就赶快做什么用吧。"

③ 教导（instruction）：以身作则的示范榜样。

为我在历史记载里赢得高贵一席①。但我
要做死亡中的新郎，冲向死亡，犹如冲向
爱侣的床。②那，来吧。——厄洛斯，你的
主人，作为你的门徒死去。这样做，是跟
你学的。(俯身剑上。)——怎么！没死？没
死？——卫兵，嗬！——啊，快弄死我！

(德西塔斯及一队侍卫上。)

侍卫甲	什么声音？
安东尼	我把事情弄糟了，朋友们。啊，开了头的 事，帮我了结！
侍卫乙	星辰坠落。③
侍卫甲	时间到头了。
全体	唉，悲惨！
安东尼	让那爱我的人一剑弄死我。
侍卫甲	我不行。

---

① 原文为"Have by their brave instruction got upon me / A nobleness in record."。
朱生豪译为："已经用他们英勇的示范占了我的先着。"梁实秋译为："以他们的勇敢
的榜样抢先赢得了光荣的记录。"

② 原文为"But I will be / A bridegroom in my death and run into't / As to a lover's
bed."。含性暗示，暗指愿在性高潮中死去。朱生豪译为："可是我要像一个新郎似
的奔赴死亡，正像登上恋人的卧床一样。"梁实秋译为："不过我要像一个新郎一般的
欣然赴死，要像登上爱人的床那样高兴。"

③ 参见《新约·启示录》8:10："第三个天使一吹号，有一颗大星，像燃烧着的火
把从天上坠落。"

安东尼　　让那爱我的人一剑弄死我。

侍卫甲　　我不行。

侍卫乙	我也不行。
侍卫丙	谁都不行。(除德西塔斯,侍卫下。)
德西塔斯	你的死亡和命运叫部下逃离。我只要连同这消息,将这把剑献给恺撒,便能获准为他效劳。(拿起安东尼的剑。)

(狄奥梅德斯上。)

狄奥梅德斯	安东尼在哪儿?
德西塔斯	那儿,狄奥梅德①,在那儿。
狄奥梅德斯	他活着? 不回答我,伙计?(德西塔斯持安东尼剑下。)
安东尼	狄奥梅德,那儿是你吗? 拔出剑,给我狠命一击,刺死我。
狄奥梅德斯	最完美的主上,我的女主人克莉奥佩特拉,派我来见您。
安东尼	什么时候派的你?
狄奥梅德斯	现在,主上。
安东尼	她在哪儿?
狄奥梅德斯	关在陵墓里。对即将发生的事,她有一种预言般的恐惧,因为当她见您,疑心她和恺撒达成协议,——这事从未证明是

———————————

① 对狄奥梅德斯的亲切称谓。

真的，——见您的愤怒无法消除，便给您
捎信，说自己死了。但，又怕造成什么后
果，便派我来告知真相。我来了，怕是，太
晚了。

安东尼 太晚了，好心的狄奥梅德。——请你，叫
我的侍卫。

狄奥梅德斯 喂，嗬，皇帝的侍卫！侍卫，喂，嗬！来，主
人在喊你们！

（安东尼的四五位侍卫上。）

安东尼 把我，好友们，抬到克莉奥佩特拉藏身的
地方。这是我下令叫你们最后一次效劳。

侍卫甲 难过，我们好难过，陛下，您怕是，活不过
所有忠实的部下。

全体 最悲痛的日子！

安东尼 不，好友们，不要用你们的悲伤取悦残酷
的命运，使之荣耀。对落在我们身上的惩
罚表示欢迎，好似易于承受，我们便惩罚
了它。抬我起来。以前我常率领你们，现
在你们来抬我。好友们，多谢各位辛劳。
（众人抬安东尼与厄洛斯下。）

第十五场

亚历山大,克莉奥佩特拉陵墓外

(克莉奥佩特拉及侍女,偕查米恩与艾拉丝自高处上。)

克莉奥佩特拉　　　　啊,查米恩,我永远不离开这儿。

查米恩　　　　　　　放宽心,亲爱的夫人。

克莉奥佩特拉　　　　不,宽不了心。一切奇怪、可怕的事都受欢迎,但我鄙视宽心。我悲伤的尺度,和我悲伤的起因成正比,必须与那造成它的起因一样大。——

(狄奥梅德斯,自下,上。)

克莉奥佩特拉　　　　怎么! 他死了?

狄奥梅德斯　　　　　死神上了身,还没死。您从陵墓另一侧向外望,侍卫把他抬这儿来了。

(众侍卫抬安东尼,自下,上。)

克莉奥佩特拉　　　　啊,太阳,烧毁你运行其间的巨大同心

<table>
<tr><td></td><td>球！[①]——愿世界上变幻不定的海岸挺立在黑暗中！[②]——啊，安东尼，安东尼，安东尼！——帮忙，查米恩；帮忙，艾拉丝，帮忙；——帮忙，下面的朋友们！——我们把他拉上来。</td></tr>
<tr><td>安东尼</td><td>安静！并非恺撒的勇猛击败了安东尼，是安东尼的勇猛战胜了勇猛自身。</td></tr>
<tr><td>克莉奥佩特拉</td><td>应该如此，除了安东尼，没人能征服安东尼。但竟这样悲惨！</td></tr>
<tr><td>安东尼</td><td>我要死了，埃及女王，要死了。我只恳求死神延迟片刻，等我把数千个亲吻里这可怜的最后一吻，放你双唇上。</td></tr>
<tr><td>克莉奥佩特拉</td><td>我不敢下来[③]，亲爱的。——我亲爱的主人，宽恕。——我不敢，以免被抓。十足幸运的恺撒休想拿我像枚胸针，去</td></tr>
</table>

---

① 原文为"Burn the great sphere thou mov'st in!"。"巨大同心球"（great sphere）：据托勒密天文学（Ptolemaic），行星、恒星像太阳一样，在一巨大透明同心球体内运行，围绕地球旋转。朱生豪译为："把你广大的天宇燃烧起来吧！"梁实秋译为："烧毁你在其间运行的苍穹吧。"

② 原文为"Darkling stand / The varying shore o'th'world!"。意即世界不断变化，昼夜交替，潮汐变化，海岸潮涨潮落。朱生豪译为："世界已经陷入一片黑暗。"梁实秋译为："让世界的群星在黑暗中静立着吧。"

③ 原文为"I dare not."。意即我不敢（从陵墓）下来接您，以免万一被（恺撒的士兵）抓去。

装饰帝国的凯旋队伍。^①如果刀有刃、药有效或蛇有刺，我便安全。您妻子奥克塔薇娅，休想以谦恭的眼神和无声的评判，得到庄重打量我的荣耀，——但来吧，来吧，安东尼。——帮忙，我的女侍们。——我们必须把他拉上来。——帮把手，好友们。(他们往上拉绳。^②)

安东尼　啊！快，不然，我就死了。

克莉奥佩特拉　这真是一项运动！^③——我的主人分量好重！我们的力量都陷入悲伤^④，让分量变重。我若有伟大的朱诺的权力，有墨丘利^⑤强大的双翅，就能接你上来，放在周甫身旁。再往上点儿，——祈愿者向来是傻瓜^⑥，——啊，来，来，来。(他们把安东尼举到克莉奥佩特拉身边。)欢迎，欢迎！

---

① 原文为"Not th'imperious show / Of the full-fortuned Caesar ever shall / Be brooched with me."。朱生豪译为："我决不让全胜而归的凯撒把我作为向人夸耀的战利品。"梁实秋译为："得意的西撒之辉煌的凯旋绝不能把我当作装点。"

② 据普鲁塔克载，克莉奥佩特拉不愿开门，她走到高窗边，抛出铁链或绳子，把安东尼绑紧。克莉奥佩特拉自己，只带两位女侍，两位女侍勉强跟她进入陵墓，将安东尼拉上来。

③ 克莉奥佩特拉在此悲伤时刻说出调侃之言，只能理解为莎士比亚故意为之。

④ 悲伤(heaviness)：与分量(weight)具双重义。

⑤ 墨丘利(Mercury)：古罗马神话中众神之王的信使。

⑥ 原文为"Wishers were ever fools."。此为谚语。朱生豪译为："可是只有呆子才会有这种无聊的愿望。"梁实秋译为："有心无力可真是不中用。"

死之前再多活一会儿。①用亲吻复苏生命。我的双唇若有这力量,我愿这样把它们磨损。②(吻安东尼。)

全体　　　　　　　一幅哀痛的景象!

安东尼　　　　　　我要死了,埃及女王,要死了。给我来点酒,让我再说几句。

克莉奥佩特拉　　　不,让我说,让我高声咒骂,骂得那虚伪的管家婆命运女神③,被我的辱骂激怒,把自己的轮子打碎——

安东尼　　　　　　一句话——亲爱的女王——从恺撒那里,寻求荣誉,和安全。——啊!

克莉奥佩特拉　　　两者难共生。

安东尼　　　　　　亲爱的,听我说,恺撒手下,除了普罗裘里乌斯,谁也别信。

克莉奥佩特拉　　　我相信自己的决心、自己的双手。恺撒身边,无人可信。

―――――――――

① 原文为"Die when thou hast lived."。"死"暗指性高潮。意即不再来一次高潮,你不能死。朱生豪译为:"再在人世盘桓一会儿吧。"梁实秋译为:"死在你曾经活着的地方吧。"

② 原文为"had my lips that power, / Thus would I wear them out."。朱生豪译为:"要是我的嘴唇能够给你生命,我愿意把它吻到枯焦。"梁实秋译为:"如果我的嘴唇有这样的力量,我愿这样的吻下去直到嘴唇疲敝为止。"

③ 管家婆命运女神(the housewife Fortune):指古罗马神话中的命运女神福尔图娜(Fortuna),神话中,她在山巅旋转巨大的"命运之轮",决定每个人的命运。管家婆(housewife)含"转轮纺车"(spinning wheel)之意味。

安东尼　　　　　我悲惨的命运变化即将终结,不要哀叹,
　　　　　　　也不要悲伤,但请您的思想,用我从前
　　　　　　　那些命运来喂养,在那时,我曾活成世
　　　　　　　上最伟大、最高贵的君王。①此时死得
　　　　　　　也不卑贱,并未怯懦地向我的同胞脱下
　　　　　　　头盔②,——一个罗马人被一个罗马人
　　　　　　　勇敢征服。③现在,我的灵魂正在离去。
　　　　　　　不能再多说。

克莉奥佩特拉　　最高贵的人,你要死了? 不照护我了?
　　　　　　　这沉闷的世界没有你,还不如一座猪
　　　　　　　圈④,叫我怎么住下去? ——啊! 瞧,我
　　　　　　　的女侍们,（安东尼死。）大地的王冠消
　　　　　　　融。——我的主上! 啊,战争的花环凋
　　　　　　　零,士兵的战旗⑤倒下。少男少女与成

----

　　①原文为"but please your thoughts in feeding them with those my former fortunes, wherein I lived the greatest prince on the world, the noblest."。朱生豪译为:"当你思念我的时候,请你想到我往日的光荣;你应该安慰你自己,因为我曾经是全世界最伟大、最高贵的君王。"梁实秋译为:"只消回想我以往的光荣的日子,世上最伟大最高贵的君王。"

　　②原文为"Not cowardly put off my helmet to / My countryman."。"我的同胞"指恺撒,意即我没像个懦夫似的向恺撒屈服。

　　③原文为"A Roman by a Roman / Valiantly vanquished."。句中第二个"罗马人"指安东尼自己,意即罗马人安东尼被安东尼本人这个罗马人勇敢征服。

　　④猪圈(sty):暗指妓女和好色之徒所住之处。

　　⑤战旗(pole):亦有军旗杆或北极星之意涵,或具性意味,暗指男阳因死亡凋零、倒下。

年人平起平坐；大小之别消失①，在盈满亏缺②的月亮下，再无卓异之人。(昏厥。)

查米恩	啊，镇静，夫人！
艾拉丝	她也死了，我们的君主。
查米恩	夫人！
艾拉丝	夫人！
查米恩	啊，夫人，夫人，夫人！
艾拉丝	至尊的埃及女王，女皇！(克莉奥佩特拉醒来。)
查米恩	安静，安静，艾拉丝！
克莉奥佩特拉	不再是女王，只是一个女人，跟挤牛奶、干最下贱杂活的女仆一样，受如此可怜的情感支配。——真该把我的权杖扔向伤害我的众神。要告诉他们，在他们偷走我的珍宝③之前，这世界可与他们的相比。一切皆无用之物。傻瓜才有耐心，狂躁最与疯狗相配。④那在死神敢来找我之前，就冲进死神的神秘居所，算不算罪过？——你们怎么了，女

① 意即世上没了安东尼，价值上的差别毫无意义。

② 盈满亏缺(visiting)：指随月亮盈亏变化无常的世间。

③ 我的珍宝(our jewel)：即安东尼。

④ 原文为"Patience is sottish, and impatience does / Become a dog that's mad."。朱生豪译为："忍耐是酒徒的沉醉，焦躁是疯犬的咆哮。"梁实秋译为："只有傻瓜才有耐心，只有疯狗才宜于狂暴。"

侍们？喂，喂！精神点儿！唉，怎么了，查米恩！我高贵的姑娘们！啊，女侍们，女侍们，瞧，我的火把①耗尽，灭了。——好心的女侍们，振作起来！——我要埋葬他。然后，罗马的仪式怎样辉煌、怎样高贵，我要照做，让死神夸耀地把我带走。来，走吧。此刻，这盛着巨大灵魂的躯壳冷了。

啊！女侍们，女侍们！来，我没了朋友，却下决心，飞速死去②。(同下；高处众人抬安东尼尸体下。)

---

① 我的火把(my lamp)：即安东尼。古罗马时代只有火把，没有灯。参见《新约·马太福音》25：8："愚笨的对聪明的说，'请分一点油给我们吧，因为我们的(油)灯(lamp)要熄灭了'。"

② 克莉奥佩特拉在美化安东尼自杀的同时，已决心自杀。

第五幕

德西塔斯持安东尼的剑,闯到恺撒的面前

第一场

亚历山大城前,恺撒军营

（恺撒、阿格里帕、多拉贝拉、梅希纳斯、盖卢斯、普罗裘里乌斯及其他人上。）

恺撒　　　　去见他,多拉贝拉,叫他屈服。既如此
　　　　　　战败,告诉他,拖延不降,让自己变得
　　　　　　可笑。

多拉贝拉　　遵命,恺撒。（下。）

（德西塔斯持安东尼的剑上。）

恺撒　　　　拿那个何用? 你什么人,竟敢这样闯到
　　　　　　我面前?①

德西塔斯　　我叫德西塔斯,曾为马克·安东尼效命,
　　　　　　他是最值得为其尽心效命的人。只要
　　　　　　他能站立说话,就是我的主人,我愿豁
　　　　　　出命与他的仇敌作战。你若愿容纳我,

---

　　　　① 意即你竟敢手拿利剑闯到我面前。在中世纪直到都铎时代的英格兰,手持出鞘利剑出现在国王面前,乃犯下叛国之罪。

	我将像从前对他那样对恺撒。若不乐意,我的命交你了。
恺撒	何出此言?
德西塔斯	我是说——啊,恺撒——安东尼死了。
恺撒	如此伟大之物的毁灭应造成更大破裂。①这球形的世界该把狮子震到城市街头,把市民震进狮子的洞穴。②安东尼之死并非一个人的厄运,这名字里安放着半个世界。
德西塔斯	他死了,恺撒。没死于法官的公开执行者之手,没死于一把受人雇佣的刀下;是他那只在行为里写下荣耀的手,凭借内心赋予的勇气,把心窝刺破。——这是他的剑,(递上剑。)我从他伤口里抢过来的。瞧,上面染着他最高贵的血。
恺撒	(指着剑。)瞧你们满脸悲伤,朋友们? 这

---

① 原文为"The breaking of so great a thing should make / A greater crack."。"毁灭"(breaking)即安东尼之死,亦有"消息透露"之义;"破裂"(crack)亦有巨响之义,暗指"末日裂隙",即末日审判的雷鸣。意即透露安东尼之死这一重大消息,应引起末日审判般的巨响。朱生豪译为:"这样一个重大的消息,应该用更响的声音通报。"梁实秋译为:"宣布这样重大的事故应该带有一声霹雳。"

② 原文为"The round world / Should have should shook lions into civil streets / And citizens to their dens."。朱生豪译为:"地球受到这样的震动,山林中的猛狮都要奔到市街上,城市里的居民反而躲匿在野兽的巢穴内。"梁实秋译为:"大地经此震动,应该把狮子震到市区街道上来,把人民震到狮窟里去。"

	消息若不能清洗君王们的双眼,愿众神斥责我。
阿格里帕	奇怪,天性非逼我们,悲悼我们最执意渴求的事。
梅希纳斯	污点和荣誉在他体内打成平手。
阿格里帕	从没一颗更珍贵的灵魂引导过任何人。可你们,众神呐,要赐予我们一些缺点,让我们成为凡人。恺撒受了触动。
梅希纳斯	这么宽敞的一面镜子摆在面前,不能不照见自己。
恺撒	啊,安东尼! 我把你追到了这一步。——但我们要刺破身上的病患。①我一定要看到你这场落败之战,否则,你就看到我的。在整个世界上,我们无法共存。但让我用像心底血液一样宝贵的眼泪,哀悼你,你是我的兄弟②,我最崇高事业的竞争者,帝国中我的同伴,前线作战的朋友和伙伴,我自己躯体上的胳膊,和从他思想里激起的勇气,——既然我

①原文为"but we do launch / Diseases in our bodies."。意即你是长在我身上的疖子,刺破它,我才能治愈。朱生豪译为:"但是我们又必须对于我们肌体上的疾病开刀。"梁实秋译为:"但是我们身上生痈,不能不用针挑。"

②兄弟(brother):在剧中,安东尼是恺撒的姐夫。

们的命运无法协调,本该将我们的均等撕裂到这种程度。[①]——听我说,好友们,——但等有了更合适时间,我再说。

(一埃及人上。)

恺撒　　　这家伙的神情,透出事情紧急。听他有何话说,——您从哪儿来?

埃及人　　仍是一个可怜的埃及人[②],女王,我的女主人,幽禁在自己的陵墓里,那是她一切之所有,她要您示下意图,好给自己备下不得已之策。

恺撒　　　叫她安心。不久她将从我派去之人那里获知,我为她所做决定如何体面、又如何体贴。因为恺撒不能以粗暴为生。

埃及人　　愿众神保佑你!(下。)

恺撒　　　过来,普罗裘里乌斯。去,跟她说,我没打算羞辱她。给她悲情之本性所需之

---

① 原文为"that our stars, / Unreconciliable, should divide / Our equalness to this."。意即命运明知我们势均力敌,不可协调,早该将我们分开。朱生豪译为:"因为我们那不可调和的命运,引导我们到了这样分裂的路上。"梁实秋译为:"而我们的命运竟不得协调,使我们两个势均力敌的人终于决裂到了这个地步。"

② 此句按标点常有两种原文:"A poor Egyptian yet, the Queen my mistress." "A poor Egyptian yet. The queen my mistress."前者意即我的正等待着您意愿的女王、女主人克莉奥佩特拉仍是一个可怜的埃及人;后者意即尽管臣服于罗马威权,我仍是一个可怜的埃及人。此处按前者译出。

安慰，以免大悲之下，她凭致命一击，即可打败我。①因为她活着现身罗马，将是我凯旋行进中永恒之荣耀。去吧，尽速回来告诉我，她说了什么，您所见情形如何。

普罗裘里乌斯　　恺撒，遵命。(下。)

恺撒　　盖卢斯，您一同去。(盖卢斯下。)多拉贝拉在哪儿？

众人　　多拉贝拉！

恺撒　　由他去吧，我现在记起来，刚派他去办什么事。他能很快办妥。跟我进营帐。我要给你们看，我多么不情愿卷入这场战事。我写给他的所有信，行文总那么平静、温和。跟我来，看我能在这上证明什么。(同下。)

---

① 意即她一自杀，我就输了。

第二场

亚历山大,陵墓中一室

（克莉奥佩特拉、查米恩与艾拉丝上。）

克莉奥佩特拉　　我的绝望开始造出更贞洁的生活。做恺撒毫不足取。成不了命运之神,他只是命运之神的仆役,她的意志的执行者。做那件事①才算伟大,它终止其他一切行为,铐住一切意外和突起的变化,这是种睡眠,它不再品味那像乞丐和恺撒的保姆一样的粪便。②

————————————

① 做那件事(do that thing):我将要做的自杀这件事。

② 原文为"and it is great / To do that thing that ends all other deeds / Which shackles accidents and bolts up change, / Which sleeps, and never palates more the dung, / The beggar's nurse and Caesar's."。意即克莉奥佩特拉要离开这供养着乞丐和恺撒(整个人类)的多粪便的大地。朱生豪译为:"干那件结束一切行动的行动,从此不受灾祸变故的侵犯,酣然睡去,不必再品尝那同样滋养着乞丐和恺撒的人间烟火,那才是最有意义的。"梁实秋译为:"一下子把这一生的行为完全结束,把一切意外加以控制,令一切变化完全停顿,长眠不起,不再尝试那乞丐与帝王共同吸吮的乳头,那才是一件壮举。"

（普罗裘里乌斯、盖卢斯及士兵等自下上。）

普罗裘里乌斯　　　恺撒向埃及女王致意，并要你仔细考虑，有什么合理要求，希望他允准。

克莉奥佩特拉　　　你叫什么？

普罗裘里乌斯　　　名叫普罗裘里乌斯。

克莉奥佩特拉　　　安东尼对我说起过您，要我信任您，但既然信任没了用处，我对受骗也毫不在意。您的主人若要让一位女王变成他的乞丐，您务必告诉他，君王之尊，要保持礼仪，乞讨，必不能少于一个王国。若他乐意把他征服的埃及给我儿子，等于把原属于我的那么多东西还给我①，我要向他下跪、致谢。

普罗裘里乌斯　　　大可放心。您落入一只君王的手，别有疑虑。把您整个情形尽情向我主上提出，他如此满怀恩典，那恩典流遍一切所需之地②。让我向他禀告您令人高兴的依从，您会发现这样一个征服者：有

---

　　① 参见《旧约·历代志上》29：14："因万物由你所赐，我们不过把属于你的东西再还给你。"

　　② 原文为"Who is so full of grace that it flows over / On all that need."。意即恺撒犹如丰饶的尼罗河，流遍一切丰收之地。朱生豪译为："一切困苦无靠的人，都可以沾溉他的深恩厚泽。"梁实秋译为："他的恩泽能浸润到一切有所需要的人。"

人向他跪求恩典,他会求助人家①,别让他省掉仁慈。②

克莉奥佩特拉 请您告诉他,我是他命运的奴隶,承认他赢得的至尊地位。我要时刻学习恭顺的教义,并极愿一睹尊容。

普罗裘里乌斯 我将如实描述,亲爱的夫人。放心,因为我知道,造成您困境的这个人,是同情您的——

盖卢斯 您看,捕获她,多么容易。

(普罗裘里乌斯与两名罗马士兵由靠窗的梯子爬上陵墓,下梯,来到克莉奥佩特拉身后。一些士兵拔掉门闩,打开大门。)

盖卢斯 (向普罗裘里乌斯和向众士兵。)看住她,等恺撒来。(下。)

艾拉丝 尊贵的女王!

查米恩 啊,克莉奥佩特拉,你被捉了,女王!

克莉奥佩特拉 快,快,仁慈的双手!(拔出一短剑。)

普罗裘里乌斯 住手,可敬的夫人,住手!(抓住、夺下短剑。)别这样伤害自己,您这是得了救,没

---

① 求助人家(pary in aid):法律术语。

② 原文为"you shall find / A conqueror that will pray in aid for kindness / Where he for grace is kneeled to."。朱生豪译为:"您就可以知道他是一个多么仁慈的征服者。"梁实秋译为:"你就会发现他是怎样的一个征服者,人家向他下跪求恩,他却求人接受他的帮助。"

	受骗。
克莉奥佩特拉	怎么,我的狗能以死摆脱剧痛,我却死不成?
普罗裘里乌斯	克莉奥佩特拉,别拿自我毁灭,虐待我主上的慷慨。①让世人看到他的高尚如何顺利完成,您这一死,那高尚无法展现。②
克莉奥佩特拉	死神,你在哪儿? 到这儿来,来! 来,来,把一个配得上众多婴儿和乞丐的女王带走! ③
普罗裘里乌斯	啊,克制,夫人!
克莉奥佩特拉	先生,我不再吃,不再喝,先生! 权当必须闲聊,我也不再睡觉。④就算恺撒尽

---

① 原文为"Do not abuse my master's bounty by / Th'undoing of yourself."。朱生豪译为:"不要毁灭你自己,辜负了我们主上的一片好心。"梁实秋译为:"不要毁灭你自己来辜负我的主人的一片好心。"

② 原文为"let the world see / His nobleness well acted, which your death / Will never let come forth."。朱生豪译为:"让人们看看他的行事是怎么高尚正大吧,要是你死了,他的美德岂不是白白埋没了吗?"梁实秋译为:"让世人看看在事实上他如何表现他的宽大,你一死便使他无法表现了。"

③ 原文为"take a queen / Worthy many babes and beggars!""众多婴儿和乞丐"指那些轻易死掉被死神带走的人。朱生豪译为:"把一个女王带了去吧,她的价值是抵得上许多婴孩和乞丐的。"梁实秋译为:"带走一个女王吧,她比许多婴儿和乞丐有更优先的权利。"

④ 原文为"If idle talk will once be necessary, / I'll not sleep neither."。意即哪怕用闲聊保持清醒,我也要彻夜不眠。朱生豪译为:"宁可用闲谈消磨长夜,也不愿睡觉。"梁实秋译为:"如果必须信口开河,我将永不睡眠。"

其所能,我要毁了这座凡人的房子①。
要知道,先生,我不能像剪去双翅的鸟
儿,在您主人的宫廷里陪侍,也受不了
愚笨的奥克塔薇娅拿冰冷的眼神鞭笞
一下。②难道让他们把我举起来,向要
做出评判的罗马叫嚷着的暴民示众?
情愿埃及的一条水沟,做我温柔的墓
穴!我情愿浑身赤裸,躺在尼罗斯的淤
泥上,让水蝇在体内产卵,变得令人厌
恶!情愿让本国高高的金字塔做绞架,
用铁链将我吊起!

普罗裘里乌斯　　您真的将这些恐怖想法过分夸大,恺撒
没理由这样做。

(多拉贝拉上。)

多拉贝拉　　　　普罗裘里乌斯,你做的事,你的主人恺

---

① 这座凡人的房子(this mortal house):这具肉体凡胎。此句原文为"This mortal house I'll ruin, / Do Caesar what he can."。朱生豪译为:"不管恺撒使出什么手段,我要摧毁这一个易腐的皮囊。"梁实秋译为:"不管恺撒有什么高强手段,我一定要摧毁这个血肉之躯。"

② 原文为"that I / Will not wait pinioned at your master's court, / Nor once be chastised with the sober eye / Of dull Octavia."。朱生豪译为:"我是不愿意带着镣铐,在你家主人的庭前做一个待命的囚人,或是受那愚笨的奥克泰维娅的冷眼的嗔视的。"梁实秋译为:"我不能把手足缚起在你的主人宫廷里作一个阶下囚,也不能忍受一下那蠢呆的奥大维亚的冷目相视。"

撒已获知，他要你回去。至于女王，交我看管。

普罗裘里乌斯	那好，多拉贝拉，这最合我心意。待她要和气。——(向克莉奥佩特拉。)您若愿派我去见恺撒，您想说什么，我来转告。
克莉奥佩特拉	说，我宁可一死。(普罗裘里乌斯、盖卢斯及众士兵下。)
多拉贝拉	最高贵的女皇，您可听说过我？
克莉奥佩特拉	说不出来。
多拉贝拉	您肯定认得我。
克莉奥佩特拉	先生，听说过也好，认得也罢，都不要紧。女人或孩子说他们的梦，您听了会发笑。您不是这态度吗？
多拉贝拉	我没听懂，夫人。
克莉奥佩特拉	我梦见过一个叫安东尼的皇帝。——啊！愿再睡这么一觉，又能看到同一个人！
多拉贝拉	只要您愿意——
克莉奥佩特拉	他的脸好比苍宇，那上面点缀着一个太阳和月亮，沿轨道运行，照耀着这个小

圆圈,地球。①

多拉贝拉　　　　最至高无上的生灵——

克莉奥佩特拉　　他的双腿骑跨大海②。他高举的手臂是
世界之巅的顶饰③。与朋友交谈时,他
的嗓音好似和谐的同心球体发出的音
质。④但在他想要威慑、震撼这个圆球⑤
时,他有如隆隆作响的雷鸣⑥。至于他
的慷慨,那里没有冬天;有的是一个个
收获更多的秋天。⑦他高兴起来,像欢

---

① 参见《新约·启示录》10:1:"我又看见另一位大力的天使从天降下,披着云彩,头上有虹,他的脸像太阳,两脚像火柱。"原文为"His face was as the heavens, and therein stuck / A sun and moon, which kept their course and lighted / The little O, the earth."。朱生豪译为:"他的脸就像青天一样,上面有两轮循环运转的日月,照耀着这一个小小的地球。"梁实秋译为:"他的脸好像是苍天,其间点缀着一个太阳和一轮月亮,按时运行,普照着这小小的地球。"

② 他像罗德岛的巨人雕像(the Colossus of Rhodes)那样两腿分立,横跨大海。古希腊时期横跨罗德岛港口的巨大青铜雕像,为古代世界七大奇迹之一。

③ 世界之巅的顶饰(crested the world):他高举的手臂像纹章盾徽的顶饰或勇士头盔上的羽冠。

④ 原文为"his voice was propertied / As all the tuned spheres."。意即他的声音像在环绕地球的透明同心球体内运行的恒星发出的声音一样和谐。朱生豪译为:"他的声音有如谐和的天乐。"梁实秋译为:"他的声音有如星辰之和谐的交响。"

⑤ 圆球(the orb):即上文所提"这个小圆球",地球。

⑥ 参见《新约·启示录》10:1:"他右脚踏海,左脚踏地,大声呼喊,好像狮子吼叫。呼喊完了,就有七雷发声。"

⑦ 参见《新约·启示录》14:15—16:"又一位天使从殿中出来,向那坐在云上的大声说:'伸出镰刀来收割,因为收割的时候到了,地上的庄稼熟了。'那坐在云上的,就把镰刀扔在地上,地上的庄稼就被收割了。"原文为"For his bounty, / There was no winter in't; an autumn'twas / That grew the more by reaping."。朱生豪译为:"他的慷慨是没有冬天的,那是一个收获不尽的丰年。"梁实秋译为:"讲到他的慷慨,其中永远没有冬天,像是永远刈获不完的秋收。"

快的海豚,把脊背露在自己所生活的元
素之上。①在他家的制服里,游走着好
多王冠和小王冠;②不少王国和岛屿犹
如从他兜里掉落的银币。

多拉贝拉　克莉奥佩特拉!——

克莉奥佩特拉　您想,过去可曾或可能,有我所梦见的
这样一个人吗?

多拉贝拉　可敬的夫人,没有。

克莉奥佩特拉　众神听见您在撒谎!但甭管这样一个
人是否存在过,都超出做梦之所能。大
自然缺乏堪与想象力匹敌的、创造奇异
形体的材料。不过,我想象中的这个安
东尼,是大自然与想象力竞争的杰作,
完全让幻影失掉信誉。③

---

① 原文为"His delights / Were dolphin-like; they showed his back above / The element they lived in."。"元素"(element),指四大元素中的"水(元素)",即大海。意即他高兴起来会超越凡尘的欢乐,就像海豚跃出海面。朱生豪译为:"他的欢悦有如长鲸泳浮于碧海之中。"梁实秋译为:"他快活起来像是海豚,在波浪中翻滚着露出它们的弯背。"

② 原文为"In his livery / Walked crowns and crownets."。"制服"(livery),专指贵族之家仆人穿的制服。意即有多少头戴王冠的国王和小王冠的王子、贵族,想穿上他家的制服,给他当仆人。朱生豪译为:"戴着王冠宝冕的君主在他左右追随服役。"梁实秋译为:"在他的仆从的行列里有大大小小的冠冕的人物。"

③ 原文为"yet t'imagine / An Antony were Nature's piece' gainst fancy, / Condemning shadows quite."。朱生豪译为:"可是凭着想象描画出一个安东尼来,那却是造化的杰作,一切幻想的产物面对着他都会黯然失色。"梁实秋译为:"不过假使一个安东尼是自然的杰作,那真可以说是把想像力形容得一文不值了。"

多拉贝拉	听我说,好心的夫人。您之不幸,正如您本人之伟大。您承受它,如同对这重量作出回应。①我若没感受到,由您身上弹回的那种悲伤,猛击在我深深的心底,愿我永远追不上所追求的成功。②
克莉奥佩特拉	谢谢您,先生,知道恺撒打算怎么处置我吗?
多拉贝拉	希望您知道,又不愿跟您说。
克莉奥佩特拉	不,请您说,先生——
多拉贝拉	虽说他是可敬之人——
克莉奥佩特拉	那,他要在凯旋行进中,牵着我③?
多拉贝拉	夫人,他会的,这个我知道。

(喇叭奏花腔。恺撒、盖卢斯、普罗裘里乌斯、梅希纳斯、塞利乌库斯及其他侍从等上。)

众人	让路! 恺撒!

---

① 原文为"Your loss is as yourself, great; and you bear it / As answering to the weight."。意即您承受着伟大的不幸,您的悲痛与不幸的程度成正比。朱生豪译为:"您遭到这样重大的不幸,您的坚忍的毅力,是和您的悲哀相称的。"梁实秋译为:"你的不幸的遭遇是和你本人一样的,实在伟大;你的忍耐力和那打击之重也实在是很相称。"

② 原文为"Would I might never / O'vertake pursued success, but I do feel, / By the rebound of yours, a grief that smites / My very heart at root."。朱生豪译为:"要是您的痛苦不曾在我心头引起同情的反响,但愿我永远没有功成名遂的一天。"梁实秋译为:"如果我不觉得你的悲哀在我的内心深处引起共鸣,愿我永世不得成功。"

③ 意即用锁链牵着我。

恺撒	哪位是埃及女王？
多拉贝拉	这是皇帝，夫人。(克莉奥佩特拉双膝下跪。)
恺撒	起来，您不必跪。请起，起来，埃及女王。
克莉奥佩特拉	陛下，众神要我如此。(起身。)我必须听从我的首领、我的主人。
恺撒	不必苛责自己。虽说您对我的伤害，在我肉身上写下记录，我只把这看作偶然为之。
克莉奥佩特拉	全世界唯一的主人，我无法阐明自身理由，令其无可指责，但必须承认，我曾满载着之前常使我们女性蒙羞的同样的弱点。
恺撒	克莉奥佩特拉，要知道，我宁愿减弱、不愿强制①。您若肯遵从我的计划，——这对您最为宽容，——您会从这次变故中发现益处。但您若想以采用安东尼的做法，让我显出残忍，您就夺去了我这番善意，并将亲生子女置于那毁灭之中，如果您在这上有所依靠，我能守护

---

① 原文为"We will extenuate rather than enforce."。意即对您的过错，我宁愿偏袒原谅，不愿逼问到底。朱生豪译为："我们对于你总是一起宽大的，决不用苛刻的手段使你难堪。"梁实秋译为："我是要一切从宽，绝不为已甚。"

	他们免遭毁灭。①我要告辞了。
克莉奥佩特拉	愿走遍全世界！它归属您。我，您手里带纹章的盾牌，您征服的标志，随您挂在什么地方。②这个，我仁慈的主上。 （呈上一纸卷。）
恺撒	一切与克莉奥佩特拉相关之事，都将征求您本人意见。
克莉奥佩特拉	这是我所有钱币、金银器皿和珠宝的清单。均有精准估价。零碎之物未列入。——塞利乌库斯在哪儿？
塞利乌库斯	在，夫人。
克莉奥佩特拉	这是我的司库。让他说，我的主上，凭他的危险起誓③，我没私存任何东西。——照实说，塞利乌库斯。
塞利乌库斯	夫人，我宁愿封上双唇，不敢冒险说一句不实之言。

---

① 原文为"but if you seek / To lay on me a cruelty by taking / Antony's course, you shall bereave yourself / Of my good purposes and put your children / To that destruction which I'll guard them from / If thereon you rely."。朱生豪译为："可是假如你想效法安东尼的例子，使我蒙上残暴的恶名，那么你将要失去我的善意，你的孩子们都不免一死，本来我是很愿意保障他们的安全的。"梁实秋译为："但是如果你效法安东尼，使我蒙上不仁之名，那么不但你将辜负我的一番善意，而且你的子女亦必趋于毁灭，你要我庇护我也无法庇护了。"

② 意即把我作为缴获的战利品，悬挂在您喜欢的地方。

③ 原文为"Upon his peril."。朱生豪译为："要是他所言不实，请治他应得之罪。"梁实秋译为："否则加以处分。"

克莉奥佩特拉	我私存了什么？
塞利乌库斯	私存的，足够买下您清单上列的。
恺撒	不，别脸红，克莉奥佩特拉。您这事做得聪明①，我赞赏。
克莉奥佩特拉	瞧，恺撒！啊，看呐，威势如何受人尾随②！我的仆人眼下成了您的。我们若互换财产③，您的仆人会变成我的。这忘恩负义的塞利乌库斯，简直叫我发狂。——啊，卑劣之人，比花钱买的爱情更不可信！——(塞利乌库斯后退。)怎么，后退了？你该往后退，我向你保证，你那双眼睛，哪怕长出翅膀，我也要逮住。卑鄙之人，没灵魂的恶棍，狗！啊，罕有的下贱！
恺撒	高贵的女王，恳请您息怒。
克莉奥佩特拉	啊，恺撒！这是何等伤人的羞辱，——你屈尊到此，以威严之荣耀，来访我这样一个温顺的④人，我自己的仆人，竟在

---

① 参见《新约·路加福音》16：8："主人就夸奖这不义的管家作事聪明，因为今世之子，在世事之上，较比光明之子更聪明。"

② 原文为"How pomp is followed!"。意即看奴才如何为当权者效命。朱生豪译为："有钱有势的人多么被人趋附。"梁实秋译为："人们是多么趋炎附势。"

③ 互换财产（shift estates）：互换权位。

④ 温顺的（meek）：克莉奥佩特拉意在反讽，强调自己是遭逆境制服之人。

我详列的耻辱总数之上，添上他的恶意。①高贵的恺撒，假设，我藏了些女人适用的小物件，零碎的小摆设，那类体面的送普通朋友的小东西；假设，我藏了些较贵重的礼物，要给利维娅②和奥克塔薇娅，好劝说她们从中调解；活该我让自己驯养的一个人来揭穿？③众神！我已往下面跌落，这又猛击一下。④——（向塞利乌库斯。）请你，走开。否则，我要从我命运的灰烬里，展露我勇气中未燃尽的火炭。⑤若不是个阉人，你该怜悯我。

———————————

① 原文为"That thou, vouchsafing here to visit me, / Doing the honour of thy lordliness / To one so meek, that mine own servant should / Parcel the sum of my disgraces by / Addition of his envy."。朱生豪译为："今天多蒙你降尊纡贵，辱临我柔弱无用之人，谁知道我自己的仆人竟会存着这样狠毒的居心，当面给人如此难堪的羞辱。"梁实秋译为："你屈尊来访问我这样失意的一个人，而我自己的佣人偏偏在我的耻辱之上再加添他的一份恶意。"

② 利维娅(Livia)：屋大维·恺撒之妻。有趣的是，剧情至此，人们方知恺撒结了婚。

③ 原文为"Must I be unfolded / With one that I have bred?"。朱生豪译为："是不是我必须向一个被我豢养的人禀报明白？"梁实秋译为："难道就应该由一个我所豢养的人来给我揭穿秘密么？"

④ 原文为"It smites me / Beneath the fall I have."。朱生豪译为："这是一个比国破家亡更痛心的打击。"梁实秋译为："这打击比我这次败覆还更令人痛心。"

⑤ 原文为"I shall show the cinders of my spirits / Through th'ashes of my chance."。意即我要向你发泄未消的余怒。朱生豪译为："我要从我的命运的冷灰里，燃起我的愤怒的余烬了。"梁实秋译为："我要从我的命运的灰烬中发作一下我的残余的怒火。"

恺撒	退下，塞利乌库斯。（塞利乌库斯下。）
克莉奥佩特拉	要知道，我们，最有权势时，会因他人所做之事遭误判；一旦失势，必须为他人以我们名义所做之事负责，所以，该受同情。
恺撒	克莉奥佩特拉，无论您所藏抑或所承认之物，均不列入我的战利品清单。这些仍归您，随您处置。要相信，恺撒不是商人，不会为商人叫卖的那些东西，跟您讨价还价。所以，高兴起来。别把思绪变成自己的牢笼。不，亲爱的女王，因为我打算按您本人所提建议，为您做好安排。要吃，要睡。我对您十二分关心、同情，仍算您的朋友。那好，再会。
克莉奥佩特拉	我的首领，我的主君！
恺撒	别这样。再会。（喇叭奏花腔。恺撒及侍从等下。）
克莉奥佩特拉	他拿空话，姑娘们，他拿空话，骗我别对自己高贵行事①。——但，你听，查米恩。（向查米恩耳语。）
艾拉丝	结束了，高贵的夫人。光明的白昼过

---

① 对自己高贵行事（noble to myself）：指自杀。

去,我们要迎来黑暗。①

克莉奥佩特拉　　快去快回。我早有指令。②预备好了。
去,快去办。

查米恩　　　　　夫人,遵命。

(多拉贝拉上。)

多拉贝拉　　　　女王在哪儿?

查米恩　　　　　瞧,先生。(下。)

克莉奥佩特拉　　多拉贝拉!

多拉贝拉　　　　夫人,我发过誓,听命于您。——敬爱
之心让我虔敬地遵从您。③——我告诉
您这件事:恺撒打算途经叙利亚。还
有,三日内,先遣送您和子女。利用好
这一时机。我履行了您的意愿和我的
承诺。

克莉奥佩特拉　　多拉贝拉,我又欠您一笔人情债。

多拉贝拉　　　　我是您的仆人。再会,高贵的女王,我
得去陪侍恺撒。

克莉奥佩特拉　　再见,多谢。(多拉贝拉下。)——喂,艾拉丝,

---

① 参见《旧约·约伯记》10:21—22:"我快走啦,一去不再回来;/ 我要到阴暗和
深沉的黑暗之地。/ 那是阴暗混沌之地;/ 在那里,光明如同黑暗。"

② 克莉奥佩特拉对采取什么方式自杀早已下令。

③ 原文为"which my love makes religion to obey."。朱、梁均未译。

你觉得如何？你，一个埃及的提线木偶①，将要在罗马展示，我也一样：系着油腻皮裙、手拿直尺和榔头的粗鲁工匠，要把我们举起来示众。因吃了臭烘烘的食物，他们吐出难闻的呼吸，要将我们遮蔽，逼我们吞吸臭气。②

艾拉丝　　　　众神不准！

克莉奥佩特拉　　不，肯定会这样，艾拉丝。——粗鲁的执束杆侍从③要抓我们，像逮妓女一样；卑鄙的打油诗人在不成调的歌谣里唱我们的故事。脑瓜灵的喜剧演员要即兴表演，把我们搬上舞台，再现我们在亚历山大纵酒欢宴。安东尼以醉鬼形象登场，我将看到某个嗓音尖细的男孩，以妓女的姿势来演克莉奥佩特拉的

---

　　① 提线木偶（puppet）：木偶剧中所用的木偶。此时，克里奥佩特拉脑中出现自己将像木偶剧中的提线木偶那样，在恺撒的凯旋队列中被拖行。

　　② 原文为"In their thick breaths, / Rank of gross diet, shall we be enclouded, / And forced to drink their vapour."。朱生豪译为："他们浓重腥臭的呼吸将要包围着我们，使我们不得不咽下他们那股难闻的气息。"梁实秋译为："他们因吃了粗食而吐出的浊气将要包围我们并且逼使我们吸进去。"

　　③ 执束杆侍从（lictors）：古罗马的侍从官员，亦称侍从执法吏，外出执法或开道时，手持象征罗马法的"束杆"，故而得名。

	伟大。①
艾拉丝	啊,仁慈的众神!
克莉奥佩特拉	不,这是肯定的。
艾拉丝	我决不要看到这场景。因为我确信,我的指甲比双眼更有力。
克莉奥佩特拉	哎呀,这个办法,能愚弄他们的预先安排,征服他们最荒谬的意图②——

(查米恩上。)

克莉奥佩特拉	喂,查米恩!——把我装扮得,我的女侍们,像个女王。——去,把我最好的衣服拿来。——我要再去希德纳斯河,与马克·安东尼见面。——艾拉丝,你这小子③,去吧。——现在,高贵的查米恩,我们真要抓紧,等你干完这件杂活,我就准假,让你去玩,直到世界末日。——

---

① 原文为"I shall see / Some squeaking Cleopatra boy my greatness / I'th'postrue of a whore."。朱生豪译为:"我将要看见一个逼尖了喉咙的男童穿着克莉奥佩特拉的冠服卖弄着淫妇的风情。"梁实秋译为:"我将要看到一个尖嗓音的男孩用一个娼妇的神情扮演克莉奥佩特拉的角色。"莎士比亚时代伦敦舞台上的克莉奥佩特拉,由男童演员扮演。当时法律禁止女性登台演出。

② 原文为"that's the way / To fool their preparation and to conquer / Their most absurd intents."。朱生豪未译;梁实秋译为:"这倒是个好法子,让他们白准备一场,让他们的歪念头遭受打击。"

③ 艾拉丝,你这小子(Sirrah Iras):克莉奥佩特拉在此故意用称呼男仆人的通称"小子"(Sirrah)亲切称呼艾拉丝。

把我的王冠和一切，都拿来。(艾拉丝下；内喧闹声。)——这什么声音？

(一侍卫上。)

侍卫 　　　　来了个乡下人，非要见陛下。给您带了无花果。

克莉奥佩特拉　让他进来。(侍卫下。)——一件破工具竟能干成一件高贵事！①他给我带来自由。我决心已定，身上没一点儿女人气。此刻从头到脚，我像大理石一样坚定。现在，那善变的月亮，不再是我的行星。②

[侍卫引一持篮子的小丑(乡下人)上。]

侍卫 　　　　就是这个人。

克莉奥佩特拉　退下，留他在这儿。(侍卫下。)——可把尼罗斯那儿，能杀人、又叫人觉不到疼痛的漂亮长虫③带了来？

小丑 　　　　说真的，带来了。但我不愿做那样的

---

① 原文为"What poor an instrument / May do a noble deed!"。此应为化用谚语，以"工具"喻人，意即一个卑微之人可干成大事。朱生豪译为："一件高贵的行动，却会成就在一个卑微的人的手里！"梁实秋译为："多么低微的一个人竟能成全一件高贵的举动！"

② 意即月亮不再是主宰我命运的星球。旧时认为太阳、月亮、金星、木星、水星、火星、土星为七大(古)行星。

③ 长虫(worm)：古时候尤指大蛇或毒蛇。

人,想让您去碰他①,因为他咬上一口,
命就不朽了②。谁被他咬了,很少或决
不能复生。

克莉奥佩特拉　　他咬死过谁,您可记得?

小丑　　　　　非常多,男女都有。听说没出昨天,还
咬死了一位。——是个挺老实③的女
人,对说谎相当上瘾④,但为老实起见,
身为女人,不该干这个⑤。她怎么被咬
死的,经受怎样的痛苦⑥,——说真的,
她给这条长虫开了份很好的证明。⑦
但假如他愿听信她们所说的全部,她们

---

① 他(him):此处未用"它"(it),或因令其具有性暗示意味,暗指男阳或蚯蚓。

② "命就不朽了"(immortal):小丑故意犯错,将"命就没了"(mortal)误用成"不朽了",或为预示克莉奥佩特拉后文所说"不朽之渴望"。原文为"but I would not be the party that should desire you to touch him."。朱生豪译为:"可是我希望您千万不要碰它,因为它咬起人来谁都没有命的。"梁实秋译为:"可是我却不愿您动它,因为它咬一口就能致命。"

③ 老实(honest):亦有贞洁之义。

④ 对说谎相当上瘾(something given to lie):"说谎"(lie)与"行房"(lie)双关,暗指性放荡,随时准备跟男人上床。

⑤ 干这个(do):表面义为不该干说谎这样的事;含性暗示,指不该干性事。

⑥ 原文为"How she died of the biting of it, what pain she felt."。句中"死"和"经受痛苦"均暗指性高潮。朱生豪译为:"她就是给它咬死的,死得才惨哩。"梁实秋译为:"我听说她就是被蛇咬死的,死时有如何的苦痛。"

⑦ 原文为"she makes a very good report o'th'worm."。意即她亲身验证了这条蛇性能力超强。朱生豪译为:"她把这条虫儿怎样咬她的情形活灵活现地全讲给人家听啦。"梁实秋译为:"她证实了这蛇很灵验。"

所做的事,有一半救不了他的灵魂①。
不过,这点最靠不住②,这长虫是条古怪
长虫。

克莉奥佩特拉	你去吧,再会。
小丑	愿这长虫给您一切快乐!(放下篮子。)
克莉奥佩特拉	再会。
小丑	您必须想到,您瞧,这长虫愿做他本性的事③。
克莉奥佩特拉	是的,是的,再会。
小丑	您当心,这长虫不可信,只能由聪明人看管,因为,的确,这长虫没一丝善意。
克莉奥佩特拉	别担心,我一定留意。
小丑	很好,请您什么都别给它吃,因为它不值得喂。
克莉奥佩特拉	它会咬我吗?④

---

① 原文为"But he that will believe all that they say shall never be saved by half that they do."。小丑调侃对女人的话不能全信,若全信,女人做的事,有一半都不能使他灵魂得救。或暗指《旧约·创世记》中的亚当,听信了女人(夏娃)关于蛇的事,结果犯下原罪。朱生豪译为:"不过她们的话也不是完全可以相信的。"梁实秋译为:"但是一个人如果全信他们所说的话,则他们所作的事至少有一半是不能使他灵魂得救的。"

② 最靠不住(most fallible):小丑再次故意犯错,出现误用,他本要说"最可靠"(most infallible)。

③ 原文为"that the worm will do his kind."。含性意味,暗指蛇凭自身性欲感觉行事。朱生豪译为:"这条虫儿也是一样会咬人的。"梁实秋译为:"蛇的本性是要咬人的。"

④ 含性意味,暗指:它能享受性快乐吗? 亦有另一层意涵:我死后,它会像蛆虫一样吃我的肉吗?

小丑	您切勿把我想得那么蠢,我知道魔鬼本人也不咬女人。我晓得,如果魔鬼不给女人穿衣服,一个女人便是众神的一道菜。①可说实话,这些婊子养的魔鬼给众神的女人造成巨大伤害,因为众神造出十个,魔鬼损坏五个。
克莉奥佩特拉	嗯,你去吧。再会。
小丑	嗯,正是。祝这长虫让您快乐。(下。)

(艾拉丝捧持皇袍、王冠及珠宝等上。)

克莉奥佩特拉	给我袍子,给我戴上王冠。我有不朽之渴望。现在,埃及的葡萄汁将不再滋润这嘴唇。——(众女侍为她穿戴。)赶快,赶快,好心的艾拉丝! 快点! ——我想我听见安东尼在召唤。我看到他起身,来赞美我高贵的行为。②我听见他在嘲笑恺撒的好运,众神赐给人好运,意在为

———————————

①　原文为"I know that a woman is a dish for the gods, if the devils dress her not."。穿衣服(dress),按另一释义"烹调",则意即若魔鬼没预备好烹调女人。朱生豪译为:"我知道要是魔鬼没有把她弄坏,女人是天神的爱宠。"梁实秋译为:"我晓得女人是为天神享用的食物,如果恶魔没有把她加以炮制。"

②　含性意味,暗指我仿佛看到他勃起,夸赞我的性行为。克莉奥佩特拉在回味与安东尼在一起时激荡的情色时刻。

其随后的惩罚找借口①——丈夫,我来
了!②此刻,愿我的勇气见证我对这个
称呼有权利!③我是火和风。④我的其
他元素,交给更低贱的生命⑤——就这
样——你们弄完了? 那来吧,接受我双
唇的最后温热。再见,仁慈的查米
恩——艾拉丝,永别了。(亲吻她们;艾拉丝
倒地身死。)我嘴唇上有角蝰毒⑥? 倒下
了? 倘若你能与生命,如此轻松分离,
死神那一击恰如恋人那一捏,叫人痛,
却令人渴望。⑦你躺下不动了? 若就这

---

①　原文为"which the gods give men / To excuse their after wrath."。意即众神给人
好运,人随之傲慢,众神随后惩罚,再为赐好运之举辩护。朱生豪未译。梁实秋译
为:"那幸运乃是天神日后膺惩的藉口。"

②　暗指性高潮来了。

③　原文为"Now to that name my courage prove my title!"。意即我有权利称自己
为安东尼之妻。朱生豪译为:"但愿我的勇气为我证明我可以做你的妻子而无愧!"
梁实秋译为:"现在让我的勇气来证明我配称为你的妻!"

④　意即我是构成宇宙万物四大元素中的"火和风"。火和风属精神性元素,火
代表意志、光明与热,风(或称气)体现气魄、动性与变化性。土象征承载、支撑的实
体,水象征渗透性强的流质。

⑤　原文为"my other elements / I give to baser life."。朱生豪译为:"我身上其余的
元素,让他们随着污浊的皮囊同归于腐朽吧。"梁实秋译为:"我的其他的元素就与草
木同朽吧。"

⑥　角蝰(aspic):北非的一种小毒蛇。原文为"Have I have the aspic in my lips?"。
朱生豪译为:"难道我的嘴唇上也有毒蛇的汁液吗?"梁实秋译为:"我嘴唇上有蛇的
毒液么?"

⑦　克莉奥佩特拉把死亡喻为与死神多情拥抱,可享受痛楚而愉悦的性高潮。

	样消失,你在明告尘世,它配不上一场正式告别。①
查米恩	浓云消散,化成雨,那我就能说,众神自己在落泪!
克莉奥佩特拉	这显出我的卑贱。②她若先见到卷发的③安东尼,会向她问起我,会将我在天堂里享有的那一吻,先给她花费④——来,你这致命的活物,(从篮中取出角蝰,放胸乳上;向蛇。)用你的尖牙把这固有的生命之结,立刻咬开。⑤可怜的、有毒的傻东西,发怒,快咬。啊! 你若能开口,我愿听你把伟大的恺撒,唤作没智

---

① 原文为"If thus thou vanished, thou tell'st the world / It is not worth leave-taking."。朱生豪译为:"要是你就这样死了,你分明告诉世人,死之际,连告别的形式也是多事的。"梁实秋译为:"如果你就这样的消逝,你显然是明告世人临死之时是不需要什么告辞的手续的。"

② 原文为"This proves me base."。这(this):即艾拉丝之死。朱生豪译为:"我不应该这样卑劣地留恋人间。"梁实秋译为:"这显着我太卑劣了。"

③ 卷发的(curled):即英俊的。克莉奥佩特拉回想起与安东尼第一次见面时的情景,当时安东尼是卷发。

④ 原文为"and spend that kiss / Which is my heaven to have."。"花费"(spend),提供、献给之意;含性暗示。克莉奥佩特拉在开玩笑地想象,在另一个世界,自己对安东尼的欲望会先被年轻的艾拉丝从安东尼那儿骗走。朱生豪译为:"她将要得到他的第一个吻,夺去我天堂中无上的快乐。"梁实秋译为:"会把我视若天堂的一吻送给她。"

⑤ 原文为"With thy sharp teeth this knot intrinsicate / Of life at once untie."。固有的(intrinsicate):杂乱难结、纠缠不清的。朱生豪译为:"用你的利齿咬断这一个生命的葛藤吧。"梁实秋译为:"用你的利齿打开这人生的密结吧。"

	谋的蠢驴①！
查米恩	啊,东方的晨星②！
克莉奥佩特拉	安静！安静！你没见我胸乳上的婴儿,把乳母吸吮入睡？
查米恩	啊,心碎！啊,心碎！
克莉奥佩特拉	像香膏③一样芳香,像空气一样轻柔、温和④。——啊,安东尼！——不,我把你也拿出来。(从篮中取出另一条角蝰,放手臂上。)凭什么留在——(死。)
查米恩	这邪恶的世界？⑤——好吧,再会。——死神,你现在能夸耀,在你的收藏里,躺着一位天下无双的姑娘。——绒毛的窗户⑥,关上。金色的福玻斯再也不能被如此尊贵的双眼看到！——您的王冠歪了。我给戴正,然后去玩⑦——

---

① 克莉奥佩特拉为以自杀挫败恺撒要带她回罗马在凯旋中示众的野心感到欣慰,觉得自己在智谋上取胜,故讥讽恺撒是没有智谋的蠢驴。

② 查米恩将克莉奥佩特拉比作被视为东方晨星的古罗马神话中的爱神维纳斯。

③ 香膏(balm):指涂膏礼所用的香膏。

④ 克莉奥佩特拉临死前满含性爱及高潮感,将性与死亡交融。

⑤ 这半句台词为查米恩接克莉奥佩特拉上句未完之语。"邪恶的"(vile):此处按"牛津版"。"新剑桥版"为"野蛮的"(wild)。

⑥ 绒毛的窗口(downy windows):指眼皮。

⑦ 此为查米恩回应克莉奥佩特拉前文对她所说:"让你去玩,直到世界末日。"

（数名侍卫冲上。）

侍卫甲　　　　女王在哪儿？

查米恩　　　　小声说，别吵醒她。

侍卫甲　　　　恺撒派了使者来，——

查米恩　　　　太迟了。（放一角蝰在身上。）——啊，赶快，
　　　　　　　快咬！我有点感觉到你了。

侍卫甲　　　　快来，嗬！大事不好。恺撒被耍了。

侍卫乙　　　　恺撒派的多拉贝拉在这儿。喊他来。
　　　　　　　（一侍卫下。）

侍卫甲　　　　这算什么事！——查米恩，干得漂亮哈？

查米恩　　　　干得漂亮，正与一位由那么多尊贵国王
　　　　　　　之家出身的公主相配。啊，士兵！①
　　　　　　　（死。）

（多拉贝拉上。）

多拉贝拉　　　这儿怎么了？

侍卫乙　　　　都死了。

---

　　① 据普鲁塔克载，一罗马士兵生气地问查米恩："干得好吗，查米恩？"查米恩回答："很好，与一位如此众多高贵国王后裔的公主相符。"说完，倒在床边死去。原文为"fitting for a princess / Descended of so many royal kings."朱生豪译为："一个世代冠冕的王家之女是应该堂堂而死的。"梁实秋译为："适合于一位出身历代帝王之家的贵妇的身份。"

多拉贝拉　　　　恺撒,你的想法在这上付诸了行动。①
你亲自来看看上演的这可怕一幕,这一
幕你那么设法阻止。

(恺撒率全体随从行进上。)

众人　　　　　　让路,给恺撒让条路!

多拉贝拉　　　　啊! 陛下,您是位十二分灵验的预言
家。您担心的事,发生了。

恺撒　　　　　　最后时刻显出最大勇气。她瞄准了我的
目标②,出于尊严,走上自己的路——她
们怎么死的? 没见她们流血。

多拉贝拉　　　　谁最后跟她们在一起?

侍卫甲　　　　　一个无害的乡下人,给她送来无花果。
这是他的篮子。

恺撒　　　　　　那,中了毒。

侍卫甲　　　　　啊,恺撒! 这个查米恩刚还活着。站那
儿,说着话。我见她给她死去的女主人
整理王冠。站在那儿发抖,突然躺倒。

---

　　① 原文为"thy thoughts / Touch their effects in this."。意即你担心的事最终发生
了。朱生豪译为:"你也曾想到她们会采取这种惊人的行动。"梁实秋译为:"你所预
料的事如今应验了。"

　　② 原文为"She levelled at our purposes."。"瞄准"(levelled at)为射箭术语,意即
她猜中了我的意图。朱生豪译为:"他推翻了我们的计划。"梁实秋译为:"她猜中了
我的用意。"

恺撒　　　　　啊,高贵的软弱! 如果她们吞了毒,体
　　　　　　　外会显得肿胀。但看她像睡着了,仿
　　　　　　　佛要用强大的魅力之网,逮住另一个安
　　　　　　　东尼。①

多拉贝拉　　　这儿,她胸乳上,有个出血孔,有些肿,
　　　　　　　手臂上也一样。

侍卫甲　　　　这是角蝰的爬痕。这些无花果叶子上
　　　　　　　有黏液,同尼罗河的洞穴里角蝰留下的
　　　　　　　一个样。

恺撒　　　　　最有可能,她是这样死的,因为她的侍
　　　　　　　医告诉我,关于多种舒适的死法,她进
　　　　　　　行过无数实验。——抬起她的床,将她
　　　　　　　的女侍们抬出陵墓。——要把她葬在
　　　　　　　她的安东尼身旁。世上将再没一座墓
　　　　　　　穴将这样著名的一对恋人环抱其中。
　　　　　　　这样巨大的事件,让造成这一事件的人
　　　　　　　深感痛楚,他们的故事令人怜悯,不亚
　　　　　　　于引来他们令人悲悼之情的那个人的

_____

① 原文为"As she would catch another Antony / In her strong toil of grace."。朱生豪译为:"似乎在她温柔而强力的最后挣扎之中,她要捉住另外一个安东尼的样子。"梁实秋译为:"好像是要用她的美貌的网罟再捉一个安东尼。"

荣耀。①我们的军队将以庄严的阵容参
加这场葬礼,然后去罗马——来,多拉
贝拉,观赏这伟大葬礼上的崇高祭礼②。

(众侍卫抬尸体;同下。)

(全剧终)

———————

① 原文为"their story is / No less in pity than his glory which / Brought them to be
lamented."。意即:他们的故事引起的悲悯之情像征服者(恺撒)的荣耀一样伟大。
朱生豪译为:"他们这一段悲惨的历史,成就了一个人的光荣,可是也赢得了世间无
限的同情。"梁实秋译为:"他们的故事之值得同情惋惜,正不下于使得他们受人哀悼
的人之享受光荣。"

② 原文为"see / High order in this great solemnity."。朱生豪译为:"我们对于这一
次饰终盛典,必须保持非常整肃的秩序。"梁实秋译为:"饰终大典的场面要力求伟大。"

《安东尼与克莉奥佩特拉》：
一部浓情、悲壮的"罗马剧"

傅光明

这部享有莎士比亚"第五大悲剧"之誉的《安东尼与克莉奥佩特拉》，从托马斯·诺斯(Thomas North, 1535—1604)1579年出版的古罗马帝国时代希腊作家、哲学家、历史学家普鲁塔克(Plutarch, 46—119)所著《比较列传》(Parellel Lives)即《希腊罗马名人传》(Lives of the Most Noble Grecians and Romanes)英译本取材，主要讲述塞克斯图斯·庞培乌斯从西西里起兵反叛，到克莉奥佩特拉在阿克提姆海战自杀这段时间，"埃及艳后"克莉奥佩特拉与马克·安东尼的情与爱。安东尼的主要对手屋大维·恺撒，与安东尼和剧中出场不多的勒比多斯，同为罗马共和国"后三头同盟"，也是罗马帝国的始皇帝。剧情主要发生在罗马共和国和托勒密王朝统治下的埃及，地理位置和语言场域在剧中快速变化，剧情在感性、富有想象力的埃及首都亚历山大和更务实、高效的罗马之间切换。

许多人把克莉奥佩特拉视为莎剧中最复杂、最丰满的女性角色之一，埃诺巴布斯说她具有"无穷的花样"。她常虚荣作态，不时引起听众几近轻蔑的反感。同时，莎士比亚赋予她和安东尼一种悲壮色彩。这些矛盾性特征导致难以将这部剧作简单归类，称其为一部历史剧（尽管完全不遵循历史叙事）、一部悲剧（尽管完全不按亚里士多德的"三一律"）、一部喜剧、一部浪漫剧，均可，还有莎评家把它当成一部问题剧。既如此，不如干脆称之"罗马剧"，而且，它是莎士比亚另一罗马（悲）剧《尤里乌斯·恺撒》的续篇。

一、写作时间和剧作版本

（一）写作时间

由以下明证可认定《安东尼与克莉奥佩特拉》写于1606—1607年之间：

1.该剧于1607年左右由"国王剧团"（King's Men）在"黑衣修士剧场"或"环球剧场"首演。

2.尽管有些莎学家认为，该剧似应写于更早的1603—1604年间，但日期难以确定。1607年，诗人、剧作家塞缪尔·丹尼尔（Samuel Daniel，1562—1619）将写于1594年的剧作《克莉奥佩特拉》（*Cleopatra*）出了第四版，这个"新改本"似乎受到莎士比亚新编《安东尼与克莉奥佩特拉》的影响。换言之，丹尼尔在观看莎剧《安东尼与克莉奥佩特拉》演出之后，对自己的《克莉奥佩特拉》做出修改，并暗示将"希德纳斯河①"（Cydnus）作为这对恋人

---

① 希德纳斯河（Cydnus）：今塔尔苏斯斯岩礁（Tarsus Cay），位于土耳其南部西里西亚（Cilicia）地区，不在埃及。西里西亚原为小亚细亚东南部古国。

会面之地,因为在莎剧第二幕第二场中,埃诺巴布斯提到"在希德纳斯河畔,她(克莉奥佩特拉)第一次遇见马克·安东尼"。除此之外,丹尼尔改写了其他一些段落,在这些段落中,有些特定用词似与莎剧用词十分相像,如丹尼尔剧中的克莉奥佩特拉克所说"我有双手和决心,我可以死",与莎剧第四幕第十五场中莉奥佩特拉的台词"我相信自己的决心、自己的双手"明显构成呼应。

当然,这些细节可在普鲁塔克《希腊罗马名人传》或彭布罗克伯爵夫人1592年出版的《安东尼》(Antonie)书中释文找到,不足以成为丹尼尔借鉴莎士比亚的铁证。由此,另有学者指出,反倒不能排除莎剧《安东尼与克莉奥佩特拉》"袭取"丹尼尔《克莉奥佩特拉》的可能。

总之,假如丹尼尔在1607年底之前确由这部莎剧获益,则莎剧确定已在数月前上演,因为剧院在疫情下关闭,该剧不大可能在当年复活节前上演。不过,假如莎士比亚借用了丹尼尔,则这部莎剧只能写于丹尼尔"新改"四版《克莉奥佩特拉》出版之后的1608年。从证据来看,这种可能性等于零。

3.1608年5月20日,该剧由印刷商爱德华·布朗特(Edwards Blount)在伦敦"书业公会登记簿"(Stationers' Register)上登记:《安东尼与克莉奥佩特拉》(A booke called. Anthony and Cleopatra)。但此后,该剧并未付印,直到1623年11月布朗特与威廉·贾加德(William Jaggard)合印的"第一对开本"出版,方正式面世。与此同时,布朗特将另一莎剧《泰尔亲王佩里克利斯》(A booke called. The Booke of Pericles Prynce of Tyre)登记在册。

须注意的是，有学者提出，布朗特与贾格德获准印行的"第一对开本"，包括《安东尼与克莉奥佩特拉》在内、"此前无他人登记"的十六部剧作，既然"此前无他人登记"，布朗特1608年登记的《安东尼与克莉奥佩特拉》应另有其剧。非也！这很好解释，布朗特与莎士比亚所属"国王剧团"关系极好，先行登记乃为防范无良书商盗印采取的"预留"策略。不过，这一策略并不灵验，《泰尔亲王佩里克利斯》在登记次年（1609）即遭书商盗印。

（二）剧作版本

《安东尼与克莉奥佩特拉》首次出现在"第一对开本"《威廉·莎士比亚先生喜剧、历史剧及悲剧集》中，剧名为《安东尼与克莉奥佩特拉的悲剧》（*The Tragedie of Anthonie, and Cleopatra*）。这意味着，"对开本"里的该剧乃唯一权威文本。

有学者推测，该剧源出莎士比亚亲笔草稿或手稿誊抄本，因为它在台词标记和舞台提示上有些小错，或为编剧过程中的留痕。另有学者由该剧三千余诗行之篇幅远超上演之脚本，认定它绝非来自剧团以演出提词本为依据的定本。

现代编本将该剧分为莎剧惯用的五幕结构，但像早期大多数莎剧一样，莎士比亚写戏不分幕次。该剧由四十个独立"场景"连贯而成，场景运用之多超过任何一部莎剧。今天来看，用"场景"一词或许不妥，因场景变化十分流畅，近乎电影蒙太奇；剧情常在亚历山大、意大利、西西里的墨西拿、叙利亚、雅典，以及埃及和罗马共和国其他地方之间切换，采用大量场景实为必要。剧中有34个对白角色，这在莎士比亚史诗级剧作中相当典型。

二、原型故事：莎士比亚之于普鲁塔克

莎剧《安东尼与克莉奥佩特拉》，主要从1579年出版的托马斯·诺斯(Thomas North，1535—1604)之古希腊历史学家普鲁塔克著《希腊罗马名人传》(席代岳译为《希腊罗马英豪列传》)之《安东尼》①英译本取材。《安东尼》(以下简称普鲁塔克《安东尼传》，引文源自席译本，所涉人名、地名，均改为与笔者新译相同)列"名人传"第八卷第十一篇"美色亡身者"第二章。

普鲁塔克《安东尼传》为莎剧《安东尼与克莉奥佩特拉》提供出丰富饱满的剧情，如梁实秋在其译序中所言：剧情从尤里乌斯·恺撒被刺后四年(公元前40年)开始，到安东尼之死(公元前30年)，历时十年。开始时，身为"罗马三巨头"之一，正值全盛期的安东尼统治着富饶的东方。对此，普鲁塔克以八十七节篇幅给出相当完备的记载，但"莎士比亚照例选择几个断片加以安排，有时候非常忠于普鲁塔克，几乎是翻译诺斯的精致的散文为更精致的无韵诗。例如安东尼初次会见克莉奥佩特拉之一段绚烂的描写(第二幕第二景)，预言者与安东尼的一段对话(第二幕第三景)，最后克莉奥佩特拉死时的情节(第五幕第二景)，都明显表现出莎士比亚甚至有时在字句间也紧紧追随诺斯的普鲁塔克。当然，这不是说莎士比亚在这一部戏里缺乏创造性，相反，

①〔古希腊〕普鲁塔克：《希腊罗马英豪列传》，席代岳译，安徽人民出版社，2012年8月，第63—147页。

莎士比亚在戏里发挥了高度的创造性，他创作人物，创作对话，创作深刻的人性描写"。①

事实上，莎士比亚对"诺斯的普鲁塔克"的"紧紧追随"，远不止梁实秋所提的"几个断片"。虽说在戏剧结构上，出于编排之需，莎士比亚将《安东尼传》前二十四节完全割舍，剧情从第二十五节开启，并对到第八十六节克莉奥佩特拉放"小毒蛇"毒死自己为止的这六十一节描述，有所割舍，几乎可以说，他完全照着《安东尼传》"加以安排"。以下引用几例，将莎士比亚如何借用、化用（今天实难逃抄袭之嫌）普鲁塔克，如何将传记叙述变身为戏剧化的"无韵诗"独白或对白，做出详细比对。

1.普鲁塔克《安东尼传》第25节

安东尼的性格大致如此。他与克莉奥佩特拉的恋情，是一生之中最终也是最大的灾祸，盲目的热爱把他本性中原已停滞的欲念，激发、点燃以后竟然达到疯狂的程度，原本可以发挥抵抗作用的善意和睿智，不是遭到窒息就是败坏变质。……克莉奥佩特拉……现在更能使安东尼对她一见倾心。她在与前面两位相识的时候，还是一位不识世事的少女，等到现在与安东尼相见已经处于花容月貌的全盛时期，女性之美到达光辉灿烂的阶段，智慧完全成熟更能善体人意。她为这次旅行大肆准备，就一个富裕王国的财力所及，带了许多礼品、金银和贵重的饰物，最大的本钱还是

---

① 梁实秋：《安东尼与克里欧佩特拉·序》，《莎士比亚全集》第九集，中国广播电视出版社，1995年，第249页。

她的魅力和美色。

莎剧第一幕第一场,全剧以(安东尼的朋友)菲洛挖苦安东尼开场:

菲洛　　不,我们的将军这样痴情,溢出极限。他那双好看的眼睛,审视行进的队列和集合的战阵,发出像身披铠甲的马尔斯一样的目光,如今转向,如今把视野的功能和虔敬转向一个棕色的前额。他那颗将军之心,能在惨烈的混战中,迸开胸前带扣,如今放弃一切节制,变成风箱和扇子,要把一个吉卜赛人的性欲变凉。

事实上,仅此一例,足可见出莎士比亚"点金石"般的戏剧手段。第一幕第五场,克莉奥佩特拉夸赞从安东尼身边返回的侍从亚历克萨斯"点金石给你镀上一层金色"。换言之,实可以说,莎剧《安东尼与克莉奥佩特拉》这块点金石给普鲁塔克的《安东尼传》镀上一层金色。正因此,时至今日,若不仔细对照研读莎剧戏文与普鲁塔克传记,知莎翁笔下之"埃及艳后"者,对普鲁塔克笔下之克莉奥佩特拉,能有几人识?

2. 普鲁塔克《安东尼传》第17节

两军在摩德纳附近接触,屋大维本人参加影响深远的会战，安东尼遭到击溃，两位执政官当场阵亡。安东尼在逃亡过程之中，备尝种种困苦艰辛，饥肠辘辘使得状况极其严重……每当遇到重大危难的时候，安东尼能够明辨是非对错……这一次却能为他的士兵做出良好的榜样，让人感到惊奇不已。他本来一直过着奢侈豪华的生活，现在毫无困难喝浑浊的污水，拿野果和菜根当成果腹的食物。据说他们连树皮都吃过，尤其是在越过阿尔卑斯山的时候，拿人类不屑一顾的野兽当成粮食。

莎剧第一幕第四场，罗马，恺撒家中。莎士比亚将以上这段描述化为恺撒（屋大维）回首那场会战的独白，独白中寄托着他期盼安东尼尽速离开克莉奥佩特拉"淫荡的酒宴"，联手抗击塞克斯图斯·庞培乌斯：

恺撒　　安东尼，离开你淫荡的酒宴。当时你在摩德纳杀了希尔提乌斯和潘萨，两位执政官，从那儿兵败，饥饿随后紧跟，——虽说美食把你养育，——但凭借超过野蛮人所能承受的耐力，——你与饥饿作战。你喝下马尿和野兽都拒饮的泛着金闪闪浮渣的坑水；随后，你的口味向最荒野的树篱上最粗粝的浆果屈尊；甚至，当白雪覆盖牧场，你像牡鹿似的，啃起树皮；在阿尔卑斯山麓，听说你吃过奇怪的肉，有人看一眼得吓死。这一切——眼下提及有伤你的荣耀——你像一名士兵那样忍受，脸颊竟不见一丝消瘦。

3. 普鲁塔克《安东尼传》第29节

我们言归正传,叙述克莉奥佩特拉有关事迹。柏拉图提到奉承阿谀的本领有四种方式,克莉奥佩特拉却可以变幻出一千种花样。无论安东尼的心情是一本正经还是轻松自如,她随时可以创造新的欢乐或者施展新的魅力,来迎合他的愿望或欲念,她无时无刻不在他的身旁服侍,白天夜晚都不离开他的视线。……

莎剧第二幕第二场,梅希纳斯与埃诺巴布斯谈及即将迎娶恺撒同父异母的姐姐奥克塔薇娅,安东尼会否离开克莉奥佩特拉:

梅希纳斯　　　现在安东尼必须彻底离开她。

埃诺巴布斯　　不可能!他离不开。年龄不能使她枯萎,
　　　　　　　习俗也不能使她无穷的花样变陈旧。别的
　　　　　　　女人令你饱食生厌,她却能越满足你,越叫
　　　　　　　你饿。在她身上,最丑恶的东西变得有吸
　　　　　　　引力,她贪欲之时,神圣的祭司为她祝福。

4. 普鲁塔克《安东尼传》第33节

……在所有的娱乐活动当中,不论是比赛的技巧还是

运气的好坏，总是屋大维占了上风，多输少赢情形一直让安东尼感到困扰。

安东尼的身边有一位埃及占卜官，精于子平之术……非常坦诚告诉安东尼，说他的运道本来极其兴旺，但是在屋大维气数的笼罩之下，受到遮盖变得黯淡无光，他劝安东尼要尽速远离时来运转的年轻人。占卜官说道："因为你的守护神对他的守护神怀有畏惧之心；保护你的神祇在独处的时候，不仅高傲而且勇敢，一旦来到他的守护神面前，就会变得怯懦和沮丧。"对照一些实际发生的事例，似乎可以证明这位埃及人所言不虚，每当他们拈阄或是掷骰子，总是安东尼输，他们时常斗鸡或是斗鹌鹑，总是屋大维赢，出现的结局使他心中感到愤懑，进而对那位埃及人，更加器重。后来他把自己的家务事交给屋大维处理，带着奥克塔薇娅离开意大利前往希腊；奥克塔薇娅不久之前为他生了一个女儿。……

莎剧第二幕第三场，在恺撒家中：

安东尼　告诉我，谁的命运会升得更高，恺撒的，还是我的？

预言者　恺撒的。所以，啊！安东尼，别留在他身边。你的守护神，——那守卫你的神灵，——是高贵、勇敢的，高得无可匹敌，只要恺撒的神灵不在那里。但凡靠近他，你的神灵就变得害怕，活像被制服。所以，你们之间要造出足够空间。

安东尼　　别再提这个。

预言者　　只对你说，只对你当面说。甭管和他玩什么游戏，你肯定输。那种天生的运气，让他顶着优势打败你。只要他在一旁发光，你的光彩变暗。再说一遍，你的神灵都怕在他身边掌控你，但，他一走开，又辉煌起来。

安东尼　　你去吧。跟文提蒂乌斯说，我有话对他说。（预言者下。）——要让他去帕提亚。——不论凭预言之能，还是仅凭运气，他说了实情：连那骰子都遵从他。我们游戏时，我再好的技巧，也晕倒在他运气之下。只要抽签，总是他赢。他的鸡总能在毫不占优的情况下斗赢我的；在围圈里斗鹌鹑，他的鹌鹑总能处于劣势，反败为胜。我要去埃及。虽说为了我的和平结下这门亲，我的快乐在东方。

此处，莎士比亚将普鲁塔克笔下的"占卜官"改为"预言者"，对其描述则近乎照抄不误，多亏在那遥远的伊丽莎白时代，并无后世抄袭之说。需强调的是，剧中对奥克塔薇娅为安东尼生儿育女只字未提，这显然是莎士比亚为强化安东尼与克莉奥佩特拉间的浓情快史，有意为之，他甚至完全置普鲁塔克在第35节所述"她已经为安东尼生了两个女儿，现在又怀孕在身"于不顾，将剧情改为：奥克塔薇娅与安东尼新婚后，依依惜别屋大维，随丈夫前往希腊。

5.普鲁塔克《安东尼传》第34节

……接踵而至的大捷是罗马人最著名的成就之一,能够洗雪克拉苏丧师辱国的耻辱,使得帕提亚人在连续遭到三次失败以后,不得不困守在米堤亚和美索不达米亚的范围之内。文提蒂乌斯不再对帕提亚人发起追击,生怕会引起安东尼的嫉妒……他(安东尼)希望这次大捷的功劳能够归到自己的名下,不让别人认为一切胜利都是副将的成绩。……特别是他(文提蒂乌斯)的无往不利,证实当时一般人对屋大维和安东尼的看法,就是统帅本人领军出征,往往没有什么收获,他们的副将总是能够手到擒来。安东尼的部将索西乌斯(Sossius)同样有很大的建树。……

莎剧第三幕第一场,叙利亚一平原:莎士比亚以文提蒂乌斯与其部将西利乌斯的戏剧化对白,将普鲁塔克所述情形鲜活展露出来:

文提蒂乌斯　　　　眼下,善骑射的帕提亚,你中了一箭。如今,高兴的命运之神,为马库斯·克拉苏之死,让我成为复仇者。——把这具国王之子的尸体抬到队列前面。——奥罗德斯,你的帕科罗斯,为马库斯·克拉苏抵了命。

西利乌斯	高贵的文提蒂乌斯,趁你剑上帕提亚人的血尚有余温,追击逃跑的帕提亚人。策马穿越米堤亚、美索不达米亚,及溃敌逃兵隐匿之地。你的主帅,安东尼,要让你坐上凯旋的战车,把花环戴你头上。
文提蒂乌斯	啊,西利乌斯,西利乌斯!我做的足够多。一个军阶较低的人,请注意,可能军功过大。因为要熟记这条,西利乌斯:——当我们所效命之人不在时,行事宁可不了了之,不可获得过高名声。恺撒和安东尼赢得成功,向来靠部下,胜过靠本人。索西乌斯,在叙利亚与我同级的一位,他的副将,因每分钟都在迅速积累所获名声,失了宠。在战争中,但凡谁的功劳盖过主帅,谁就变成他主帅的主帅。雄心——军人的美德——宁可输一仗,也不愿赢一仗败掉自己名誉。为安东尼乌斯的利益,我可以做得更多,但这会得罪他。一旦得罪,我的功绩就毁了。

6. 普鲁塔克《安东尼传》第 36—53 节

此处对安东尼与克莉奥佩特拉间的"恋情已经冷淡",对安东尼所率罗马军队与帕提亚、亚美尼亚、米堤亚等几个王国间的战事，对克莉奥佩特拉与"情敌"奥克塔薇娅间的微妙关系，均做出或详或略的记载。对此，莎士比亚弃之不用。理由很简单：1.他无需描写频仍的战争，无需凸显奥克塔薇娅与安东尼的夫妻情分及其"品格高洁"；2.他不能像普鲁塔克那样，把克莉奥佩特拉对安东尼的情爱写成假意"费劲苦心设法"讨好；他要塑造的是对安东尼眷恋不舍、牵肠挂肚的埃及女王。普鲁塔克在第53节中写道："她（克莉奥佩特拉）装出对安东尼爱逾性命的模样，节制饮食使身体消瘦下来，只要安东尼进到屋里，她就喜笑颜开脉脉含情的注视，在他离开的时候，马上现出忧郁落寞的神色。她费尽苦心设法使他发现她在暗中落泪，而且等他刚一看到，马上擦干眼泪转过脸去，好像唯恐被他发觉。就在安东尼准备进军米堤亚期间，克莉奥佩特拉对他施展狐媚的伎俩，手下的走狗也在旁敲边鼓，他们责备安东尼铁石心肠，竟然任凭对他一往情深的佳人消瘦憔悴。"毫无疑问，莎士比亚对这种描述熟视无睹。

7. 普鲁塔克《安东尼传》第55节

屋大维将传来的八卦新闻在元老院提出报告，时常在市民大会丑化安东尼，借以煽起人们对他的不满。安东尼同样不断谴责屋大维，指控的要点如下：首先就是庞培乌斯的西西里被屋大维占领，整个岛屿的领土没有分给他一份；其次提出屋大维为了作战向他借用的船只，一直没有归还；再者屋大维罢黜他的同僚勒比多斯，就将本来属于勒比多斯的军队、领地和税赋全部据为己有；最后屋大维几乎将整个意大利全都分给自己手下的官兵,没有为安东尼的袍泽留下任何土地。

屋大维对上述指责答复如下:勒比多斯的行为不当因而被解除职权;只要安东尼把亚美尼亚的战利品分给他一份,他就会将获得的领土分给安东尼;安东尼的士兵没有权利要求分得意大利的土地,因为他们已经拥有米堤亚和帕提亚,那两个国家都是他们在将领的领导之下,经过英勇的战斗而罗马帝国增加的疆域。

莎剧第三幕第六场,莎士比亚将普鲁塔克所述改为恺撒与部将阿格里帕的对白,瞬间将性格化的恺撒与安东尼的戏剧冲突尽显眼前:

阿格里帕	罗马人对其骄横已感厌恶,听了这消息,将撤回对他的好评。
恺撒	民众都获悉,现在又收到他的指控状。
阿格里帕	指控谁?
恺撒	恺撒,他指控我,在西西里击溃塞克斯图斯·庞培乌斯之后,没把岛上他那份领土给他;还说,借给我的一些船只,未曾归还;最后,对三执政的勒比多斯遭废黜,表示愤怒,废黜也罢,不该拘扣他所有收入。
阿格里帕	先生,该对此做出解释。
恺撒	作了回复,信使在路上。我告诉他,勒比多斯

变得过于残忍，滥用崇高的权力，应遭此变故。至于我所征服之地，我同意分他一份。但同时，对他的亚美尼亚、和他所征服的其他王国，我也做同样要求。

梅希纳斯　　他绝不会屈从。

恺撒　　　　那对此，我们也万不可让步。

8. 普鲁塔克《安东尼传》第61节

安东尼参与战争的兵力全部到齐，拥有的战船不下500艘之多……他有10万兵卒和12000骑兵。东方的国王都是他的诸侯，包括利比亚的巴克斯、上西里西亚的塔康德姆斯、帕夫拉戈尼亚的费拉达尔菲斯、科玛基尼国王米特里达梯，以及色雷斯的萨达拉斯，全都亲自随着他一起出征；还有潘达斯的波勒蒙、阿拉伯的玛尔克斯玛尔丘斯、犹太的希律王及利考尼亚和盖拉夏的国王阿闵塔斯，他们派来大批军队；即使是米堤亚的国王也都派遣部队参加作战。屋大维共有250艘战船，8万步卒，骑兵的数量大致与敌军概等。……

莎剧第三幕第六场，恺撒料定姐姐奥克塔薇娅，受到安东尼欺骗和伤害，告知其双方军力实情。此处内容，几乎照搬普鲁塔克：

恺撒	……他把他的帝国交给一个娼妇,眼下他们在征召人间各路国王,准备开战。他召集了利比亚国王巴克斯;卡帕多西亚的阿奇劳斯;帕夫拉戈尼亚国王费拉达尔菲斯;色雷斯国王阿达莱斯;阿拉伯国王玛尔丘斯;本都国王;犹太的希律;科玛基尼国王米特里达梯;米堤亚国王帕勒蒙和利考尼亚国王阿闵塔斯,还能列出更多手握王权之人。

9. 普鲁塔克《安东尼传》第66节

虽然两军已经接战,彼此都没有用自己的座舰去撞击对方的战船。……通常都是屋大维的三四艘战船围攻安东尼的一艘大船……双方可以说是势均力敌,胜负难分,这时克莉奥佩特拉的60艘船突然升起船帆,离开交战的舰只朝着海上逃走。……看到脱离战场的船只顺着伯罗奔尼撒半岛的方向行驶,敌人感到非常惊愕。

……有人用戏谑的口吻说起,爱情使人丧失自我以至于魂不附体;安东尼用临阵脱逃来证明这句笑谈的真实不虚。他仿佛生来就是克莉奥佩特拉的一部分,无论她到哪里他必须紧紧追随。他一看见她的船开走,马上丢掉正在战斗为他效命的官兵,登上一艘五排桨座的大船,只带着叙利亚的亚历山大和西利阿斯(Scellias),追随那个已经让他堕落的女人,后来更使他完全遭到毁灭。

莎剧第三幕第十场，阿克提姆附近平原另一部分。"牛津版"在这场戏开头的舞台提示为："坎尼蒂乌斯率所属陆军自舞台一侧行进，过舞台；恺撒副将陶鲁斯率所属军队自另一侧，行进过舞台；双方下场，听闻海战声。战斗警号。"一开场，莎士比亚仅以埃诺巴布斯在岸上远观海战时的一句独白，便将普鲁塔克的铺陈描述戏剧化：

埃诺巴布斯	毁了，毁了，全毁了！瞧不下去啦。埃及的旗舰"安东尼号"，连同舰队所有六十艘战船，转舵、溃逃。看得我两眼快要爆裂。 ……
埃诺巴布斯	仗打得怎么样？
斯卡勒斯	咱们这边，像显现鼠疫的标记，注定死亡。那匹下流的埃及老马，——让她染上麻风病！——在战斗中，当优势像一对孪生子，看似对双方均等，或说，在我方更占优之时，——她像六月里牛蛀叮上身的一头母牛，——扬帆、逃离。
埃诺巴布斯	那情景我看到了。看得我两眼生厌，不忍再多看一眼。
斯卡勒斯	她刚一转船头迎风前行，她那魔力的高贵废墟，安东尼，扬起帆，像一只痴情的公野鸭，在激战正酣之际离开，随她飞去。我从未见过这样丢脸的战斗。经验，胆略，荣

耀,如此自我损毁,前所未有。

……

坎尼蒂乌斯　　　我们在海上的命运气息耗尽,最可悲地沉没。我们的将军若本色如初,便能一切顺利。啊,他给我们溃逃,亲身做出最恶劣的典范!

埃诺巴布斯　　　您这样想? 唉,那,一切都完了。

坎尼蒂乌斯　　　他们逃往伯罗奔尼撒。

10. 普鲁塔克《安东尼传》第67—70节

对双方海战做了详情描述,莎士比亚几乎将其全部割舍;他感兴趣的是如何将第71节化到戏里:

> ……陆上部队在阿克提姆全军覆灭……克莉奥佩特拉将他(安东尼)接进皇宫,全城得以享受一段欢愉的期间,大家天天饮宴作乐,互相赠送礼物。恺撒和克莉奥佩特拉所生的儿子,已届成年要办理各项手续,他自己和福尔薇娅所生的长子安特拉斯,已过青春期要穿着没有镶紫边的长袍。为了庆祝这两件事,亚历山大城的居民举行多日的盛宴。

> 他们解散原来的"极乐会",另组一个团体名"偕亡社"……愿意与安东尼和克莉奥佩特拉共赴黄泉的友人,全都加入这个团体,大家要及时行乐经常举行盛大的饮宴。克莉奥佩特拉忙着搜集各种毒药,利用死刑犯人做实验,要

想知道哪种毒药给人带来最小的痛苦。她发现效力迅速的毒药都会引起剧烈的疼痛，痛苦较少的毒药则功效缓慢，于是她在实验有毒的动物，亲自观察它们之间相互咬噬的情形，成为她明天重要的工作，最后终于发现最理想的动物是一种小毒蛇，受到它啮了一口以后，不会产生抽搐也不会痛得大声呻吟，脸上会微微发汗，感觉渐渐麻木陷入昏睡状况，看来没有任何痛苦，就像一个酣睡者已经无法让人唤醒。

莎剧第五幕第二场，莎士比亚对上述关于克莉奥佩特拉与安东尼在宫中及时行乐及利用死刑犯实验各种毒药的描绘毫无兴趣。他将"小毒蛇"明确为尼罗河洞穴里盛产的"角蝰"，并把这处细节在克莉奥佩特拉用角蝰毒死自己之后，经由恺撒之口说出。这堪称莎士比亚化用普鲁塔克的一个范例。

侍卫甲	一个无害的乡下人，给她送来无花果。这是他的篮子。
恺撒	那，中了毒。
	……
多拉贝拉	这儿，她胸乳上，有个出血孔，有些肿，手臂上也一样。
侍卫甲	这是角蝰的爬痕。这些无花果叶子上有黏液，同尼罗河的洞穴里角蝰留下的一个样。
恺撒	最有可能，她是这样死的，因为她的侍医告诉

我,关于多种舒适的死法,她进行过无数实
验……

11.普鲁塔克《安东尼传》第72节

……他们在这个时候派遣使者前往亚细亚觐见屋大
维,克莉奥佩特拉提出要求将王国传给她的子女,安东尼的
意愿是在埃及做一个平民,如果这点屋大维不能答应,希望
能允许他返回雅典……

第73节:

屋大维拒绝安东尼提出的要求,他的答复是克莉奥佩
特拉如果处死安东尼,或是将他赶出埃及,将会受到极其优
渥的待遇……

莎剧第三幕第十二场,剧情为安东尼委派自己和克莉奥佩
特拉所生孩子的老师欧弗洛尼奥斯充当使者,来向恺撒求和:

使者　　他向你,他命运的主人致敬,并要求住在埃及。若
　　　　不获准,便降低所求,恳求你让他在天地之间呼
　　　　吸,在雅典做个平民。这是我替他说的。再者,克
　　　　莉奥佩特拉承认你的伟大,屈服于你的权力。恳
　　　　求你准许她的子孙继承托勒密王朝的皇冠,现以

你的恩典做赌注。

恺撒　　安东尼所求，不入我耳。女王若要来见，或有所
　　　　求，不会落败，只要将她那丢尽脸面的朋友逐出埃
　　　　及，或就地取其性命。如照此执行，她的请求，我
　　　　一定入耳。就这样回复他们俩。

12. 普鲁塔克《安东尼传》第 73 节

　　派遣塞尔苏斯(Thyrsus)随着使者同行，这位自由奴富
于才智深获屋大维的信任，能够为年轻的将领向自负美貌
和魅力的女子传信，实在说是非常适当的人选。克莉奥佩
特拉在接见来人的时候，谈话的时间过久加上给予特殊的
礼遇，使得安东尼感到嫉妒，下令逮捕特尔苏斯痛打一顿立
即遣返。

莎剧第三幕第十三场，莎士比亚对上述细节大为拓展，不仅
让"自由奴"塞尔苏斯变身为恺撒无比信任的心腹朋友塞瑞乌斯
(Thyreus)，更在第三幕第十二场戏结尾处，赋予他无上权力，派
他去劝降克莉奥佩特拉："现在是时候了，去检验你的口才。赶
快，从安东尼手里把克莉奥佩特拉赢回来。凭我的威权，她所要
求的，一概应允。你自己有什么想法，不妨多提。女人，在最走
运之时都谈不上坚强。一旦需要，从未触碰过的贞女也会打破
誓言。试一下本领，塞瑞乌斯。你可为所付辛劳，自定法令，我
要使之变成法律。"随后，在第十三场戏中，莎士比亚写出一段塞

瑞乌斯与克莉奥佩特拉之间无不暧昧的对话。最后克莉奥佩特拉把手伸给塞瑞乌斯。安东尼见此大怒,立即下令:"把这个'杰克'拉出去,拿鞭子抽他!"

埃诺巴布斯	(旁白。)宁与一只狮子幼崽耍弄,不与一头濒死的老狮玩耍。
安东尼	月亮与星辰!——拿鞭子抽他。——哪怕是二十位向恺撒称臣的最伟大的进贡者,只要我发现他们这么粗鲁地在这儿玩弄她的手,——她叫什么名字?从前叫克莉奥佩特拉。——拿鞭子抽他,伙计们,不眼见他像个孩子似的,蜷缩着脸,高声哀鸣、求饶,不算完。拉出去。

13.普鲁塔克《安东尼传》第78节

(接前文)屋大维派普罗裘里乌斯去见克莉奥佩特拉,运用诸般手段使她活在世间,接受他的掌握和控制。屋大维唯恐她自寻短见,连带大批财富成为陪葬之物,要是她活着送回罗马,会为凯旋式增添莫大的光彩。克莉奥佩特拉非常小心,不愿落入普罗裘里乌斯的手中。他到达陵墓站在门外,墓门的位置和地面有同等的高度,拴着很坚固的门闩,克莉奥佩特拉与他隔着门谈话,彼此都可以听得清楚。她要求屋大维让她将埃及王国传给子女,他则劝她放心,完全可以信赖屋大维的安排。

莎剧第五幕第一场：莎士比亚将以上及第79节开头一句描述："普罗裘里乌斯仔细观察陵墓的位置，赶回去报告屋大维；他又派盖卢斯前去与克莉奥佩特拉做第二次会晤。"改为恺撒与一前来觐见的埃及人的对白，且将"二次会晤"缩成一次：

埃及人	……女王，我的女主人，幽禁在自己的陵墓里，那是她一切之所有，她要您示下意图，好给自己备下不得已之策。
恺撒	叫她安心。不久她将从我派去之人那里获知，我为她所做决定如何体面、又如何体贴。因为恺撒不能以粗暴为生。
埃及人	愿众神保佑你！（下。）
恺撒	过来，普罗裘里乌斯。去，跟她说，我没打算羞辱她。给她悲情之本性所需之安慰，以免，大悲之下，她凭致命一击，即可打败我。因为她活着现身罗马，将是我凯旋行进中永恒之荣耀。去吧，尽速回来告诉我，她说了什么，您所见情形如何。
普罗裘里乌斯	恺撒，遵命。（下。）
恺撒	盖卢斯，您一同去。（盖卢斯下。）……

14. 普鲁塔克《安东尼传》第83节

几天以后屋大维亲自前来探视,对她所面临的困境加以抚慰。当时她正躺在简陋的床铺上面,身上穿着一件家常使用的长袍,看到他进来以后,就从床上跳下来跪倒在他的眼前。她的面容憔悴头发零乱不堪,说话声音颤抖不已,两眼无神向内凹陷,胸部殴击和撕扯的伤痕清晰可见……这时她抓住机会为自己辩护,她说她之所以如此实在是迫不得已,特别是对安东尼的畏惧心理。屋大维把她的论点一一驳斥,她马上改变语气请求饶恕,好像她非常希望继续活在世间。

最后她把财产清单交给屋大维,管事塞利乌库斯说她漏列若干项目,指责她隐匿不报。这时她勃然大怒,立即从床上跳下来,抓住管事的头发打了几个耳光。屋大维微笑劝她无须如此,她回答道:"恺撒,这实在使人难堪。我在穷途末路之际,承你屈尊前来看我,然而自己的仆人却指控我隐匿了一些妇女的饰物,我留起那些东西,不是为了装饰倒霉的自己,而是想当作一些小礼物,送给奥克塔薇娅和利维娅,希望她们能代我向你讲情说项,好能受到你宽大的处置。"屋大维听到这些话以后,感到非常高兴,可以断定她还想继续活下去。于是他告诉她,所留的东西可以由她任意运用,至于他对她的处置办法,将是非常的宽厚,可以说是超过她的期望。屋大维在说完以后告别离去,相信自己已经将她说服,实际上终究还是被她所骗。

　　莎剧第五幕第二场:恺撒来到陵墓,明确告知:"克莉奥佩特拉,要知道,我宁愿减弱、不愿强制。您若肯遵从我的计划,——这对您最为宽容,——您会从这次变故中发现益处。但您若想以采用安东尼的做法,让我显出残忍,您就夺去了我这番善意,并将亲生子女置于那毁灭之中,如果您在这上有所依靠,我能守护他们免遭毁灭。我要告辞了。"说后,恺撒又温和地表示:"一切与克莉奥佩特拉相关之事,都将征求您本人意见。"不难看出,恺撒先威胁,后怀柔,试图震慑住克莉奥佩特拉。此处,恺撒威胁的话取自《安东尼传》第82节最后一句叙述:"屋大维猜测到她的企图,传来威胁会让她的子女受到连累,产生恐惧逼得只有就范,放弃原谅的计划,接受服侍人员提供的饮食和医药。"因为此前不久,克莉奥佩特拉正告普罗裘里乌斯:"先生,我不再吃,不再喝,先生! 权当必须闲聊,我也不再睡觉。就算恺撒尽其所能,我要毁了这座凡人的房子。"显然,这句台词同样源自《安东尼传》第82节:"克莉奥佩特拉的心情无比悲愤,胸部由于自己屡次殴击和撕扯的关系,溃烂发炎引起高烧。她对身体不适的情形倒是感到欣慰,因为有了借口可以不进饮食,希望在不受干扰的状况下安静过世。"

　　克莉奥佩特拉呈上一纸清单,说:"这是我所有钱币、金银器皿和珠宝的清单。均有精准估价。零碎之物未列入。"这时,她的司库塞利乌库斯站出来,指责她隐匿财产,"私存的,足够买下您清单上列的。"接下来,克莉奥佩特拉痛斥塞利乌库斯:

克莉奥佩特拉	瞧，恺撒！啊，看呐，威势如何受人尾随！我的仆人眼下成了您的。我们若互换财产，您的仆人会变成我的。这忘恩负义的塞利乌库斯，简直叫我发狂。——啊，卑劣之人，比花钱买的爱情更不可信！——（塞利乌库斯后退。）怎么，后退了？你该往后退，我向你保证，你那双眼睛，哪怕长出翅膀，我也要逮住。卑鄙之人，没灵魂的恶棍，狗！啊，罕有的下贱！
恺撒	高贵的女王，恳请您息怒。
克莉奥佩特拉	啊，恺撒！这是何等伤人的羞辱，——你屈尊到此，以威严之荣耀，来访我这样一个温顺的人，我自己的仆人，竟在我详列的耻辱总数之上，添上他的恶意。高贵的恺撒，假设，我藏了些女人适用的小物件，零碎的小摆设，那类体面的送普通朋友的小东西；假设，我藏了些较贵重的礼物，要给利维娅和奥克塔薇娅，好劝说她们从中调解；活该我让自己驯养的一个人来揭穿？众神！我已往下面跌落，这又猛击一下。——（向塞利乌库斯。）请你，走开。否则，我要从我命运的灰烬里，展露我勇气中未燃尽的火炭。若不是个阉人，你该怜悯我。

恺撒　　　　　　　　退下,塞利乌库斯。(塞利乌库斯下。)

15.普鲁塔克《安东尼传》第84节

　　屋大维的友伴当中有位出身显赫的年轻人名叫科尔涅里乌斯·多拉贝拉,对于克莉奥佩特拉怀有好感,私下应她的请求传话给她,说是屋大维将要取道叙利亚返国,她和她的子女要在三天之内先行遣送。克莉奥佩特拉得知消息,向屋大维提出要求准许她祭奠安东尼,获得同意吩咐奴仆将她抬到安东尼的墓前。到了以后在宫女的陪伴之下,她流着泪抱着墓碑哭泣,说出下面这番话来:"啊,安东尼我的夫君……"

　　第五幕第二场:多拉贝拉上场后,即以"最高贵的女皇,您可听说过我?"向克莉奥佩特拉问候。克莉奥佩特拉向他说起"梦见过一个叫安东尼的皇帝。——啊!愿再睡这么一觉,又能看到同一个人!"他赞佩安东尼为"最至高无上的生灵"。随后,他直接表达好感:"听我说,好心的夫人。您之不幸,正如您本人之伟大。您承受它,如同对这重量作出回应。我若没感受到,由您身上弹回的那种悲伤,猛击我深深的心底,愿我永远追不上所追求的成功。"克莉奥佩特拉致谢,随即直接打探:"知道恺撒打算怎么处置我吗? ……他要在凯旋行进中,牵着?"他并未回避,说道:"夫人,他会的,这个我知道。"随后,莎士比亚将《安东尼传》第83节所述克莉奥佩特拉与司库管事塞利乌库斯在恺撒面前"对账"一场戏,安插于此。待恺撒走后,多拉贝拉明确告知克莉奥佩特拉:"夫人,我发过誓,听命于您。——敬爱之心让我虔敬地遵从您。——我告诉您这件事:恺撒打算途经叙利亚。还有,三日内,先遣送您和子女。利用好这一时机。我履行了您的意愿和我的承诺。"

显然,莎士比亚认为,让克莉奥佩特拉抱着安东尼的墓碑哭诉,不符合剧情,弃之不用。

三、"新剑桥"视域下的莎士比亚与普鲁塔克及其他

美国莎学家大卫·贝文顿(David Bevington)在"新剑桥·莎士比亚全集"之《安东尼与克莉奥佩特拉·导论》中,对莎士比亚与普鲁塔克之异同做出深入的学术阐释,堪称该剧最新、最重要的研究成果之一。①

贝文顿认为,尽管莎士比亚对普鲁塔克的传记叙事在剧情上做出重新安排,但很大程度上,该剧不仅忠于史实,而且忠于普鲁塔克的叙事精神。诚然,莎士比亚在对安东尼和屋大维(恺撒)观点的多样性和矛盾复杂性上的刻画,完胜普鲁塔克。

普鲁塔克视安东尼为一场悲剧性痴情迷恋的受害者。虽然他充分认可安东尼勇敢、机智、慷慨、坦率、富有魅力,却没打算减弱其在埃及的过度行为,及其在财务上如何不诚实、盘剥他人以维持一群放荡的追随者,并对流血漠不关心、不信任属下、"嘲笑和蔑视每个人"、对奉承敏感且远征帕提亚失败。同样,在描

---

① 此章编译援引自 Introduction, *Antony and Cleopatra*, Edited by David Bevington, Cambridge University Press, 2005, pp.4—12.

写克莉奥佩特拉时，普鲁塔克对其爱慕之情真实到足以使她魅力无限，而道德结论却不失坚定且秉持罗马人的观点。普鲁塔克本人是位赞美罗马帝国的希腊人，他笔下的克莉奥佩特拉的主要作用是激起尚隐藏在安东尼身上的诸多恶习；若安东尼身上还有一丝善良之星火或奋起之希望，克莉奥佩特拉直接将其扑灭，并使之比以前更糟。在埃及，安东尼把一个人所能花费的最宝贵东西——时间——消磨在幼稚的娱乐和游手好闲上。显然，普鲁塔克为这位伟大将军如此屈从一个女人意志而难过。不过，这一切在剧中皆有体现，像德米特里乌斯和菲洛或恺撒或安东尼本人被"一个罗马人的念头"击中时，均有所表现，且由一个充满欢愉和想象的对比的世界来衬托。普鲁塔克描绘出埃及世界的所有异域风情，也表明了自身魅力，但这是一个不赞同向这种享乐屈服之人的魅力。

　　毋庸讳言，莎士比亚与普鲁塔克的侧重点不同，前者从后者笔下两位主人公身上找见了一种丰富的复杂性，一旦撇开在原著中找见的叙述者的希腊—罗马视角，这种复杂性便给予他充足的素材用以描绘他们之间的关系。普鲁塔克行文严苛，却对安东尼与克莉奥佩特拉像半人半神的观点给予支持。莎士比亚存留下很多贬损性信息，与其说我们看到安东尼在舞台上真实所作，不如说那是别人的评说及其自我认同。然而，莎士比亚以两种方式平衡了这幅悲惨的陷入奴役的画面：以普鲁塔克永不会认可的方式使爱之愿景变得崇高，反过来，则探索了屋大维·恺撒之崛起对罗马帝国的黑暗面，这在普鲁塔克笔下并不明显。

　　对恺撒的评价有截然相反的两种传统,这可追溯到文艺复兴时期。作为安东尼和克莉奥佩特拉死后成为奥古斯都(屋大维)皇帝的统治者,恺撒提供出一种稳定统治的正面形象:他终结长期的权力分裂,开启地中海世界的和平统治。因此,在15世纪英格兰王国旷日持久的内战之后,恺撒的帝国成为都铎王朝和斯图亚特王朝统治的一种潜在模式。包括普鲁塔克在内的许多古代史学家和诗人在谴责安东尼与克莉奥佩特拉搞婚外情的同时,一致赞扬奥古斯都。在中世纪,圣奥古斯丁(St Augustine)赞扬奥古斯都时期罗马的英雄主义和弃绝自我,指出奥古斯都是上帝特别选中的基督诞生时统治罗马,即便罗马作为世俗之城的典型,与圣城耶路撒冷形成对比。但丁在《神曲》中,将克莉奥佩特拉置于地狱第二层,在这些人的生活中"理性受肉欲支配",安东尼则成为薄伽丘及后来僧侣诗人约翰·利德盖特(John Lydgate,1370—1451)等人所写"堕落王子"故事中遭欲望奴役的一个范例。

　　这一颂扬奥古斯都、谴责安东尼的传统在中世纪晚期和文艺复兴时期,由英国编年史家拉努夫·希格登(Ranulf Higden,1280—1364)、托马斯·兰奎特(Thomas Lanquet,1521—1545)、约翰内斯·斯莱丹乌斯(Johannes Sleidanus,1506—1556),作家威廉·富尔贝克(William Fulbecke,1560—1616),法国人文主义者雅克·阿米欧(Jacques Amyot,1513—1593),英国诗人翻译家托马斯·诺斯(Thomas North,1535—1601),英国哲学家、翻译家菲利蒙·霍兰德(Philemon Holland,1552—1637),法国诗人、人文主义者西蒙·古拉特(Simon Goulart,1543—1628),英国诗人、剧

作家本·琼森（Ben Jonson，1572—1637）等人延续、扩充。意大利
作家巴尔达萨尔·卡斯蒂廖内（Baldassare Castiglione，1478—
1529）、法国哲学家蒙田（Montaigne，1523—1592）和英国作家罗
伯特·伯顿（Robert Burton，1577—1640），将安东尼与克莉奥佩
特拉作为"阿忒"（Ate；希腊神话中的蛊惑女神）的范例，众神在
毁灭他们之前先让他们充满激情。无疑，莎士比亚意识到这一
历史判断，甚至可能看到了奥古斯都的"罗马帝国统治下的和
平"（pax Romana）与詹姆斯一世国王渴望成为欧洲有影响力的
和平缔造者之间的一种类比——尽管莎士比亚是否赞同这种支
持奥古斯都的观点，完全是另一码事。

无论如何，支持奥古斯都的观点并非对莎士比亚唯一可行
的解释。尽管屋大维·恺撒在成为皇帝后因政治才能受到夸赞，
却因其在内乱时期的行为常被批评为权谋政治家（有时出自同
一位称赞他的历史学家之口）。罗马史学家阿庇安（Appian，
95—165）、苏埃托尼乌斯（Suetonius，70—160）、塔西佗（Tacitus，
55—120），西班牙史学家佩德罗·墨西亚（Pedro Mexia，1497—
1551）、英国史学家彼得·赫林（Peter Heylyn，1599—1662）和威
廉·富尔贝克，都把他描绘成在其任三执政之一期间的背叛、冷
酷、狭隘利己的残忍之人；对一些作家来说，他承袭皇帝头衔意
味着罗马自由的消亡。莎士比亚在法国人文主义者罗伯特·加
尼耶（Robert Garnier，1545—1590）1578年出版的《马克·安东尼》
（Marc Antoine）和英国诗人、剧作家塞缪尔·丹尼尔（Samuel Dan-
iel，1562—1619）1594年出版的《克莉奥佩特拉的悲剧》中，发现
了这种更具批评性的评价元素，这两部作品将恺撒写成一个有

野心的残忍之人,尽管有时不无同情。莎士比亚在其素材来源中发现的奥古斯都·恺撒是个复杂人物,这给了他充分证据,证明罗马王国建立在黏土之上。

莎士比亚通过想象,将普鲁塔克所缺乏的对爱情愿景的描绘,与其他为己所用的素材来源融合一处。古罗马诗人维吉尔(Virgil,公元前70—公元前19)的史诗《埃涅伊德》(Aeneid)对文艺复兴时期的戏剧和诗歌产生了直接或间接的影响。像埃涅阿斯一样,安东尼受罗马的命运和男性世界的英雄法则之召唤,从非洲的情爱纠缠中挣脱出来。在莎士比亚剧终时建立的"罗马帝国统治下的和平"是维吉尔的颂词的主题。不过,两部作品都体现出罗马理想之实现所付出的代价:一部爱情戏在史诗般悲泣中上演。像狄多一样,克莉奥佩特拉是一位充满嫉妒和愤怒的帝王般形象,且与其恋人同样高贵。这两位女性均因其高贵的自杀给研究者带来持久的兴趣。在古罗马诗人奥维德(Ovid,公元前43—公元18)的《希罗依德》(又译作《女杰书简》,Heroides)中,狄多还是克莉奥佩特拉富有同情心的榜样,她是遭遗弃的受害者;在乔叟基于奥维德创作的《贞女传奇》(The Legend of Good Women)和《荣誉之宫》(The House of Fame)中,埃涅阿斯被维纳斯谴责为爱情的叛徒;诗人、剧作家克里斯托弗·马洛(Christopher Marlowe,1564—1593)和诗人、小册子作家托马斯·纳什(Thomas Nashe,1567—1601)分别约写于1587—1593年的《迦太基女王狄多》(Dido, Queen of Carthage),各自独特融合了奥维德和维吉尔两人的风格。

在古代和中世纪文本中,安东尼和克莉奥佩特拉时以部分正面形象显现。虽说古罗马诗人、批评家贺拉斯（Horace，公元前65—公元前8）谴责克莉奥佩特拉放荡，但他着实赞佩她那高贵的自杀及其不为恺撒凯旋增添荣耀的骄傲决心。薄伽丘（Boccaccio，1313—1375）和约翰·利德盖特亦如此，谴责中夹杂着对她忠贞不渝的赞美。约翰·高尔（John Gower，1330—1408）在其《一个情人的忏悔》（Confessio Amantis）中，将安东尼与克莉奥佩特拉归入一群忠诚的恋人中间。

在莎士比亚时代的剧作中，对这对著名恋人的同情性解读随处可见。1592年出版的彭布罗克伯爵夫人译自罗伯特·加尼耶的《安东尼的悲剧》（The Tragedy of Antonie）和塞缪尔·丹尼尔的《克莉奥佩特拉》，将这对恋人描绘成因其激情过度和无情命运造成的英勇受害者，遗憾地意识到失败，却以死后一起永在来世的决心和期待，准备面对死亡。尽管严格来说，这些适于阅读、不适于表演的"塞内加式"戏剧，没给莎士比亚提供他想要的戏剧结构和简洁修辞，却有助于他纠正在一些古代作家那里发现的对这两位恋人盛行的谴责，同时，他在人物对白和角色塑造上，受到丹尼尔富于敏感的诗性语言的启发。

莎士比亚对爱情复杂而崇高的愿景，最终可能部分来自神话，像"维纳斯与（战神）马尔斯的故事"或诺斯所译普鲁塔克笔下的"维纳斯与（酒神）巴克斯的故事"，他在荷马的《奥德赛》（Odyssey）第七卷、奥维德的《变形记》（Metamorphoses）及距他本人创作更近的剧作家约翰·利利（John Lyly，1553—1606）1584年印行的《萨福与帕翁》（Sappho and Phao）中，均能找到。利利这部戏把维纳斯写得精明狡猾、色欲诱人，完全应被贤德的萨福打败。不过,维纳斯自身也可矛盾性地代表贞洁之爱。在文艺复兴时期的寓言传统中,象征丰饶自然、代表"欲望之爱"的"阿芙洛狄蒂·潘德摩斯"(*Aphrodite Pandemos*),或征服战神马尔斯的"女武神维纳斯"(*Venus armata*),由意大利神话作家文森佐·卡塔里(Vincentio Cartari, 1502—1570)及其他神话作家,分别用来象征贞洁之爱在爱情中获胜或生殖原则在道德观和宇宙观上完胜两性竞争。

　　文艺复兴时期马尔斯同维纳斯交换衣服,或维纳斯和丘比特玩耍马尔斯盔甲的画作,使人联想到这部莎剧中的关键场景,可将其解读成和谐结合的象征。这些形象最终源自古罗马诗人、哲学家卢克莱修(Lucretius,公元前99—公元前55)对作为征服战乱的爱之女神维纳斯的伟大祈祷,也源自中世纪和文艺复兴时期如法国哲学家伯纳德·西尔维斯特里斯(Bernard Silvestris, 1085—1178)、法国神学家阿兰·德·里尔(Alanus de Insulis, 1128—1202)、意大利人文学者洛伦佐·瓦拉(Lorenzo Valla, 1407—1457)和荷兰人文学者伊拉斯谟(Erasmus, 1466—1536)等人,他们将伊壁鸠鲁派学说——对世俗事务之沉思式冷漠,对命运变迁之蔑视及由超然物外获得的尘世幸福之喜悦——与基督教新柏拉图主义强调视现世幸福为对天堂极乐之期待的观点相结合。在剧中,埃诺巴布斯谈及克莉奥佩特拉时说:"最邪恶的东西在她身上变成了自己,当她变得放荡时,神圣的牧师会保佑她",这句话唤起他卢克莱修关于维纳斯的悖论。这种悖论在意大利诗人、神学家纳塔尔·孔蒂(Natale Conti, 1502—1570)的神话作品、在埃德蒙·斯宾塞(Edmund Spenser, 1552—1599)的

《仙后》(*The Faerie Queene*)及在伊丽莎白时代的爱情抒情诗——包括莎士比亚自己早期的《维纳斯和阿多尼斯》(*Venus and Adonis*)中，也有雄辩的表达，《安东尼与克莉奥佩特拉》与之多有相似之处。

人们不难从菲利蒙·霍兰德所译、1603年印行的普鲁塔克《道德论丛》(*Moralia*)和斯宾塞的《仙后》及菲利普·西德尼(Philip Sidney, 1554—1586)的《诗辩》(*Apology for Poetry*)中，找到"昂法勒与赫拉克勒斯"(Omphale and Hercules)的故事，在这个故事里，亚马孙族女王制服了英雄赫拉克勒斯，让他在她的女仆中纺线，在文艺复兴时期，它被广泛用作一则警世故事，警示女性意志能击败男性的理性。当克莉奥佩特拉谋划战争或把安东尼灌醉倒在床上，给他戴上自己的头饰和斗篷时，莎士比亚脑中或会闪过这个故事。毕竟赫拉克勒斯是那些半神中的一个，如普鲁塔克所言，他们"远比人类强壮，在体力上远远超过我们的本性，但其所具有的神性并不纯粹、简单，而由肉体和精神本性合成"。由此，可将赫拉克勒斯视为一个自相矛盾的生灵，竭力以人类的高尚本性来克制低级冲动。有一种极具启示意义的图像传统，俗称赫拉克勒斯在美德与邪恶之间的选择，描绘这位英雄与两个女人相遇，一个谦逊端庄，一个厚颜无耻。赫拉克勒斯的最佳选择，如在与之平行的赫斯珀里德斯花园（"金苹果园"）神话一样，是要学会协调"积极的生活"(vita activa)与"色欲的生活"(vita voluptuosa)。安东尼在该剧中的选择，某些或要归功于这种复杂的道德评价传统。

像普鲁塔克所做一样，莎士比亚将克莉奥佩特拉与古埃及神话中主司生命、魔法、婚育的月亮女神(亦称丰饶女神)伊西斯相提并论。例如,恺撒抱怨,据报克莉奥佩特在亚历山大城的公共竞技场,"装扮成伊西斯女神的样子现身"给观众穿上了"女神伊希斯的衣服"。依照神话,伊西斯嫁给了哥哥奥西里斯(Osiris)。当奥西里斯遭兄弟提丰(Typhon)——吓人的巨怪,多头、蛇身,火焰的眼睛,是大地女神盖亚(Gaea)和地狱之神塔尔塔洛斯(Tartarus)的儿子,被认为是所有怪物的父亲——或赛特(Set)肢解剁成块后,对其身体各部重新组装,遂做出一根新的生殖器,代替缺失的阴茎,从而使其获得永生,成为统治下界的冥王,亦称冥界之神。莎士比亚很可能知道古罗马作家阿普列乌斯(Apuleius,124—170)小说《金驴记》(*Golden Ass*)结尾处那一句祈愿,将伊西斯视为"天国""卢克莱修的维纳斯","她在创世之初,凭一种产生的爱将男女结合",且更进一步被视为"(罗马十二主神之一的丰收女神)刻瑞斯(Ceres),大地上一切丰饶之事原始和母性的哺育者",与天后朱诺(Juno)、司战女神柏洛娜(Bellona)、冥府王后珀耳塞福涅(Proserpine)和冥界女神赫卡特(Hecate)相当。

后来,伊西斯更进一步被认定为伊娥(Io),有一次,众神之王朱庇特试图躲避愤怒的朱诺,未果,遂把伊娥变成一头小母牛。莎士比亚在剧中两次提到朱诺。无论命名伊娥还是伊西斯,这样被召唤的强大之神,是农业、月亮和生育女神,是与奥西里斯有养育关系的尼罗河女神及海洋女神。普鲁塔克在《道德论丛》中言及伊西斯,把她说成"智慧与运动合体"的女神,并肯定这名字的含义为"一种富于活力和智慧的运动"。此外,伊西斯是双性人，既男又女。她是喂养整个世界的乳母。反过来，奥西里斯常等同于罗马神话中的酒神巴克斯（Bacchus）或希腊神话里的酒神狄奥尼索斯（Dionysus）。这些形象的合成增强了安东尼与克莉奥佩特拉的神话效力，哪怕这些形象不否认世俗失败，这失败也是此类传说的组成部分。

原型批评创始人、加拿大学者诺斯罗普·弗莱（Northrop Frye）很好地总结出克莉奥佩特拉的神话遗产。尼罗河之蛇克莉奥佩特拉，是一位海上升起的维纳斯，一位伊西斯，一位"海星圣母"（stella maris），月亮和海洋女神。"她与一种女神形象密切相关，希伯来和古典宗教两者一直试图通过虐待将其征服：她是妓女，子女皆为私生；她是男人的陷阱，摧毁其阳刚气，使其像十二泰坦神之一的喀耳刻（Circe）那样沦为奴隶；她是给赫拉克勒斯穿上女人衣服的翁法勒；她身上有许多巴比伦妓女姐妹的特质。"不过，恰如不应把罗马等同于美德，亦不应把她等同于邪恶。相反，她的埃及是"大自然的阴暗面，充满激情、残忍、迷信、野蛮、放荡，随你怎么想"。她是"白女神"，侍奉她等于死亡，因此，《安东尼与克莉奥佩特拉》是一场激情与致命爱情的悲剧。她的埃及能"从安东尼身上带来罗马无法比拟的超人活力，并非不顾它摧毁他这一事实，而只因它摧毁了他"。克莉奥佩特拉的神话祖先有助于阐明她危险性的魅力及其作为"反历史人物"的伟大。

该剧其他可能的素材来源，包括斯宾塞的史诗《仙后》（第二卷），诗中描绘了盖恩（Guyon）对魔法的适度抵抗，与辛莫查勒斯（Cymochles）向阿克拉西娅（Acrasia）的无力投降形成对比。

斯宾塞本人的师表，意大利史诗喜剧作家阿里奥斯托（Ariosto，1474—1533）和诗人塔索（Tasso，1544—1595），则明确将各自主人公在道德上模棱两可的爱情，与安东尼与克莉奥佩特拉著名的风流韵事做出对比。16世纪70、80和90年代的英国戏剧和小说，本可以在抗议士兵的惯例中向莎士比亚提供埃诺巴布斯的范例，像同时代约翰·利利的剧作《坎帕斯普》（*Campaspe*）中的赫菲斯提翁（Hephaestion）；罗伯特·威尔逊（Robert Wilson，1572—1600）《鞋匠的预言》（*The Cobbler's Prophecy*）中的萨特罗斯（Sateros），或匿名剧作《恺撒和庞培的悲剧》（*The Tragedy of Caesar and Pompey*）或《恺撒的复仇》（*Caesar's Revenge*）（1592—1596）中安东尼本人那样的范例，他们无一不强烈反对情爱纠葛，认为这对于一名伟大的军人，着实不妥。军人出身的作家巴纳比·里奇（Barnabe Rich，1540—1617）在其1574年印行的《墨丘利与一英国士兵精彩、欢快的对话》（*A Right Excellent and Pleasant Dialogue between Mercury and an English Soldier*）中，通过一名英国士兵与女神维纳斯本人的辩论，发出类似的恳请。文艺复兴时期的战争手册给出军事领导和战术准则，安东尼却在阿克提姆（Actium）战役中异乎寻常地违反了这些作战指南。

　　一个特别难以测度的素材来源或传统，是莎士比亚所在时代的基督教和道德观。莎士比亚在多大程度上有意或无意地将后古典和文艺复兴时期英格兰的情感，强加给《安东尼与克莉奥佩特拉》的晚期异教世界？在某种意义上，该剧明显免除了见于莎士比亚大多其他伟大悲剧，甚至在名义上归属异教的《李尔王》中的道德约束。《安东尼与克莉奥佩特拉》庆祝了一段通奸关系,并以高贵的自杀结束。即便这对恋人的行为受到批评,措辞也是罗马式的:那些失败被描述为放纵、玩忽职守、缺乏对国家最大利益的奉献,等等。

不过,该剧对末世的启示与《新约·启示录》反复呼应,并在第四幕第六场预见到奥古斯都皇帝统治下的"全世界和平的时代",然而反讽的是,这提醒人们,基督的诞生近在眼前。其他与《圣经》的呼应也被引证,其中有些更具说服力。总的来说,尽管它们为基督徒解读忏悔和准备死亡提供了不多的基础,但确实提醒人们,《安东尼与克莉奥佩特拉》在罗马时代不可能这样写。对悲剧性和崇高性爱情的愿景受惠于奥维德和维吉尔,但在很大程度上,也归功于人们在"特里斯坦与伊索尔德"(Tristan and Isolde)的"情死"(liebestod)中发现的后来西方文化里那种对爱情的崇高愿景。这个在西方世界家喻户晓的"情死"爱情故事,最早出自归入骑士文学的中世纪法兰西传奇。

如美国当代社会学家约瑟夫·拉里·西蒙斯(Joseph Larry Simmons,1935—2016)所言,莎士比亚认同的文艺复兴时期的人类爱情观,源自一种融合的新柏拉图主义的理想主义,它将浪漫爱情证明为人类对天堂之美的表现的回应,哪怕同时承认,性激情能使理性的灵魂远离上帝。以亚里士多德式的人文主义来限定新柏拉图式的严肃性,这种自相矛盾的结果,是以诗人约翰·多恩(John Donne)和斯宾塞为媒介的一种"可敬的人类之爱"——如西德尼在其系列爱情抒情诗《阿斯特罗菲尔和斯特拉》(Astrophil and Stella)里描绘的那样——哪怕在不贞之时,哪怕在爱的对象价值遭疑之时,也能视其为高尚。莎士比亚所写的古罗马世界同他自己在普鲁塔克和其他古典素材来源中发现的差不多,但他也为同代人而写。

四、"皇莎"视域下的悲情"罗马剧"

美国"耶鲁学派"批评家哈罗德·布鲁姆(Harold Bloom,1930—2019)将莎士比亚视为"西方正典"核心人物,他在莎研名著《莎士比亚:人类的发明》中专章论及《安东尼与克莉奥佩特拉》一剧时,刻意以英国著名莎评家安德鲁·塞西尔·布拉德利(Andrew Cecil Bradley, 1851—1935)那句名言开篇:"A.C.布拉德利认为莎士比亚笔下只有四个角色是'说不尽的':哈姆雷特、克莉奥佩特拉、福斯塔夫和伊阿古。读者和戏迷可能纳闷,因何未将《李尔王》剧中角色列入:李尔王本人、埃德蒙、埃德加或'傻瓜'(弄臣)? 或因莎士比亚把自己的才华在《李尔王》中分给了这四位……人们普遍认为,莎剧中的女性形象,克莉奥佩特拉最微妙、最令人敬畏。莎评界对她的看法从未达成一致:……克莉奥佩特拉与哈姆雷特、福斯塔夫和伊阿古,同为莎剧中最具戏剧性的人物,她最终让安东尼筋疲力尽:……安东尼和克莉奥佩特拉都是有魅力的政治家;他们各对自我皆有如此强烈的激情,以至于对他们二人,哪怕在最小程度上能真正理解彼此的现实,都是不可思议的。"①

在此,由布鲁姆所说"莎评界对她(克莉奥佩特拉)的看法从未达成一致"转引几位颇具代表性的名家名评,以见证一二。18

---

① Harold Bloom, *Shakespeare: The Invention of the Human*, The Berkley Publishing Group, pp.546—548.

世纪批评家塞缪尔·约翰逊(Samuel Johnson,1709—1784)在其享有"伟大的文学评论"之誉的宏篇《莎士比亚戏剧集·序言》(Preface to *The Plays of William Shakespeare*)中直言:"这部悲剧从头到尾都能给人极大的新奇感,里面的爱情故事也能引起人们的兴趣。情节不断地变化,事件不住地发生,各种角色不停地出现,使观众始终全神贯注,直到剧终。但保持观众兴奋的主要力量是来自场景的不断变化。剧中每个女角都少有特点,着色不多,这是为了大大突出克莉奥佩特拉的形象。"[1]

浪漫派莎评家重要代表塞缪尔·泰勒·柯尔律治(Samuel Taylor Coleridge,1772—1834)在其 1819 年出版的《悲剧笔记》(*Lectures on Shakespeare*)中强调,应从人物心底感情方面对照《罗密欧与朱丽叶》,在这上,克莉奥佩特拉身上的艺术表现力十分深刻,尤其在她于激情中怀有罪恶念头时,观众能感受到她那从放荡本性中迸发出来的激情,"或许在莎士比亚的全部戏剧中,《安东尼与克莉奥佩特拉》是最吸引人的一部,因为在他的戏剧中很少有像这部悲剧这样深入细致地描写历史事件,也没有在任何地方表现出如此强大的力量,恐怕他再也没有其他剧能够给人更强烈的印象,这是由于莎士比亚用了巧妙的手法把抽象的历史在短暂的瞬间体现在舞台上,并以克莉奥佩特拉的死来说明了一切"[2]。

爱尔兰作家、女性主义者安娜·布罗奈尔·詹姆孙(Anna Brownell Jameson,1794—1860)在《莎士比亚的女主角》(*Shake-*

---

① 张泗洋主编:《莎士比亚大辞典》,商务印书馆,2019 年,第 273 页。
② 张泗洋主编:《莎士比亚大辞典》,商务印书馆,2019 年,第 273—274 页。

speare's Heroines)（1832年）书中断言："克莉奥佩特拉性格中最令人惊异的是她身上存在的矛盾的结构，即她那始终如一的不一致性。在这诸多矛盾的交织中，虚荣心和热爱权力占统治地位……反映在她的性格、情境和情绪方面的完全相反的表现，如果不是那样真切自然，将会使人感到乏味；如果她不是那样令人销魂，人们会以为她神经错乱。

"我毫不怀疑莎士比亚的克莉奥佩特拉是历史上的真实的克莉奥佩特拉——'一个伟大的埃及人'——一个极有个人特色的人物。她的才艺，她那不能比拟的风度，她那女人的智慧和女人的诡计，她那不可抗拒的魅力，她那不可控制的爆发出来的脾气，她那活跃的想象力，她那无礼的任性，她那反复无常的感情和骗人的谎言，她的娇柔和她的真诚，她那孩子般的对奉承话的敏感，她的高尚的精神，她那王室的傲慢，她的灿烂的东方彩色——莎士比亚把所有这些矛盾因素混杂交织在一起，构成她千姿百态、光彩夺目的典雅的风格，东方的妖艳和吉卜赛的妖术。"①

综上，简言之，埃及女王克莉奥佩特拉性格中巨大的矛盾性，造成怎样的结果呢？一言蔽之，莎士比亚以其诗剧的悲绝抒情方式，造成昔日辉煌的"罗马三巨头之一"的"安东尼皇帝"覆灭。如英国学者德里克·安托娜·特拉维尔西（Derek Antona Traversi，1912—2005）在《莎士比亚：罗马剧》（Shakespeare: The Roman Plays）（1963）书中所说："《安东尼与克莉奥佩特拉》是一部

---

① 张泗洋主编：《莎士比亚大辞典》，商务印书馆，2019年，第274页。

抒发灵感的抒情悲剧,它表明剧中人物的爱情战胜了死亡,或者它是更为无情地揭露了人类的弱点,表现了精神力量由于愚蠢地屈服于感情而化为乌有……从一个观点来说,不错,这部悲剧是莎士比亚把爱情看作至高价值的极大表现,认为它能战胜时间和死亡,而另一方面,它也通过人类爱情关系的考虑,揭示了这样一个弱点,就是有使一个悲剧英雄覆没的可能。"①

时至21世纪,莎研成果不断出新,英国当代著名莎学家乔纳森·贝特(Jonathan Bate)与埃里·克罗斯马森(Eric Rasmussen)联袂编注的"皇家莎士比亚剧团版"《莎士比亚全集》(简称"皇莎版")堪称最新、最重要的成果之一。乔纳森·贝特所写《安东尼与克莉奥佩特拉·导论》亦是研究该剧最简约、有力的诠释之一。②

贝特视该剧为莎士比亚最富丽的一部悲剧,剧情蔓延至地中海世界,将历史的形式赋予古罗马神话中的爱神维纳斯与战神马尔斯间的神话般邂逅。剧情结构建立在男与女、欲望与职责、床笫与战场、青春与老年,尤其埃及与罗马间等一系列对立之上。

贝特援引与莎士比亚"第一对开本"同年(1623)出版的亨利·科克拉姆(Henry Cockeram)编纂的《英语词典》中关于克莉奥佩特拉的一个条目——"埃及女王,初为尤里乌斯·恺撒所爱;后,引得马库斯·安东尼乌斯(马克·安东尼)年老昏聩,渴求帝国,终致毁灭。"——意在表明,一位伟大的立法者或勇士可能毁

---

① 张泗洋主编:《莎士比亚大辞典》,商务印书馆,2019年,第276页。
② 参见 *Antony and Cleopatra·Introduction*, Jonathan Bate & Eric Rasmussen 编,外语教学与研究出版社,2008年,第2158—2160页。

于性欲诱惑,这种想法在那个时代司空见惯。

贝特进而分析,由安东尼的朋友、部将菲洛所说的全剧第一句台词"不,我们的将军这样痴情,溢出极限"显露出,"在罗马人眼里,统治其伟大帝国的三巨头之一竟像个痴情少年一样尽情玩耍,令人难堪之极。也许他确在步入昏聩,接近老年的第二个童年。反之,在埃及人眼里,欲望的力量超出部落政治的狭隘世界。安东尼处在两个世界间左右为难:他一忽儿吻着克莉奥佩特拉说'生命的高贵正在于此',一忽儿又说"这埃及人的坚固脚镣,我定要打破,不然,在痴恋里迷失自我"。

由此,德国诗人海涅所说的"埃及蛇"(克莉奥佩特拉)与"罗马狼"(安东尼)的矛盾性凸显出来。贝特指出,罗马气质意味着在理性约束下控制激情,但在埃及,把爱情想象成既不能、也不该受控制或拿来衡量。安东尼与克莉奥佩特拉的爱情之能"发现新天、新地,"诗歌是爱之媒介:莎士比亚在该剧中自由发挥的抒情能力,超过此前此后任何时候。尽管开场一段独白诗行出自罗马人之口,那诗风却忠于克莉奥佩特拉:诗句涌流出五音步节奏,为埃及的流动意象——以丰饶的尼罗河为核心——铺平道路,这流动的意象将征服罗马有节制的刻板僵化。

紧接着,贝特指出,该剧与文艺复兴时期把奥古斯都时代理想化相悖,将屋大维描绘成一个出言委婉的实用主义者。该剧不大关注罗马从共和国到帝国的重大转变,而关注马克·安东尼从军事统帅变成性欲的奴隶:"您留心看一眼,就能看到世界三大支柱之一,变身为一个娼妓的玩物。"在罗马人看来,情欲(eros)让安东尼变得有失尊严,到了人所共见的地步,但剧中的诗意语言，直到收场（"世上将再没一座墓穴将这样著名的一对恋人环抱其中。"），却在颂扬这对恋人的名誉，其所想象的他们在情死中的结合象征着宇宙和谐。屋大维本人也不得不承认，死去的克莉奥佩特拉"仿佛要用强大的魅力之网，逮住另一个安东尼"。"网"（toil）暗指在性爱之"网"中汗流浃背；但"魅力"（grace）一词表明，就算最具罗马特质之人，此时亦不再视安东尼与克莉奥佩特拉为自欺的年老昏聩之人。克莉奥佩特拉最后一段台词的光影仍悬在空中：诗意语言的力量如此之大，大到敏感的听众会一半相信克莉奥佩特拉已离开自身的基本元素，变成"火和风（空气）"。她正如其女侍查米恩所说，是"天下无双的姑娘"：只是姑娘中的一个，却也是独一无二的女王和蛇，体现出尼罗河的丰饶和生命本身的热度。

贝特认为，虽说普鲁塔克《安东尼传》对主要女性人物表现出超常的兴趣，但其叙事的历史结构总以笔下男性英雄的生平为前提。莎剧把这一聚焦改为，强调女人而非勇士之死，来作故事高潮，继而将女性视角与主导历史进程的男性声音相对立。可在语调和语言层面将该剧描述为一部"女性化"的古典悲剧：埃及的烹饪、华丽的睡床和打桌球的阉人（马尔迪安），与严谨的罗马建筑和元老院事务形成对照。

在剧尾，年轻的屋大维·恺撒将成为"奥古斯都"（第一位罗马皇帝）独自掌控帝国，他被视为开明帝制的化身，是莎士比亚所属"国王剧团"赞助人、富有雄心的詹姆斯一世国王的典范。但剧中所有诗意独白都出在埃及人这边，从埃诺巴布斯对安东尼与克莉奥佩特拉初次会面的希德纳斯河驳船使人着迷的记忆,到克莉奥佩特拉最后穿上王袍迎候角蝰毒蛇的死亡之吻,那语言对听者产生了魔力。贝特不由赞叹,莎士比亚在剧中创造幻觉的能力与他笔下克莉奥佩特拉诱人的技艺相辅相成。

随即,贝特称赞克莉奥佩特拉是个完美的女演员,能随便改变情绪,周围人猜不出她是当真,还是在玩笑。她语言上的那种天赋异禀,能将轻松、惊奇的语调与一种性感、讲求实在的稳健结合起来("啊,幸运的马,承载着安东尼的体重!")。她也是莎士比亚悲剧中唯一一个睿智堪与《皆大欢喜》中的罗莎琳德和《威尼斯商人》中的波西亚这等喜剧女主角相比的女性。她用双关语佯装怀疑地问:"福尔薇娅会死吗?"她以"死"暗指性高潮,暗讽安东尼的罗马老婆是性冷淡。贝特认定,一方面,克莉奥佩特拉是成熟了的朱丽叶,对自己的身体完全自信,喜爱自我的性特征,在情侣关系中占主导地位。但同时,她的权势中存有阴暗面,她不仅用性魅力及帝王威权去勾引、去迷惑,还去操控、去阉割男子气。信使带来她不想听的消息,她便怒斥信使。她的主要朝臣是查米恩和艾拉丝两位女侍从。难怪普鲁塔克抱怨安东尼的整个帝国事务,皆由这两个克莉奥佩特拉寝室里给她卷发、做头饰的两个女人决定。她的侍从中,只有阉人马尔迪安算男人,还有个希腊人亚历克萨斯,这名字是同性恋情欲的同义词。

贝特指出,因历史上的托勒密家族是马其顿希腊人,克莉奥佩特拉向希腊而非罗马世界效忠。有些现代作品在其黑皮肤上玩弄概念,把她想象成"女版奥赛罗",但莎士比亚同代没谁认为她是黑人。1611年起任坎特伯雷大主教的加尔文派教士乔治·阿博特(George Abbot, 1562—1633),在所著《世界概览:特述各君主国、帝国和王国》(*Brief Description of the Whole World wherein is particularly described all the Monarchies, Empires, and Kingdoms of the same*)书中明确指明:

> 虽然埃及这个国家与毛里塔尼亚的气候相同,但那里的居民肤色并不黑,而呈褐或棕色。克莉奥佩特拉正是这种肤色;她靠诱惑先后赢得恺撒和安东尼的爱。那些同是这种肤色、打着埃及人的旗号穿梭世界各地的游荡者(凭借各种手段让自己成为埃及人),实乃冒牌货,是许多国家的流氓废物。

贝特指出,乔治大主教文中所说的"棕色"(Tawny),指与日晒有关的橙黄色,与毛里塔尼亚摩尔人的黑肤色明显有别。它是自称来自埃及的"吉卜赛人"(gipsies)的肤色,而《奥赛罗》剧中的伊阿古,以针对奥赛罗黑肤色的种族歧视侮辱奥赛罗的黑人特征进行种族歧视,罗马人则称克莉奥佩特拉为"一个吉卜赛人"(a gipsy),将她与一个因懒散、流浪、盗窃、算命和花言巧语、魔法及伪造出名的部落联在一起——这正是剧中对克莉奥佩特拉的宫廷绘图。

贝特由此分析,吉卜赛人常与乞丐联在一起,克莉奥佩特拉自相矛盾的部分,源于王权与乞丐在她身上合为对立的两极。安东尼开口的第一句台词是"爱情上的叫花子才算得清",他以此开启在剧中的旅程,克莉奥佩特拉则以认识到人类生存的多粪便的大地同样供养着"乞丐和恺撒的保姆",结束了她自己的行旅。她拒绝自贬身份向恺撒乞求,相反,她欢迎乞丐般的小丑(乡下人),从他手里买来角蝰(毒蛇),要用胸乳喂养它。她拒绝投降恺撒的主因貌似受不了示众的羞辱:"卑鄙的打油诗人"会写歌谣编排她,"……脑瓜灵的喜剧演员要即兴表演,把我们搬上舞台,再现我们在亚历山大纵酒欢宴。安东尼以醉鬼形象登场,我将看到某个嗓音尖细的男孩,以妓女的姿势来演克莉奥佩特拉的伟大。"

贝特认定,此乃莎士比亚最大胆的自我暗示之一:暗示自己是那"卑鄙的打油诗人",他所属剧团(宫务大臣剧团;国王剧团)的演员,则是即兴表演狂欢的"脑瓜灵的喜剧演员"。至此,贝特遥想《安东尼与克莉奥佩特拉》在"环球剧场"演出时的情景:由理查·伯比奇饰演的安东尼"以醉鬼形象登场",而说着这些台词的"嗓音尖细的克莉奥佩特拉",——十分了解男童演员有时被说成演员们的男妓,——是伯比奇男扮女装的男童学徒,一个十来岁或顶多二十岁出头的年轻人(鉴于克莉奥佩特拉现被认为莎剧中最成熟女演员,这想法令人深思)。

最后,贝特总结:"我们弄不清莎士比亚在《安东尼与克莉奥佩特拉》剧中为自己写了什么角色,如果有,也许是个小角色。但哪个角色最贴合他自己的看法,不用怀疑。莎士比亚是现实主义者,也是浪漫主义者,是老练的政治家,也是杰出诗人;他同样能想象出安东尼起落沉浮的戏剧性人生轨迹。他永远身在剧情内、外,既是他所创世界情感上的卷入者,又是表情冷漠的超然评论者。在剧中,他的自我视角是一个在罗马的埃及人和一个在埃及的罗马人,恰如稍早些年其视角是个在伦敦的外乡人。

故而，他创造出一个新角色，剧情中唯一缺席历史素材的主角：
埃诺巴布斯。他聪慧、风趣，好交往、慎独处，对女性满含理解和
赞佩，与男人相处却最感舒爽——在他与（庞培乌斯的部将）梅
纳斯的关系和与（屋大维的部将）阿格里帕的竞争中，有一种同
性恋快感，——品评别人时分析冷静，但当理性压倒忠诚，导致
他背弃朋友和主人，他满怀悲伤、羞愧。埃诺巴布斯的角色价
值，像莎士比亚笔下任何一个角色一样。这或是他全部剧作中
最接近自画像的一幅。"

由贝特所言足以见出，埃诺巴布斯这个形象再次典型不过
地体现出莎士比亚超卓的天赋编剧才能，简言之，他把"缺席"普
鲁塔克《安东尼传》的埃诺巴布斯塑造成安东尼最忠诚的朋友、
部将，凭其起初一直对安东尼忠心耿耿，最后终因认清时局、投
奔恺撒、羞愧而死的剧情设计，透过埃诺巴布斯把普鲁塔克《安
东尼传》中许多分散的传记描述，将安东尼与克莉奥佩特拉情恋
主剧情之外的大多情节勾连起来。可以说，这个形象对于整个
戏剧结构而言，不可或缺！

五、多元视域下的《安东尼与克莉奥佩特拉》

1."埃及蛇"与"罗马狼"的"情死"之爱

或许，在以往所有对安东尼与克莉奥佩特拉之间"情死"之
爱的浪漫性文学批评上，没有谁比德国诗人亨利希·海涅(Heinrich Heine, 1797—1856)更透辟、更深邃、更犀利。他在《莎士比
亚的少女和妇人》(*Shakespeares Madchen und Frauen*)(1839)一
书中论析克莉奥佩特拉的那部分，可算从不过时的经典。他创

造性地将克莉奥佩特拉喻为"埃及蛇",安东尼为"罗马狼":

> 是的,这就是使安东尼一败涂地的著名的埃及女王。
> 他明明知道,他会因为这个女人而面临毁灭,他想摆脱她的魔枷……"我得赶紧离开这儿。"他逃走了……但却是为着更快地回到埃及的肉锅旁,回到他古老的尼罗河畔的花蛇身旁,他是这样称呼她的……不久,他便又和她一起泡在亚历山大城豪华的泥潭中了,并且,据屋大维谈,就在那里:

> 在市场,一座镀银的高台上,克莉奥佩特拉和他本人坐在两把黄金椅上,公开登上王位。脚边坐着恺撒里昂,他们说是我父亲的儿子,还有从那时起,由他们两人间的性欲造出的所有非法子女。他把埃及的稳固控制权交给她,让她成为下叙利亚、塞浦路斯和吕底亚的,绝对女王。
> ……
> 在他们用来娱乐、运动的公共竞技场。在那儿,他宣布他几个儿子为分封王:
> 大米堤亚、帕提亚和亚美尼亚,分给亚历山大;叙利亚、西里西亚和腓尼基,分给托勒密。那天,她装扮成伊西斯女神的样子现身。听说,她以前常以这身装束,接待觐见者。

> 埃及的妖妇不仅拘禁了他的心,并且还拘禁了他的脑,甚至迷乱了他的统帅才能。他不是在他百战百胜的可靠的陆地上,而是在英雄无用武之地的不可靠的海面上应战;

——这乖张的女人原来说什么也要跟着他到海上去，但到战争正处于千钧一发之际，她却突然带着她所有的船只溜之大吉；——而安东尼则'像一只痴情的公野鸭'，忙张开风篷的翅膀，跟在她后面逃掉，竟置荣誉幸运于不顾。但是，统帅步兵作战的英雄遭受最可耻的失败，还不仅由于克莉奥佩特拉的女人脾气；后来她对他甚至使出了最阴险的背叛，和屋大维秘密勾结，让她的舰队投向了敌人……她以最卑劣的方式欺瞒着他，……她用诡计和谎言使他陷入绝望和死亡……然而，直到最后一瞬间，他还是全心全意地爱着她；是的，每当她对他使出一次背叛之后，他的爱情反而更加炽烈地燃烧起来。他当然咒骂她每一次的花招，他熟悉她一切的缺点，在最粗野的辱骂中冒出了他精明的见识，他对她讲出了最苦味的真理：

在我认识您之前，您已算半枯萎。——哈！难道在罗马，我的枕头没留过压痕；我没跟一位宝石般的女人，生下合法的一儿半女，却要受一个把目光投向寄生虫的女人欺骗？

……

您向来是个摇摆之人。——但当我在自身邪恶里长得壮实，——啊，悲惨呀！——明智的众神便缝住我双眼，把我清晰的判断丢入自己的污秽；让我崇拜自己的过错；在我昂首迈向混乱时，发出嘲笑。

……

但是，就像阿喀琉斯的枪矛能够重新治愈它所刺伤的伤口一样,爱人的嘴也能用它的吻重新治愈它的尖言利语加于被爱者的情感的致命伤……每当古老的尼罗河的蛇对罗马的狼耍了一次卑鄙手段之后,每当罗马的狼为此而嚎叫出一顿臭骂之后,它们两个的舌头相互舐得更加恩爱了;他临死时还在她的嘴唇上印下那么多吻中最后的一吻……而她,埃及的蛇,她也是那么爱她罗马的狼啊!她的背叛只是她的蛇性的外在表现,她多半是无意识地,出于天生的或者习惯的刁顽,才实行背叛的……而在灵魂的深处,却潜藏着对于安东尼的至死不渝的爱,她自己不知道这种爱是如此强烈,她有时竟相信能够克制这种爱,甚或玩弄它,但是她错了,她到了一瞬间才认识到这个错误,这时她永远失去了她所爱的男人,于是她的悲痛倾吐成为庄严的词句:

我梦见过一个叫安东尼的皇帝——啊!愿再睡这么一觉,又能看到同一个人!……

他的脸好比苍宇,那上面点缀着一个太阳和月亮,沿轨道运行,照耀着这个小圆圈,地球……

他的双腿骑跨大海。他高举的手臂是世界之巅的顶饰。与朋友交谈时,他的嗓音好似和谐的同心球体发出的音质。但在他想要威慑、震撼这个圆球时,他有如隆隆作响的雷鸣。至于他的慷慨,那里没有冬天;有的是一个个收获更多的秋天。他高兴起来,像欢快的海豚,把脊背露在自己所生活的元素之上。在他家的制服里,游走着好多王冠和小王冠;不少王国和岛屿犹如从他兜里掉落的银币。

这个克莉奥佩特拉是一个女人。她恋爱着，同时又背叛着。认为女人要是背叛了我们，就不再爱我们了，那是一个错误。她们只依从她们的天性……莎士比亚就在克莉奥佩特拉出场的当儿，以魅人的真实性描绘了那种花哨的、轻佻的狂狷精神，这种精神在美丽的女王的头脑中不停地骚动着，经常在最微妙的疑问和欲念中迸发出来，它也许正应当看作她一切有所为和有所不为的最终原因吧。

……克莉奥佩特拉的这种光怪陆离的思想感情，那紊乱、闲散而又纷扰的生活方式的一种后果，使我想到某一类挥霍成性的女人，她们的奢侈的家计尽开销在对于娇夫的慷慨上，她们经常是以爱情和忠实，屡见不鲜是以纯粹的爱情，但永远是以乖张任性来折磨她们名义上的丈夫，并使他们感到幸福……她是一个本来意义上的受人赡养的女王！①

2. 对维吉尔史诗《埃涅阿斯记》的"颠覆"

许多莎评家注意到，古罗马诗人维吉尔（Virgil，公元前70—公元前19）所著、中世纪被当作占卜圣书的罗马史诗《埃涅伊德》（*Aeneid*，又译《埃涅阿斯记》），对莎剧《安东尼与克莉奥佩特拉》影响巨大。这影响在意料之中，因为在莎士比亚于拉丁文法学校所受有关文艺复兴文化教育中，维吉尔是必修课。历史上的安东尼与克莉奥佩特拉是维吉尔笔下狄多（Dido）和埃涅阿斯（Aeneas）的蓝本和原型：狄多是北非迦太基城的女王，在特洛伊

①《莎士比亚评论汇编》（上），刘半九译，中国社会科学院外国文学研究所外国文学研究资料丛刊编辑委员会编，中国社会科学出版社，1985年，第329—333页。其中所引莎剧戏文为笔者新译。

陷落后,诱使传说中罗马人敬重的典范埃涅阿斯放弃建立罗马城的任务。虚构的埃涅阿斯尽责地抗拒狄多的诱惑,抛弃她,启程前往意大利,置政治命运于浪漫爱情之上,与安东尼形成鲜明对比,安东尼将自己对埃及女王克莉奥佩特拉的激情之爱,置于对罗马的责任之上。鉴于虚构的狄多与埃涅阿斯同历史上的安东尼与克莉奥佩特拉之间由来已久的传统联系,莎士比亚在其历史悲剧中大量引用维吉尔史诗不足为奇。如珍妮特·阿德尔曼(Janet Adelman)所说,"《安东尼和克莉奥佩特拉》剧中几乎所有核心元素,均可在《埃涅伊德》中找见:罗马的价值观与一异国情恋之对立;毫无激情的罗马婚姻的政治必要性;激情四溢的恋人在来世相遇的观念。"不过,如希瑟·詹姆斯所言,莎士比亚笔下的克莉奥佩特拉与安东尼,绝非对维吉尔笔下狄多与埃涅阿斯之典故的盲从模仿。詹姆斯强调该剧在各种方面颠覆了维吉尔式传统的意识形态;这种颠覆的一个例子,是第五幕中克莉奥佩特拉梦见过安东尼("我梦见过一个叫安东尼的皇帝。")詹姆斯认为,克莉奥佩特拉随后对这个梦的详尽描述,"重新建构起安东尼的英雄气概,彼时,安东尼的身份早已被罗马人的看法弄得支离破碎。"这个充满政治色彩的梦中幻景,只是莎剧情节动摇和潜在批判罗马意识形态诸多范例之一,这种意识形态由维吉尔史诗承继而来,并体现在罗马神话中的先祖埃涅阿斯身上。

3.批评史:对克莉奥佩特拉批评观的变化

克莉奥佩特拉是个复杂人物,历史上有过各式各样的诠释。审视对克莉奥佩特拉的批评史表明,19世纪和20世纪初的知识分子仅把她视为一个可被理解和削弱的性对象,而非镇定自若、颇具领导才能的一股强大力量。诗人、批评家托马斯·艾略特对克莉奥佩特拉的看法说明了这一现象，他视她为"无权的掌权者"，更确切地说，"贪婪的性欲……削弱了她的力量"。行文中，他以黑暗、欲望、美丽、性感和肉欲等字眼，仅把她描绘成一个勾引男人的女人，而非强势有权的女人。他所写关于安东尼与克莉奥佩特，把克莉奥佩特拉称为物而非人。他常称她"东西"（"thing"）。艾略特传递出早期批评史对克莉奥佩特拉的看法。

另有学者讨论了早期莎评家对克莉奥佩特拉的看法，与象征"原罪"的蛇有关。蛇的象征"功能，在象征层面上，作为女王顺从的一种手段，是屋大维和帝国对她的身体（及其所代表的土地）的男阳占有"。蛇，因其代表诱惑、罪恶和女性的软弱，19世纪和20世纪早期的莎评家用它来削弱克莉奥佩特拉的政治威权，并强调克莉奥佩特拉是个操纵、诱惑男人的形象。

后现代主义者对克莉奥佩特拉的看法很复杂。多丽丝·阿德勒（Doris Adler）认为，在后现代哲学意义上，我们无法理解克莉奥佩特拉的性格，因为，"在某种意义上，任何时候脱离创造和消费舞台上莎剧整体文化氛围来探讨克莉奥佩特拉，都是一种扭曲。然而，对脱离其戏剧宿主环境的某个方面进行分离和显微审视，均有助于提升对更广泛背景的理解。以类似方式把对克莉奥佩特拉的舞台形象分离、审视，变成一种尝试，可用来提高对她无穷变化的戏剧力量的理解，及对这种力量做出文化处理。由此，只要人们能理解审视这个缩影，目的在于进一步生发自己对全剧的阐释，便可将克莉奥佩特拉作为一个缩影，置于后现代语境中来理解。"加拿大作家、学者琳达·T.菲茨（Linda T.

Fitz)认为，因所有批评家在评论克莉奥佩特拉错综复杂的性格时都带有性别歧视，不可能得出一个清晰的后现代观点。她特别指出，几乎所有批评，均受到批评家们阅读该剧时所带入的性别歧视假设的影响。唐纳德·C.弗里曼（Donald C. Freeman）对剧末安东尼和克莉奥佩特拉二人之死的意义和重要性的阐述，似乎是一种反性别歧视的观点，他说："我们认为安东尼是个巨大失败，因为其罗马人的容器'消除了'。"甚至再不能勾勒和界定他之自我。相反，我们把克莉奥佩特拉之死理解成"不朽渴望"的超常女王，"因其死亡的容器再不能约束她：与安东尼不同，她从不消融，而是从肉身凡胎升华为空灵的火和空气。"

这些对克莉奥佩特拉看法的不断变化，在阿瑟·霍姆伯格（Arthur Holmberg）所写对纽约"跨艺术剧院"（the Interart Theatre）演出的埃斯特尔·帕森斯（Estelle Parsons）改编《安东尼与克莉奥佩特拉》的评论中，得到很好体现，文章认为："这起初看似一种绝望尝试，要以时髦的纽约方式变得时髦，实际上，这是一种巧妙方式，旨在描述安东尼的罗马和克莉奥佩特拉的埃及两者间的区别。戏剧制作大多依凭相当可预测的服装对比，以暗示前者的纪律严明和后者慵懒的自我放纵。帕森斯通过利用种族在语言、手势和动作上的差异，呈现出两种对立文化间的冲突，既现代又尖锐。在这种背景下，埃及白人代表优雅的古代贵族——衣饰考究，姿态优雅，注定要失败。罗马人，来自西方的暴发户，缺灵巧、少文雅，凭其蛮力，却能统治诸多公国和王国。"这一对现代莎剧改编中克莉奥佩特拉形象在表现方式上的变化的评估，是现代和后现代对克莉奥佩特拉形象观如何不断演变的又一例证。

从剧中偶尔能瞥见克莉奥佩特拉性格的多侧面,故而,其性格难以确定。然其性格中的最主要部分,似在一个强大统治者、一个引诱男人的女人和某种意义上的女英雄之间,摇摆不定。"权力欲是克莉奥佩特拉最主要的性格特征之一,她把它当作一种控制手段。这种对控制的渴望透过克莉奥佩特拉最初对安东尼的引诱表现出来,她扮成爱神阿芙洛狄特,为引起安东尼注意,颇为精心地来了一次亮相。"这种性感行为体现在克莉奥佩特拉作为一个诱惑者的角色上,因为正是她的勇气和毫无歉意的态度,让人们记住她是一个"贪婪、放荡的妓女"。然而,撇开她"无法满足的性欲",她仍在利用这些关系作为更大的政治计划的一部分,再一次揭示出克莉奥佩特拉对权力的渴望有多么强烈。似乎因克莉奥佩特拉与权力有着紧密关系,她承担起女主角的角色,因为她的激情和睿智吸引着其他人。她是位自主而自信的统治者,发出了关于女性独立和自身力量的强烈信号。她有相当广泛的影响,并仍在继续激励他人,使其成为许多人心目中的女英雄。

4.克莉奥佩特拉的种族

某种程度上,可将该剧及此后所有戏剧对克莉奥佩特拉的描绘,视为一部复杂的历史。莎学家阿尔伯特·布劳恩穆勒(Albert R. Braunmuller)在"鹈鹕版"《安东尼与克莉奥佩特拉》中,讨论克莉奥佩特拉在剧中如何遭安东尼的朋友菲洛侮辱,被其称为"吉卜赛人"(gypsy),这是"埃及人"(Egyptian)的一个衍生词,却也让人联想到"吉卜赛人,黑头发,黑皮肤",这与一个更种族化的克莉奥佩特拉的形象描述相符。剧中另一处值得注意的侮辱是，菲洛称她为"棕色"。布劳恩穆勒指出，"很难从历史上定义""棕色"，但它"似乎意味着略带黝黑，而且，莎士比亚在其他地方用它去描绘被太阳晒黑或晒伤的皮肤，这一美的标准在伊丽莎白时代不受欢迎"。

布劳恩穆勒通过提醒现代观众，莎士比亚时代的观众和作家会对种族、民族和相关主题有更复杂的看法，而且，他们的观点"极难界定"，从而将这一切置于上下文语境之中。也有莎剧《安东尼与克莉奥佩特拉》的前身，将克莉奥佩特拉描绘为具有"马其顿—希腊血统"。

莎评家帕斯卡尔·埃比谢尔（Pascale Aebischer）对剧中种族的分析，进一步讨论了对克莉奥佩特拉的种族在历史和文化上的模糊性，做出进一步探讨。

埃比谢尔回顾了历史上对克莉奥佩特拉的描画，包括莎剧中的描画，并用它们来分析对克莉奥佩特拉非黑即白的对立分析，同时也试图审视在这样的戏剧写作期间，种族如何发挥作用。她的结论是，历史上对克莉奥佩特拉的描绘复杂、多变。事实上，尽管她有欧洲人血缘，但她在舞台上的种族身份与她在某种程度上所描绘的文化和社会身份交织一处，这使得对她确切的种族身份难以判定。埃比谢尔指出，像琳达·查恩斯（Linda Charnes）这样的学者用心观察到，"莎剧中对克莉奥佩特拉的描述，无非是描述她对旁观者的影响。"埃比谢尔最后总结："我们必须承认，莎士比亚笔下的克利奥帕特拉既非黑、亦非白，但这既不该阻止我们欣赏角色选择的政治意义，也不该让我们误以为，对于像克莉奥佩特拉这样的角色，任何角色选择都'无种族偏见'。"埃比谢尔断言，在克莉奥佩特拉戏剧形象的背景下，"种族属性并非体现出来的属性，而是可随意展开和丢弃的戏剧属性。"

5.结构：埃及和罗马

剧中埃及与罗马间的关系是理解剧情的核心，因为这种二分法能更让读者深入了解剧中人物、人物关系，及所发生的贯穿全剧的事件。莎士比亚通过语言和文学手法的运用，强调两者的区别，这也凸显出两国居民和游客各自描述的不同特征。莎评家们也在展开涉及罗马和罗马人的"男子气概"及埃及和埃及人的"女性气质"的争论上，耗去多年时间。在对该剧的传统批评中，"罗马被描画成一个男性世界，由严厉的恺撒统治，埃及则被描画成一个女性王国，由克莉奥佩特拉来体现，她被视为像尼罗河一样丰沛、爱哭、变化无常。"在这种阅读中，男性和女性，罗马和埃及，理性与情感，节俭与休闲，均被视为相互排斥的二元对立，所有的二元对立又彼此关联。男性罗马和女性埃及的二元对立，在20世纪后期对该剧的批评中受到挑战，有学者提出："在女权主义、后结构主义和文化唯物主义对性别本质主义的批评之后，大多数现代莎学者更倾向于对莎士比亚对一种永恒的'女性气质'有独到见解的主张，持怀疑态度。"结果，莎评家们近年来更倾向于把克莉奥佩特拉描述成一个混淆或解构了性别的角色，而非一个体现女性气质的角色。

6.莎评家对"反串"——男性饰演女性——角色的解读

剧中包括历史上在伦敦舞台上演易装戏的自我指涉。例如，第五幕第二场，克莉奥佩特拉惊叫道，"安东尼/以醉鬼形象登场，我将看到/某个嗓音尖细的男孩，以妓女的姿势/来演克莉奥佩特拉的伟大。"许多学者将这句台词解释为莎士比亚对自创剧作的一种元戏剧性指涉，他通过这样做，评述自己的舞台。特蕾西·塞丁格（Tracey Sedinger）等莎评家，则将此解释为莎士比亚对伦敦舞台的批判，伦敦舞台，通过让男童演员饰演女性角色之永存，起到确立男观众性取向占优势的作用。有莎评家提出，男观众同剧中演女角的男童演员间的"男—男"关系，会比由女性扮演角色少具威胁性。正是通过这种方式，伦敦舞台在观众中培养起一个贞洁、顺从的女性主体，同时将男性性征定位成主导。莎评家们认为，剧中的元戏剧性指涉似乎意在批判这种趋势，而克莉奥佩特拉作为一种性权力个体的表现，支持了这种观点，即莎士比亚似乎正在质疑伦敦社会对女性性征的压迫。因此，异装演员并非一可见的客体，而只是一个结构，它导致一种主流认识论的失败，在这一认识论中，知识等同于可见性。此处争论在于，伦敦舞台上的异性戏挑战着伊丽莎白时代社会的主流认识论，这种认识论将视觉与知识联系一起。在伦敦舞台上扮演女性性征的男童演员，与这种简单的本体论相矛盾。

莎评家菲利斯·拉金（Phyllis Rackin）对莎剧舞台上易装戏的元戏剧性指涉所做解释，较少关注社会性因素，而更关注戏剧性后果。她在谈及"莎士比亚的男童克莉奥佩特拉"时提出，莎士比亚操作易装戏，意在强调戏剧的一个主题——轻率——文中把其作为表演中反复出现的元素来讨论，并未适当考虑后果。

拉金援引同一句台词——"安东尼/以醉鬼形象登场,我将看到/某个嗓音尖细的男孩,以妓女的姿势/来演克莉奥佩特拉的伟大"——进行论证,即在此处强调,因克莉奥佩特拉由一男孩演员扮演,观众会联想到她在莎剧舞台上所经受的同样待遇。莎士比亚,在自己的舞台上运用元戏剧性指涉,通过有意打碎"观众对戏剧幻觉之接受"使其轻率的主题得以延续。

另有莎评家提出,剧中出现的易装表演与其说是一种传统,不如说是主导权力结构的体现。查尔斯·福克(Charles Forker)等评论家认为,这些男童演员是"我们可称之雌雄同体"的结果。他撰文指出,"禁止女性登台是出于对其自身的性保护",因为"受父权制文化同化的观众,大概无法忍受见到英国女性——那些代表母亲、妻子和女儿的女性——处于性损害的境遇"。从本质上讲,易装戏是父权社会结构的结果。

7. 性与帝国

剧中关乎帝国的戏文主题具有强大的性别和情色潜流。安东尼,这位以某种阴柔多情为特征的罗马军人,是征服的主题,先落入克莉奥佩特拉之手,后败给屋大维·恺撒。恺撒亲自见证了克莉奥佩特拉战胜她的恋人,他嘲笑安东尼:"他不比克莉奥佩特拉更具男子气,托勒密的王后不比他更有女人味。"显然,克莉奥佩特拉在与安东尼的关系中扮演着男性侵入者的角色,因为历来,一种文化欲统治另一种文化常要赋予自身男性化特质,并将其试图统治的文化则赋予女性化特质。——恰当的是,这位女王的浪漫攻袭常以一种政治的方式来实施。随后,安东尼男子气概的丢失似乎表明他失去的浪漫,由此,实可将第三幕第十场,视为对他失去的和女性化自我的一篇虚拟悼文。在剧情过程中,安东尼逐渐失去了他在怀旧插曲中梦寐以求的罗马品性——在最中间的场景中,他告诉克莉奥佩特拉,他的剑(一明显的男阳意象)"激情把我的剑变软"。在第四幕第十四场,"一个非罗马人安东尼"悲叹:"(向马尔迪安。)啊,你邪恶的女主人!劫走了我的剑。"由此,阿瑟·L.利特尔(Arthur L. Little)认为,此处的安东尼似乎是对遭狂魔偷去了新娘的受害者的贴切回应,新娘失了那受害者用来对付她的剑。当安东尼要用剑自杀时,那只是一把舞台道具。安东尼沦落为一个政治对象,成为恺撒和克莉奥佩特拉权力游戏中的一枚棋子。

利特尔继而指出,由于安东尼未能表现出罗马人的男子气概和美德,他将自己写进罗马帝国叙事,并置身于帝国诞生之位的唯一手段,便是将自己塑造成"献祭处女的女性原型"。他一经明白自己因败于美德,没能成为特洛伊勇士埃涅阿斯,就试图效仿狄多。因此,有学者认为,可将该剧视为莎士比亚对维吉尔史诗《埃涅阿斯记》的重写,其不同在于,性别角色互换,且时有颠倒。詹姆斯·J.格林(James J. Greene)指出,倘若在我们文化记忆里最具影响力的神话之一,是埃涅阿斯为继续前行创建罗马帝国而拒绝非洲王后,莎士比亚则精确而刻意描绘出与维吉尔所称颂相反的行为,即安东尼为非洲女王背弃了埃涅阿斯创建的同一个罗马国家。安东尼甚至试图为爱情自杀,却终未如愿,理由貌似是,他不能占据女性牺牲者的政治赋权之地。关于他的形象,大量诸如"刺透、伤口、鲜血、婚姻、性高潮和耻辱"之类词语,让一些批评家获知,罗马人把安东尼的身体"描绘成奇怪的，等同于，一具开放的男性身体……（他）不仅'屈从'忠诚，且……为之折腰"。相较之下，在恺撒和克莉奥佩特拉身上，则显出十分积极的意志和对目标的能动追求。若将恺撒的实验目标视为严格的政治，克莉奥佩特拉的目标则是以色情征服肉体——的确，"她让伟大的恺撒把剑放床上。/ 他耕作，她结果儿。"在谈及对某些威权之人的诱惑时，她的技能无与伦比，但一般来说，莎学家普遍认同这种观点，即：以克莉奥佩特拉而言，可将该剧主旨描述为一部为专她设计、使其屈从罗马人意志的机器，而无疑，在结尾处，罗马秩序至高无上。但罗马军队并未把她逼向耻辱，而是将她推上高贵。如恺撒所言，她在"最后时刻显出最大勇气。/ 他瞄准了我的目标，出于尊严，/ 走上自己的路"。

阿瑟·利特尔以富有煽动性的方式暗示，征服女王的欲望有一种肉体内涵："倘若一个——看到外国人的——黑人强奸一个白人妇女，概括了一个……主流社会对性、对种族、对民族及对帝国恐惧的形象的事实，那一名白人男子强奸一名黑人妇女，则变成他发挥自信并对这些具有代表性的外国女人身体进行冷酷压制的证据。"此外，他写道，"围绕克莉奥佩特拉性感而种族化黑人身体的轮廓，罗马最直观地形塑出埃及的帝国斗争——最明显莫过于她'棕色的前额'，她'吉卜赛人的性欲'，及其'被贪色的福玻斯掐得黝黑'的放荡的高潮血统。"与此类似，散文家大卫·昆特（David Quint）认为，"在克莉奥佩特拉身上，东西方的对立以性别为特征：东方人的差异性变成异性的差异性。"昆特认为，克莉奥佩特拉（不是安东尼）实现了维吉尔的狄多原型。"女人是从属的,大体像《埃涅伊德》中的情形,被排除在权力和帝国建设的进程之外:这种排斥在这部诗意小说中很明显,埃涅阿斯的妻子克洛伊莎(Creusa)消失不见,狄多遭遗弃……史诗以一系列东方女英雄为特征,她们的诱惑可能比东方的武器更危险",即克莉奥佩特拉。